W0388076

grafit

Mehr von Martin Calsow und Max Quercher:
Quercher und die Thomasnacht. ISBN 978-3-89425-423-0
Quercher und der Volkszorn. ISBN 978-3-89425-441-4
Quercher und der Totwald. ISBN 978-3-89425-452-0
Quercher und das Seelenrasen. ISBN 978-3-89425-470-4

Zudem erschienen:
Atlas – Alles auf Anfang. ISBN 978-3-89425-460-5
Atlas – Frei zum Abschuss. ISBN 978-3-89425-477-3

© 2017 by GRAFIT Verlag GmbH
Chemnitzer Str. 31, 44139 Dortmund
Internet: http://www.grafit.de
E-Mail: info@grafit.de
Alle Rechte vorbehalten.
Dieses Werk wurde vermittelt durch
die Literarische Agentur Thomas Schlück GmbH, 30827 Garbsen
Umschlagbild: © Nele Schütz Design unter Verwendung
von shutterstock/Mike Pellinni
Druck und Bindearbeiten: GGP Media GmbH, Pößneck
ISBN 978-3-89425-493-3
1. 2. 3. / 2019 18 17

Martin Calsow

Quercher und der Blutfall

Kriminalroman

grafit

Der Autor

Martin Calsow wuchs am Rande des Teutoburger Waldes auf. Nach seinem Zeitungsvolontariat arbeitete er bei verschiedenen deutschen TV-Sendern. Er gehört der Jury des Grimme-Preises an und lebt heute mit seiner Frau am Tegernsee und in den USA.

Quercher und der Blutfall ist der fünfte Band einer Serie, in der der sperrige LKA-Beamte Max Quercher im Fokus steht. In einer weiteren Romanreihe des Autors agiert der schweigsame, leicht autistische Undercover-Ermittler Andreas Atlas als Protagonist.

www.martin-calsow.de

Zum Zeitpunkt der Drucklegung dieses Buchs befindet sich mein Kollege, der Journalist Deniz Yücel, in türkischer Haft. Auch wenn das für die Regierung der Türkei eine Überraschung ist: Journalismus ist kein Verbrechen und Deniz Yücel kein Terrorist. #freedeniz

Martin Calsow

Für Insa

La Gomera, Monate zuvor

Es war noch Nacht, als er seine letzte Übung, den herabschauenden Hund, machte. Danach duschte er, zog sich wieder an, trank einen letzten Schluck grünen Tee und griff nach seiner Reisetasche. Anschließend schlug er den Mann, der den Eingang zum Haus kontrollierte, tot. Genauer: Er versetzte ihm einen Schlag gegen die Schläfe und drehte dann seinen Hals, bis der oberste Wirbel brach. Den Körper verstaute er in der kleinen Kammer mit den Putzmitteln und stützte ihn mit einem Plastikmob.

Letztlich war es wie bei den Hunden: Hatten die einmal einen Menschen gebissen, waren sie verloren. Der Geschmack von Blut, das Gefühl von Macht, ließen sie nie mehr gehorchen.

Er hatte vor mehr als dreißig Jahren ein ähnliches Erlebnis. In einer Autobahnunterführung hatte man ihm die *Heckler & Koch* in die Hand gelegt und er hatte abgedrückt. Der Sound war unbeschreiblich. Der leichte Rückstoß, das Zersplittern des Betons. Darauf war er nicht vorbereitet worden.

Danach war alles anders. Eine Neugeburt.

Dieses Gefühl war in all den Jahren auf der Insel nicht verloren gegangen, nur in einer Schublade aufbewahrt worden.

Er hatte Wochen der stillen Planung hinter sich. Viel Zeit war ihm nicht geblieben. Die Genossen schienen ihn aufgespürt zu haben. Oder man hatte ihn verraten. Oder einer hatte gequatscht. Oder er war ein Lockvogel. Egal. Man hatte ihn offensichtlich wieder im Visier. Aber er würde nicht warten wie ein dämliches Schaf, bis jemand auf einen Knopf drückte oder einen Lauf an seinen Hinterkopf presste. Er würde agieren, nicht reagieren.

Unten, in der kleinen, kaum beleuchteten Straße vor seinem Haus, stand ein Auto. Darüber lag die Wohnung seiner ›Aufpasser‹. Er kannte ihre Abläufe besser als sie seine.

Den Bärtigen, einen Ostdeutschen, passte er hinter einem Container mit Bauschutt ab. Gleiche Methode wie bei dem ersten Typen: Schlag, Knacken und Verstauen. Als er sich jedoch dem letzten der drei Männer zuwenden wollte, die auf ihn angesetzt worden waren, hatte er unvorsichtigerweise eine Flasche übersehen und dagegengetreten. Der Mann hatte sich gerade zu einer Steckdose gebeugt, um sein Telefon aufzuladen. Er wehrte sich und musste mit dem Kabel um den Hals sterben.

Dann konnte Rüdiger den Heimweg antreten.

Pompeji, Wochen zuvor

Er hatte den schmalen Mann in den Ruinen entdeckt. Wie ein wirrer Kranich war der Fremde zwischen den Überresten längst vergangener Zeiten umhergewandert, in der Hand einen Reiseführer und auf dem Rücken einen grauen Rucksack. Wie er selbst war auch der andere hager, mit straßenköterblonden Haaren geschlagen und groß gewachsen.

Alles stimmte.

Das war gut für ihn, schlecht für den Unbekannten.

Er hatte ihn angesprochen und schnell gemerkt, dass der Hagere die Gesellschaft anderer Männer schätzte. Sie plauderten über den schlechten Zustand der Ausgrabungsstätte, fanden einander sympathisch. Der Mann stellte sich als Joachim Kutscher vor. Er selbst nannte ihm den Namen eines ehemaligen Kollegen. Als sie zurück zum Ausgang wanderten, erzählte er Kutscher von seinem Missgeschick.

Sein Auto sei geklaut worden. Jetzt müsse er den Bus nach Neapel nehmen. Sofort bot Kutscher an, ihn in seinem Wagen, einem Alfa Romeo, mitzunehmen. Kaum hatte er Platz genommen, spielte Kutscher eine Puccini-Arie. Unter ihnen das Meer, rechter Hand der Vesuv. Die Sonne ging unter. Sie begeisterten sich so sehr für die Musik, dass sie sich für den Abend zu einem Besuch des *Teatro di San Carlo,* des mit dreitausenddreihundert Plätzen jahrelang größten Opernhauses Europas, verabredeten. Das stellte eine echte Hürde für ihn dar. Zum einen hatte er Mühe, so spät in einem Geschäft mit den letzten Euros, die er besaß, einen anständigen Anzug zu kaufen. Zum anderen würde er danach kein Geld mehr für die Eintrittskarte haben. Aber lieber setzte er alles aufs Spiel, als seinen Plan aufzugeben.

Kutscher schien sich wie ein Kind über die Begleitung zu freuen, hatte schon zwei Karten besorgt und riss ihm nach der Begrüßungsumarmung diskret das Etikett am Kragen des neuen Anzugs ab. Zweimal berührten sich ihre Hände einen Hauch länger als üblich.

Das erste Mal zog er schüchtern seine Hand wieder zurück. Beim zweiten Mal blieb sie etwas länger und zauberte so ein Lächeln auf Kutschers Lippen im Halbdunkel der mit rotem Samt bespannten Loge, nicht weit vom Orchestergraben entfernt.

Nach einer berauschenden Aufführung hatte Kutscher darauf bestanden, ihn zu einem späten Abendessen einzuladen. Für jemanden, der drei Tage so gut wie nichts zu sich genommen hatte, war das gefährlich – er musste sich beim Essen vornehm zurückhalten, um nicht negativ aufzufallen.

Aber Kutscher ließ sich nicht lumpen und orderte ein Fünf-Gänge-Menü.

Er hatte erfahren, dass Kutscher noch drei Wochen in Süditalien verbringen wollte, ehe es zurück nach Berlin gehen sollte. Dort arbeite er, so erzählte er im Plauderton und mit einem scheuen Lächeln, als freier Konzertpianist. Aber die Saison beginne für ihn erst im Oktober.

Und er hörte zu, saugte alles auf, fragte, in welchem Hotel Kutscher wohne und ob er es empfehlen könne. Fragte nach seinen bisherigen Urlaubserlebnissen und ließ sich so lange Selfies von einem dämlich grinsenden Kutscher vor nicht enden wollenden Ruinen zeigen, bis er Kutschers Handycode kannte. Fragte nach der Familie, die nicht vorhanden, und nach Freunden, deren Anzahl überschaubar war. Jedes noch so kleine Detail war ihm wichtig. Zudem studierte er Stimme und Gesten.

Auf der Rückfahrt zum Hotel, dessen Adresse er nahe dem *Museo di Capodimonte* angab, bat er Kutscher, an den Rand eines Parks zu fahren und auszusteigen. Kutscher schien zu verstehen und das auch nicht zum ersten Mal zu machen. Erst als er zwischen zwei Pinien vor seiner neuen Bekanntschaft niederkniete, bemerkte Kutscher, wie absurd das alles war: der Fremde, die unbekannte Gegend … Aber der Rotwein, die süditalienische Luft und der erlebnisreiche Tag machten ihn arglos.

Ein Fehler.

Denn anstatt seine Hose zu öffnen, hatte er schon das Messer gezogen, Kutschers Kopf nach unten gedrückt, die Klinge in den Bereich unterhalb des Atlaswirbels gestoßen und einmal kräftig gedreht.

Kutscher hatte versucht, zappelnd den Kopf wieder nach oben zu reißen. Aber die Klinge in seinem Rückenmark ließ das nicht zu. Sein Körper vibrierte. Die Füße schlugen auf und ab. Das Messer durchtrennte sofort die lebensnotwendigen Stränge des zentralen Nervensystems. Der Tod trat nach wenigen Sekunden ein.

Er hatte darauf geachtet, keine Vene zu treffen, sodass die Kleidung kaum von Blut beschmutzt wurde. Er zog Kutschers Smoking an, legte über die blutigen Stellen im Kragenbereich einen Schal, hievte den Nackten in den Kofferraum des Alfa Romeos und schlug anschließend mit einem tiefen Seufzer die Klappe über ihm zu.

Kutscher war Vergangenheit.

Aber als er schließlich am Steuer saß und auf einer Schnellstraße in den Süden der Stadt fuhr, rumpelte es plötzlich im Kofferraum. Das konnte nicht sein! Er hatte in den letzten Jahren doch nicht all seine medizinischen Fähigkeiten verloren!

Hektisch suchte er eine abgelegene Straße, diesmal am Hafen, sprang heraus, riss den Kofferraum auf und sah in weit aufgerissene Augen. Nach einigen Momenten der Panik reagierte sein Verstand wieder. Der neue Kutscher wusste, dass der bereits hirntote alte Kutscher nur noch wenige neurologische Bewegungen machte. Mit dem letzten Aufgebot an Geduld wartete er also auf das finale Zucken. Dann schloss er endgültig den Kofferraum.

Als er eine halbe Stunde später in dem Hotel ankam, nickte ihm der Concierge an der Rezeption nur müde zu. Nachdem es ihm daraufhin gelungen war, sich mithilfe der Schlüsselkarte aus der Innentasche von Kutschers Smoking Einritt in das Zimmer seines Opfers zu verschaffen, wusste er endgültig, dass er als Joachim Kutscher nach Deutschland zurückkehren würde.

Der neue Kutscher checkte am nächsten Tag aus, verließ Neapel über Landstraßen, mied, auch wenn es viel Zeit kostete, die mautpflichtigen Autobahnen und hielt erst südlich von Rom an. Er hatte genug Zeit gehabt, um sich über die Entsorgung der Leiche Gedanken zu machen. Ein See sowie das Meer waren nicht geeignet. Taucher oder Strömungen würden den Toten schneller, als er es gebrauchen konnte, zurück ans Tageslicht bringen. Vergraben an Stellen, die er nicht kannte, war ebenfalls zu risikoreich. Ein Hund, ein idiotischer Schatzsucher oder irgendein anderer zufälliger Buddler könnten ihm in die Quere kommen. Und dann wäre er zum Handeln gezwungen. Doch eine Leiche reichte für den Moment.

In der Abenddämmerung stellte er den Alfa in einer Wohngegend nahe dem römischen Flughafen ab, ging anschließend zu Fuß zu der nahe gelegenen Schnellstraße, wo er ein Taxi anhielt und in die Innenstadt fuhr, um dort mit Kutschers Kreditkarte und Pass in einem Hotel einzuchecken. Er schlief lange und ausgiebig, ließ sich das Frühstück aufs Zimmer bringen, ehe er mit gefülltem Bauch und halbwegs zufrieden über den bisherigen Verlauf seines neuen Daseins eine Stadttour mit einem Doppeldeckerbus machte. Er knipste mit Kutschers Handy Fotos. Später, zurück im Hotelzimmer, scrollte er durch Kutschers Mails, las sie und sandte Menschen, die er nicht kannte, die er aber anhand der WhatsApp-Historie als Kutschers Freunde identifizierte, die Bilder aus Rom. Am nächsten Tag ließ er sich von einem Taxi zu dem zurückgelassenen Alfa fahren. Er war, wie erwartet, gestohlen worden. Die Gegend hier war das Gebiet von Kriminellen. Sie hatten den Wagen wahrscheinlich kurzgeschlossen, unmittelbar nachdem er ihn abgestellt hatte, und ihn benutzt, bis jemand den Kofferraum geöffnet und Panik bekommen hatte. Wenn es besonders gut für ihn laufen würde, hatten sie den Wagen längst verschwinden lassen.

Was jetzt noch fehlte, war gleichzeitig der heikle Teil seiner Mission. Der Taxifahrer musste ihn zu einer Polizeistation fahren. Dort zeigte er den Reisepass sowie die Fahrzeugpapiere vor und meldete das Auto als gestohlen. Die Beamten in ihren schicken Uniformen nahmen alles gelangweilt zu Protokoll, gaben ihm die Unterlagen für die Versicherung mit und wünschten ihm eine gute Reise.

Dann fuhr er mit dem Zug weiter. In Rosenheim stieg er aus, kaufte ein Auto, rief bei ihr an und verkündete seine Ankunft für den nächsten Tag.

Sie schien sich zu freuen. Er würde ihr helfen, sie ihm.

Von dort aus würde er ihn beobachten, ihn in aller Ruhe studieren und auf ihn warten. Er würde endlich das Verderben über Max Quercher bringen.

Kapitel 1

Bad Wiessee am Tegernsee

»Du hast Gurke und Grünkohl zu einem Smoothie geschreddert?«, fragte Max Quercher ungläubig.

»Das ist gesund«, antwortete Regina aus der Küche.

»Ja, aber auch eklig.«

»Du salzt dich am Morgen auch nicht ab. Dann müssen wir das eben mit einem grünen Smoothie wieder wettmachen.«

Regina von Valepp lächelte. Aber es war alles andere als ein liebenswürdiges Lächeln. Für Max Quercher waren gemeinsame Frühstücke mit seiner Freundin eine Herausforderung, sowohl kulinarisch wie auch zwischenmenschlich. Schliefen sie bei ihm, gab es Kaffee und Semmeln, vielleicht einen Honig aus biologischem Anbau. Anders war es, wenn er bei Madame nächtigte. Dann brach am Morgen mit aller Macht der Wellness-Taliban aus ihr heraus. Sie lebten noch immer in getrennten Häusern. Sie fand, dass er eine Lebenskrise durchmachte, und er fand, dass sie Gesundheit zu einer neuen Religion erhoben hatte. Selbst Lumpi, die Hundedame, blieb auf ihre alten Tage davon nicht verschont. Regina kredenzte ihr biologisch dynamisches Fressen mit »Grünzeug drin«, wie er es leise verächtlich nannte, dessen Preis dem Wochenlohn eines Spargelstechers entsprach.

Mit schmerzverzerrtem Gesicht trank Quercher die grüne schleimige Brühe. Vor ihm stand noch ein kalorienarmer Quark mit Chia-Samen und glibberigen Goji-Beeren.

Regina setzte sich neben ihn und schlug eine Wirtschaftszeitung auf. »Ist gut für die Verdauung. Im Alter fällt das Männern ja schwer. Und es ist gut für die Prostata. Da sind auch viel Proteine drin.«

»Ja, Waterboarding spült ja auch die Gehörgänge gut durch, viel gesünder als Ohrenstäbchen.«

Sie sah über ihre Zeitung hinweg. »Jedenfalls wirst du heute zur Abwechslung keine Blähungen haben. Wir sind übrigens zum Abendessen verabredet. Ich hatte dir einen Termin geschickt, den hast du angenommen.«

»Sind das diese seltsamen Kästchen auf dem Computerbildschirm, rechts oben?«

»Ja, willkommen im einundzwanzigsten Jahrhundert. Wir essen bei Isolde von Scheven.«

Quercher verdrehte die Augen. Er wusste, was auf ihn zukam. Von Scheven war überzeugte Tierfreundin und Vegetarierin. Das hieß: Monologe über geschundene Tiere und dazu fades Gemüse, meist völlig zerkocht. Das Problem mit dem Adel war, fand Quercher, dass zu lange andere für ihn gekocht hatten. Die eigenen Hände zu gebrauchen, war noch nicht lange Standard in diesen Kreisen. Aber das behielt er für sich. Denn seine erprobte Devise war: Maximal eine Front pro Tag mit der Blaublutfreundin – alles andere grenzte an Selbstmord. Mehrfrontenkriege mit der Geliebten endeten in schlimmen Niederlagen beziehungsweise Friedensvorschlägen seinerseits. Er konnte nicht ansatzweise so stur wie Regina sein.

»Isolde hat erst ihre Sitzung mit dem Vorstand der Schutzkommission. Danach essen wir nur einen kleinen Happen und du leihst deinen kompetenten Verstand ihrem Sohn. Sei so lieb. Ich habe es ihr versprochen.«

Quercher verdrehte genervt die Augen. »Geht es etwa immer noch um das RAF-Attentat? Mein Gott, was soll ich denn dazu beitragen? Das ist doch schon vom LKA, vom BKA und von was weiß ich wem ausführlich auseinandergenommen worden.«

»Was weißt du denn sonst noch darüber?«, fragte Regina.

»Na ja, ich war damals ja noch gar nicht bei der Polizei und kenne die Geschichte eigentlich nur von Ferdi, der war zu der Zeit schon beim LKA ... oder war es der Verfassungsschutz? Egal. Ich war jedenfalls sechzehn oder siebzehn Jahre alt. Die von Schevens haben seinerzeit noch in der Villa in Finsterwald gewohnt, nicht wie jetzt im Tal. Er gehörte zu den sogenannten gefährdeten Personen, weil er in der Atomindustrie irgendwie ein hohes Tier war. Solche Leute hat die Rote Armee Fraktion ständig im Visier.

An besagtem Morgen wurde er wie immer von seinem Fahrer abgeholt. Beim Einsteigen hat ihn jemand angesprochen und daraufhin erst ihn und dann den Fahrer abgeknallt. Die Sache ist nie aufgeklärt worden. Die Täter haben jedoch aus irgendeinem Grund von Schevens Aktentasche mitgenommen. Das war dann im Nachgang des ganzen Dramas das große Mysterium. Aber ich habe mich nie intensiver mit dem Fall auseinandergesetzt, die RAF, die man für die Drahtzieher hielt, war nie meine Baustelle. Linke Volltrottel mit Hang zum Größenwahn. Da gefielen mir die Araber einfach besser.«

»Der junge von Scheven hat neue Indizien, schau sie dir doch einmal an.«

»Und wo besprechen wir das?«, ätzte Quercher. »Im Bernsteinzimmer? Das hat er bestimmt auch gefunden.«

Regina musste leider lachen, ließ jedoch nicht locker. »Du musst ihrem Sohn wenigstens zuhören. Ich bitte dich darum.«

»Regina, die letzten Attentate wurden nie aufgeklärt. An der Stelle haben wir von der Staatsmacht uns nicht mit Ruhm bekleckert. Aber mittlerweile hat jeder drittklassige Journalist seine eigene Theorie zu dem gesamten RAF-Komplex. Was soll ich denn da bitte machen? Etwa meinen Exkollegen nachspüren?«

»Er hat Beweise und du kannst sie dir anschauen. Wenn dein Expertenauge das beurteilt hat, sind alle beruhigt.«

Er erhob sich stöhnend, ignorierte Reginas prüfenden Blick. Der Morgen, das war für Quercher längst das Stalingrad des Alters. Das lag sicher nicht nur an Reginas Gesundheitskreuzzügen. Auch er selbst war nicht unschuldig. Seit seiner Frühpensionierung beim LKA hatte er Verschiedenes ausprobiert: einen Job bei einer Sicherheitsberatung für eine der zahlreichen Firmen seiner Freundin bis hin zu gelegentlichem Arbeiten in der Schreinerei seines Freundes Lercher, die wenige Meter von seinem Haus entfernt lag. Der Holzkauz und sein Kollege Hans hatten ihn mit viel Geduld über Hilfsarbeiten zu einem anständigen Mitarbeiter für das Grobe herangezogen. Inzwischen durfte er alles machen, nur von der Kreissäge musste er sich fernhalten. Das war insofern natürlich ein Witz, als dass ausgerechnet Lercher, der Meister, im letzten Jahr mit seiner linken Hand in das Sägeblatt gekommen war und wochenlang krankgeschrieben war.

Mit diesen Tätigkeiten hatte Quercher den Winter überstanden. Aber letztendlich war das alles keine langfristige Lösung. Er war Ermittler, etwas anderes konnte er nicht.

Zudem war er wegen seines Hauses auf Salina unvorhergesehen in Schwierigkeiten geraten. Der italienische Staat hatte Quercher von einem Tag auf den anderen mit irrwitzigen Steuerforderungen konfrontiert, denen er nicht nachkommen konnte. Deswegen hatte er das Haus in einer Nacht-und-Nebel-Aktion unter Wert verkaufen müssen, saß aber immer noch auf einem Haufen Schulden. Er redete nicht darüber. Aber Regina wusste über Ferdi Pollinger, Querchers ehemaligen Chef und heutigen Freund und Nachbarn, davon. Sie wollte Quercher helfen, doch er ließ es nicht zu. Er konnte zwar auf die Ersparnisse und die Bezüge aus der Frühpensionierung zurückgreifen, aber das reichte bei Weitem nicht aus für seinen Lebensabend. »Es sei denn, er fällt in zwei Jahren tot um«, wie Ferdi mitleidslos konstatiert hatte. Doch Querchers Arbeit in der Schreinerei warf so gut wie nichts ab.

Regina hatte die ›Midlife-Crisis-Praktika‹ ihres Lebensgefährten mit Argwohn betrachtet, sich aber eines Kommentars enthalten. Männern, die an Erkältung litten und in Selbstmitleid badeten, ließ man besser etwas Zeit, um vor sich hinzubrüten. Das totgeschwiegene Geldproblem aber hing trotzdem permanent wie eine dunkle Wolke über ihm. Das schien für Außenstehende wie ein Jammern auf hohem Niveau wirken, aber Querchers Verständnis von Stolz und Würde war so flexibel wie der Stamm einer Eiche.

Ihre Beziehung erinnerte überhaupt an das Auf und Ab des byzantinischen Weltreichs, fand Pollinger. Der musste heute von Quercher nach München zu einer Regeluntersuchung im *Krankenhaus rechts der Isar* gefahren werden. Vor Jahren hatte man ihm dort die Hälfte seines Magens entfernt. Seitdem war der Krebs in Remission. Ferdi Pollinger war felsenfest überzeugt davon, dass das an den geheimnisvollen Kräften des Heilwassers der Quellen in Wildbad

Kreuth lag, das er nicht weit von hier, am südlichsten Zipfel des Tals, bezog und tagtäglich mit Eifer trank.

»Der Ferdi ist sicher aufgeregt wegen des Termins. Du musst heute lieb zu ihm sein«, ermahnte ihn Regina, das Gesicht immer noch hinter der Zeitung versteckt.

Quercher sah hinaus in den Regen, dachte an die bevorstehende Fahrt mit Pollinger nach München, das Warten in den Fluren des Krankenhauses und wünschte sich in diesem Moment so etwas wie Nähe, wenn er schon seinen alten Freund auf diesem Trip begleiten musste. Mit einem Satz rutschte er über den Tisch, schubste den Quark beiseite, stieß die Zeitung weg, umgriff Reginas Gesicht und küsste sie.

»Bäh, du schmeckst nach Gurke und Kohl“, presste sie angewidert hervor und wollte sich wegdrehen.

Mit einer Hand fasste er hinter sich in die Schüssel mit Quark und schmierte der inzwischen kreischenden Regina die weiße Pampe ins Gesicht, um sie anschließend abzulecken. Lumpi, die bis dahin von ihrem Körbchen aus interessiert zugeschaut hatte, trollte sich, als sich Quercher und Regina auf dem sündteuren Teppich mit allerlei Nahrungsmitteln und Sex vergnügten.

Bei Quercher zumindest schien das zu funktionieren: Weder hörte er, wie Reginas Smartphone auf dem Granit der Küchenarbeitsplatte zu vibrieren begann, noch nahm er wahr, wie sie mit einem kurzen, besorgten Blick Richtung Handy sah.

Pollinger ließ auf sich warten. Quercher hatte wie verabredet pünktlich um elf Uhr vor dem Haus gestanden und gehupt. Der Regen prasselte in feinen kleinen Tropfen unaufhörlich auf seine Scheibe. Eigentlich ein Wetter zum Daheimbleiben, fand Quercher, entschied sich aber, trotzdem aus dem Wagen zu steigen und ums Haus zu gehen. Er sackte tief mit seinen

Sneakers in den nassen Rasen, hinterließ Löcher und gab beim Laufen ein schmatzendes Geräusch von sich. Nichts, was man am Morgen zwingend gebrauchen konnte. Bei dem Versuch, durch die Terrassentür in Pollingers Wohnzimmer zu schauen, stieß er gegen einen alten Kinderwagen, der verloren auf den ungepflegten Bodenfliesen stand. Dieser Anblick machte Quercher noch sentimentaler, als er sowieso schon war.

Pollinger war seit zwei Monaten wieder allein. Er hatte in diesem Haus die letzten Jahre mit Arzu, einer LKA-Polizistin, und ihrem Sohn zusammengelebt. Angesichts des deutlichen Altersunterschieds hatten nur wenige, Quercher inbegriffen, dem Paar eine Chance gegeben. So war es dann schlussendlich auch gekommen. Arzu hatte sich in einen Kollegen verliebt, war nach wochenlangen Diskussionen und tränenreichen Auseinandersetzungen irgendwann ausgezogen und hatte Pollinger allein in dem überdimensionierten Haus zurückgelassen.

Der wiederum hatte die Trennung zumindest nach außen hin erstaunlich souverän gemeistert. »Es war eine gute Zeit. Ich habe sie genossen. Jetzt ist die Geschichte eben wieder vorbei. Der Herr hat's gegeben, der Herr hat's genommen.« Das war seine lapidare Erklärung gewesen, als er Regina und Quercher bei einem gemeinsamen Essen von Arzus Auszug erzählt hatte.

Im Gegensatz zu Quercher war Pollinger ein geselliger Mensch. Er tauchte seitdem wieder verstärkt bei diversen Vereinen im Tal auf, wurde Gebirgsschütze, besuchte Trommelkurse in der Volkshochschule und reiste mit dem örtlichen Rotary Club nach Italien. Nach außen hin wirkte er also stets wie der lustige Pensionär. Doch Quercher nahm ihm das nicht ab. Denn er wusste, dass Arzus Sohn Max Ali dem alten Mann sehr fehlte.

Er klopfte mehrmals an das Fenster, rief nach Pollinger, bekam aber keine Antwort. Doch das überraschte ihn wirklich. Quercher ging davon aus, dass sich sein Freund wieder am frühen Morgen auf den Weg zu einem seiner Lieblingsorte aufgemacht hatte. Denn seit seiner Pensionierung und unter dem Eindruck der Krebserkrankung war Pollinger felsenfest davon überzeugt, dass das Quellwasser an bestimmten Plätzen innerhalb des Tegernseer Tals heilende Kräfte besaß, die er sich zunutze machen konnte. Statt eines Weinkellers hütete Querchers ehemaliger Chef seitdem kistenweise Flaschen mit Wasser aus diesen Quellen in seinem Haus. Fein säuberlich geordnet nach Quellort, Mond- und Jahreszeit.

Querchers neues Auto rumpelte über den Forstweg, der sich neben dem Breitenbach hinauf in die Berge zog. Als er mit dem Auto nicht mehr weiterkam, musste Lumpi ran. Die Schweißhunddame besaß nämlich das Talent, den Alten sogar noch auf eine Distanz von mehreren Kilometern zu riechen und seiner Spur folgen zu können. Sie fanden Pollinger schließlich oberhalb eines Teichs in der Nähe einer Hütte. Er kniete dort im Matsch und füllte in strömendem Regen eine Flasche Wasser ab. Quercher sah ihn bereits von Weitem – einen hutzeligen, dürren Mann mit weißen Haaren und einer grünen Regenjacke, die viel zu groß für ihn war. Der halbe Magen, der ihm nach seiner Krebs-OP noch geblieben war, ließ kein Zusatzfett zu. Kurz vor seiner Pensionierung hatte die Krankheit Pollinger getroffen. Es war ein Kampf um Leben und Tod, den Pollinger – vorerst – gewonnen hatte.

Quercher verspürte schlagartig tiefes Mitleid für den alten Mann – und Sorge. Pollinger hatte sich über die Dienstjahre von einem Chef zu einem Mentor gewandelt. Er war zu einem engen Freund geworden. Doch Quercher verdrängte diesen Gedanken sofort wieder. »Um elf Uhr müssen wir in

München sein. Es wäre also sehr zuvorkommend, wenn der feine Herr sich endlich erbarmen und seinen Fahrer nicht noch länger warten lassen würde«, klagte er, als er Lumpi folgte und sich neben den Alten stellte.

»Trink.«

»Igitt!«, schüttelte er sich und verzog angewidert das Gesicht. »Da oben stehen bestimmt Kühe auf den Almen, die brunzen mehrmals täglich in den Bach und hier unten kommt das Ganze dann als dein Heilwasser an. Wie in Lourdes.«

Pollinger schwieg und hielt weiter die Flasche hoch.

Quercher verdrehte die Augen und trank einen Höflichkeitsschluck. Er schmeckte sofort, dass das Wasser eisenhaltig war. Aber sonst fand er es eigentlich ganz gut. Doch das würde er niemals laut vor dem Waldschrat zugeben.

»Schau.«

»Wohin?«, fragte Quercher gedehnt. Das Wetter lud nicht gerade dazu ein, tiefschürfende Gespräche an der frischen Luft zu führen. Er wollte zurück zu seinem Wagen.

»Schau auf den Regen. Er liefert das Wasser, das sich im Teich sammelt, wieder in den Breitenbach geführt wird und auf diese Weise weiter unten in den See fließt. Der wiederum geht in die Mangfall über und …«

»… weiter in den Inn und dann in die Donau.«

Pollinger nickte. »Genau, und am Ende mündet die Donau ins Schwarze Meer.« Er zögerte einen Moment. »Ich bitte dich um ein Versprechen, Maximilian.«

Quercher zuckte unmerklich zusammen. Wenn Pollinger ihn mit seinem vollen Namen ansprach, war es ernst.

»Wenn ich gestorben bin, verbrennt's mich und streut die Asche droben in die Quellen unterhalb des Huders. Dann reise ich über Jahre durch meine geliebte Heimat.«

»Quasi ein Fliegender Holländer des Süßwassers.«

Pollinger sah ihn eindringlich an. »Versprichst du mir das?«

Quercher nickte.

Schweigend saßen sie am Rande des Teichs und starrten gedankenverloren auf die Tropfen, die auf die glatte Wasseroberfläche fielen und kleine Kreise bildeten. Selbst Lumpi, die Regen hasste, saß gottergeben neben ihnen und lehnte sich an den Alten, ohne aufzumucken.

Wenn er mit Pollinger in die Stadt fuhr, hatte das für Quercher immer etwas von einer heiligen Inquisition auf vier Rädern. Denn kaum hatten sie das Tal verlassen, begann der Alte, während er Lumpi hinter den Ohren kraulte, die Fragestunde.

»Musste dein neuer Wagen unbedingt ein Türken-Benz sein?«

Quercher hatte eine lange, erfolglose, aber dennoch nachhaltige Liebe zu Autos seiner Kindheit. Viele Jahre fuhr er einen alten Benz, nun aber hatte er sich einen mokkafarbenen Ford Granada, Baujahr 1980, gekauft. »In was für einem Wagen wünscht der Herr Pensionär denn, herumkutschiert zu werden? Papamobil? Sänfte?«

»In einem vernünftigen Wagen, in dem sich deine Freundin sehen lassen kann. Du bist nicht mehr mit einer deiner Münchener Discomiezen zusammen.«

»Ferdi, kein Mensch sagt heute noch Worte wie ›Disco‹ oder ›Miezen‹.«

»Du lenkst ab. Über kurz oder lang wirst du Regina verlieren. Ich weiß, was das heißt. Aber du solltest auf dem Schirm haben, dass du mit bald achtundvierzig Jahren nicht mehr so leicht vermittelbar bist, erst recht nicht als Hilfsschreiner mit einem gigantischen Haufen Schulden im Gepäck. Junge Damen wünschen sich heute nämlich nicht mehr Kriminal-Geschichten von früher, sondern finanzielle Sicherheit.«

»Unsinn. Junge Damen sorgen heute selbst für ihre finanzielle Sicherheit. Die sind nämlich besser gebildet als die jungen Herren und es ist nur eine Frage der Zeit, bis man über Männer- statt Frauenquoten in den Chefetagen diskutieren wird.«

Pollinger grummelte etwas unverständlich Abfälliges und wechselte das Thema: »Hast du den Schuldnerberater angerufen?«

Quercher verdrehte genervt die Augen. Sie waren gerade mal in Warngau und Pollinger lief jetzt schon zu Höchstform auf! Womit kommt der Alte wohl sonst noch um die Ecke?, überlegte er mit grimmigem Gesicht.

Als ob er Gedanken lesen konnte, setzte Pollinger im selben Moment zum Hauptschlag an: »Und hast du den Therapeuten angerufen, den ich dir empfohlen habe?«

Quercher merkte, wie sein Blutdruck stieg, als sein ehemaliger Mentor auf einen Vorfall anspielte, der inzwischen bereits ein Jahr zurücklag. Quercher und Regina waren während eines Urlaubs auf Salina von dem flüchtigen Mörder Jan Poschner angegriffen worden – und Pollinger war überzeugt davon, dass dieses Ereignis nachhaltige Schatten auf Querchers Leben warf, die dringend bearbeitet werden sollten.

»Können wir das Thema bitte wechseln? Danke.«

Er hatte bis heute mit keinem Menschen darüber gesprochen, wie das letzte Aufeinandertreffen mit seinem Kontrahenten damals verlaufen war. Der Polizei, die von Sizilien nach Salina herübergekommen war, um den Vorfall zu ermitteln, hatte er lediglich eine dürftige, aber für die Herren ausreichende Version aufgetischt. Selbst Regina, die schlief, als es passiert war, tappte nach wie vor im Dunkeln.

»Du weißt so gut wie ich, dass Regina mit ihrer Vermutung recht haben könnte. Vielleicht lebt er doch«, ignorierte Pollinger Querchers Einwand.

»Ja, vor allem wenn du ihr noch weiteren Stoff für so einen Gedankenmüll verabreichst. Poschner ist tot, verdammt noch mal! Ende, finito. Vor meinen Augen im Meer vor Salina untergegangen. Das muss euch als Beweis doch wohl reichen!«

»Aber nicht mal mir hast du erzählt, was genau da in Salina abgelaufen ist. Das wirft bei mir natürlich Fragen auf! Außerdem ist es nicht gesund für die Seele, alles nur mit sich selbst auszumachen.«

»Ferdi, es reicht! Du weißt genug!«

Quercher war so laut geworden, dass Lumpi auf dem Rücksitz leise jaulte. Er beugte seinen rechten Arm nach hinten und kraulte die verängstigte Hundedame.

»Was ich sagen will ...«

»Jaja, Traumatherapeut. Da können Regina und ich über alles reden. Lass gut sein, Ferdi. Lieber trinke ich deinen Heilwasservorrat aus, als mit Regina und ihren Spitzfindigkeiten zu einem Seelenklempner zu wackeln. Da komme ich gestörter raus, als ich reingehe.«

»Das dürfte schwer werden«, frotzelte Pollinger versöhnlich und wechselte das Thema. »Heute Abend spielt Deutschland gegen Russland. Kommst du rüber zum Schauen?«

»Ich find Fußball fad, weißt du doch, Ferdi. Außerdem hat mein Vater schon gegen die Russen verloren – 1944.«

»Himmel, reiß solche Witze bloß nicht im Beisein von Regina. Die ist zu schlau für deinen Pennälerhumor.«

»Okay, du bist grantig, weil du gleich auf Befehl pieseln musst. Mach dir bitte keinen Kopf deswegen. Alles wird ordentlich laufen, Ferdi. Du gehst da fröhlich raus und die im Krankenhaus sind froh, so einen Quälgeist wie dich möglichst schnell wieder los zu sein. Ich warte im *Wiener*, ruf mich einfach an, wenn du fertig bist. Ich treffe mich übrigens mit Picker. Der hat doch da um die Ecke seinen Fahrradladen aufgemacht.«

Pollinger sah aus dem Fenster und murmelte leise vor sich hin.

»Was? Sprich, Orakel vom See«, forderte Quercher ihn auf, als er auf der Ismaninger Straße fluchend eine Parkmöglichkeit suchte. Regen und Autofahrer in der Stadt – keine gute Kombination, fand er. »Der Münchner an sich wirkt immer überfordert bei besonderen Wetterereignissen«, ätzte er, während er angestrengt durch die Windschutzscheibe starrte. »Zwar fährt man vorzugsweise dicke SUVs. Aber kaum fällt auch nur ein einziger Regentropfen, drehen sie durch, die Muttis und Papis, die ihre Gottesgeschenke zur Kita bringen.«

»Wer von uns beiden ist denn hier jetzt der Grantler?«

Obwohl Quercher noch nicht richtig eingeparkt hatte, öffnete Pollinger die Tür und stieg aus. »Ich ruf dich an«, rief er über die Schulter zurück, ging gebückt durch den Regen auf die andere Straßenseite und verschwand.

Quercher sah ihm nach, wie er durch den Eingang das Krankenhaus betrat, und es stach einmal kurz und heftig unter seinen linken Rippen beim Anblick seines ältesten und zweifellos besten Freundes.

Picker stand in seinem Fahrradladen und beriet gerade einen Kunden, als Quercher mit Lumpi in den Laden trat.

»Dreckswetter.«

Picker und der ältere Herr sahen die Eindringlinge mit erstaunten Gesichtern an.

»Regnet«, entgegnete Quercher überflüssigerweise.

»Ich bin gleich bei dir. Kannst du warten?«, fragte Picker mit Anspannung in der Stimme.

Lumpi schnupperte sich durch den Laden, während Quercher angesichts der hohen Preise der Räder die Augenbrauen hob. Irgendwann setzte er sich auf eine Bank am Fenster und sah hinaus. Junge Frauen und Männer, die trotz des

Regens an den Geschäften vorbeiliefen, ihre Drahtesel über die Straße zu den dort aufgestellten Marktbuden schoben. Jedes Mal, wenn er aus dem Tal in die Stadt fuhr, fiel ihm nach wenigen Minuten auf, wie alt die Bevölkerung im Tal dagegen war.

Dieser Gedanke kroch in Querchers Hirn, als Picker seinen Laden hinter ihnen abschloss und mit ihm über die Kreuzung zum Essen ging.

Das Café am Wiener Platz war ein typisches Hangout für die linksliberale Klientel des Viertels. Kam man früh genug, erwischte man einen ruhigen Platz, noch bevor die Heerscharen an jungen Müttern einfielen, die brunchend den Tag herumbringen mussten und mit ihren *Bugaboo*-Kinderwagen sogar die Wege zum Klo versperrten.

Quercher hatte seinen früheren Kollegen seit Wochen nicht mehr gesehen. Sein einstiger Rivale beim LKA, ein knallharter CSUler, hatte eine erstaunliche Lebenswende hingelegt. Picker trug die mittlerweile weißen Haare lang, trainierte für diverse Ausdauersportarten und hatte einen Fahrradladen in Haidhausen aufgemacht. Er setzte von Beginn an auf den Verkauf von E-Bikes und das wurde ein kleiner Erfolg. Picker hatte seinen Platz im Leben gefunden, dachte Quercher missmutig, als er sich zu ihm setzte.

»Was macht der Alte?«, fragte Picker, ehe er sich ein Smoothie bestellte.

»Fängst du jetzt etwa auch noch mit dem Schmarrn an?«, ätzte Quercher. »Gesundheit ist die neue Ersatzreligion. Ihr spinnt doch alle.« Mit giftigem Blick wandte er sich an die Bedienung. »Ich hätte gern Rührei mit Speck und einen Kaffee, ach ja, und eine Cola auch!«

Picker schüttelte schmunzelnd den Kopf. »Also, was macht der Alte?«

Quercher stöhnte. »Die Trennung von Arzu setzt ihm ordentlich zu. Er ist allein. Wird auch zunehmend wunderlich, läuft im Tal ›Kraftorte‹ ab, trinkt fässerweise dieses Dreckswasser aus Kreuth und anderen obskuren Quellen, so etwas halt. Anstrengender Nachbar.«

»Ich meinte eigentlich seine Untersuchung heute«, erklärte Picker ruhig.

»Na, was soll dabei schon herauskommen? Ein Pensionär mit halbem Magen trinkt nur noch Wasser. Da sagt selbst die gemeinste Krebszelle: ›Ich bin dann mal weg.‹ Der ist zäh, der Ferdi.«

Der Kellner kam mit den Getränken und servierte sie mit einem Lächeln.

»Hoffentlich. Und wie läuft es mit Regina?«

Quercher zuckte mit den Schultern. »Die trinkt wie du dieses grüne Giftzeug, lebt vom Geld ihrer Firmen, taucht da ab und an auf und gibt kluge Ratschläge. So richtig dufte findet sie es nicht, dass ich in einer Schreinerei arbeite. Aber sie steckt es, wie es sich für eine Adelige geziemt, gut und diskret weg. Ich glaube, sie sieht es als exzentrisches Hobby.«

Picker grinste. »Wir beide wissen, dass Regina recht hat. Dir fehlt die Kohle! Du bist auf dem Weg nach unten.«

»Werden eigentlich meine Kontoauszüge schon im Internet diskutiert? Oder habt ihr, also du, Ferdi und Regina, einen Gläubigerkreis gegründet?«

»Wir wollen dir helfen!«

»Rararara, fall du mir jetzt ruhig auch noch in den Rücken.«

Picker schüttelte resigniert den Kopf. Sie aßen noch und plauderten dabei über ihre Beziehungen, als sich Picker plötzlich den Mund abwischte und ohne Vorankündigung sowohl seinen als auch Querchers Teller mit den Speckresten wegschob.

»He!«, fluchte Quercher und sah Picker erbost an.

»Hör zu, Max.«

»Kann ich, auch während ich esse!«

»Aber nicht gut.«

»Du redest, als wären wir verheiratet!«

»Du wirst wieder für die Staatsmacht arbeiten.«

»Och bitte! Jetzt fang nicht auch noch damit an!« Quercher verdrehte entnervt die Augen und wollte nach seinem Teller greifen, aber Picker war schneller und reichte ihn einem vorbeieilenden Kellner, der ihn mitnahm.

»Ich rede nicht vom LKA. Es geht um unsere Bundespolizisten in Wiesbaden.«

Der Kellner kam zurück und wollte den Rest abräumen.

»Ich hätte gern noch einen Teller mit Speck«, beeilte sich Quercher zu sagen. »Nur Speck!«

Picker verdrehte die Augen und ergänzte die Bestellung: »Und bringen Sie dem Jungen noch ein Pinocchio-Eis zum Nachtisch. Danke!« Dann wandte er sich wieder Quercher zu. »Hörst du mir jetzt zu?«

Quercher grinste und schüttelte den Kopf.

»Der Mann, der an dir interessiert ist, heißt Hans Schaffelheuber. Er hat jahrelang noch die Altlasten der RAF betreut, ist inzwischen aber im Bereich organisierte Kriminalität Referatsleiter beim BKA. Er sucht jemanden, der ihm bei internen Ermittlungen helfen kann, also das Metier kennt, aber von außen kommt.«

»Picker, es ist ganz lieb, dass du dich um meine berufliche Situation kümmerst. Der Alte sorgt sich auch, Regina sorgt sich ebenfalls. Heute Abend darf ich deswegen sogar zu einem Abendessen mit Isolde von Scheven.«

»Die von Scheven, mit dem Mann, der …«

»Genau. Deren Geschichte soll ich mir anhören. Selbst Arzu wollte mir Aufträge zuschustern. Ich habe aber nun mal abgeschlossen mit dem LKA, mit der Polizeiarbeit. Es ist vorbei. Das ist momentan offenbar nur für mich nicht verstörend.«

»Nein, aber vielleicht für dein näheres Umfeld und deine Bank.«

Quercher bekam seinen zweiten Teller, merkte aber bereits beim dritten Bissen, dass er sich zu viel bestellt hatte.

»Na, hat der kleine Max wieder größere Augen als Hunger gehabt?«, frotzelte Picker, während er nach der Rechnung verlangte.

»Der Rest ist für Lumpi. Sag dem Schergen aus Wiesbaden, dass wir uns bei einem guten Essen am See gern treffen können. Aber er muss schon mit was sehr Interessantem ankommen.«

Picker nickte. »Ich richte es ihm aus. Komm jetzt, ich zeig dir noch meine neuen Modelle in der Werkstatt.«

In diesem Moment piepte Quercher Handy. Eine SMS.

Stehe vor dem Eingang. Wo bist du?

Quercher zeigte Picker die Nachricht.

Der grinste. »Einmal Chef, immer Chef. Na, dann mal los, Harry, fahr den Wagen vor.«

Quercher weckte Lumpi, die schlafend auf dem Rücksitz lag, und zuckelte hinter einer Trambahn zum *Klinikum rechts der Isar.* Dort stand Pollinger in strömendem Regen neben einigen Rauchern in Pyjamas und schaute wie ein pensionierter Raubvogel auf die Straße.

»Wie lief es?«, fragte Quercher, als der Alte eingestiegen war und sie auf der Ismaninger Straße Richtung Norden fuhren.

»Gut. Halt noch mal beim *Käfer.* Ich will mir ein paar Spezereien kaufen, zur Feier des Tages.«

»Jawohl, der Herr. Bringst du mir Fleischpflanzerl mit?« Er wartete, bis Pollinger sich ächzend aus dem Wagen gehievt hatte, und parkte anschließend in der Einfahrt eines

Wohnhauses. Kaum hatte er den Motor ausgeschaltet, klingelte sein Telefon.

Es war Regina. »Und? Was haben die Ärzte gesagt? Wie geht es Ferdi?«

»Himmel. Es geht ihm gut. Er kauft gerade beim *Käfer* ein. Ich glaube ja, er will denen sein Heilwasser verticken … Nein, ernsthaft: Es geht ihm gut. Sehen wir uns heute Abend?«, fragte er und biss sich im nächsten Moment auf die Zunge.

»Du hast es vergessen, nicht wahr?«

»Regina! Ich werde brav mit Messer und Gabel essen und den Ausführungen der Dame lauschen.«

»Es geht weniger um Isolde«, ignorierte Regina Querchers süffisanten Unterton. »Vielmehr hat ihr Sohn da so einige Ideen, die du dir in deiner Funktion als Polizist anhören sollst.«

»Jawohl, Herrin«, seufzte er und fügte sich in sein Schicksal. »Hör zu, ich muss wieder Schluss machen, König Macbeth kehrt von seiner Feinkostshoppingtour zurück. Ich melde mich später.«

Kaum hatte er das Gespräch beendet, öffnete Pollinger die Beifahrertür, schüttelte sich und rieb sich die Nässe aus den Haaren, bevor er in den Wagen stieg.

»Ich denke, du warst bei *Käfer.* Wo ist die Tüte?«, fragte Quercher erstaunt.

»Die haben nicht, was ich will. Fahr los.«

»Was haben die Ärzte denn nun gesagt?«, wollte Quercher wissen, als sie auf den Ring einbogen.

»Ich bin in Ordnung, kann alles essen, darf mich nicht aufregen …«

»Und was ist mit …?«

»Was hat Picker von dir gewollt?«, lenkte Pollinger ab.

»Ein Arbeitsangebot. Offensichtlich will mich momentan ja jeder vermitteln. Mir geht's aber eigentlich ganz gut, so, wie es gerade ist. Wirklich.« Er sah zu Pollinger hinüber, doch der schien überhaupt nicht zuzuhören, sondern starrte nur auf die regennasse Landschaft, die an ihm vorbeiflog.

Lumpi gähnte.

Es war plötzlich, als hätte ohne ersichtlichen Grund etwas Schweres das Wageninnere erfüllt. Quercher konnte es fühlen, aber nicht erklären. Deswegen ließ er es unkommentiert.

»Selbst wenn es regnet, ist dieser Ort, dieses Tal noch schön«, murmelte Pollinger. Er strich sich mit seiner faltigen Hand über seine schütteren Haare.

Quercher kannte diese Geste aus früheren Zeiten, als sie noch gemeinsam ermittelt hatten. Sein alter Vorgesetzter wollte auf diese Art und Weise Düsteres förmlich wegstreichen. Und auch sonst alles, was ihm missfiel.

»Schaust du Fußball heute Abend?«, fragte Quercher, um das Gespräch wieder auf etwas Unverfängliches zu lenken. Dann öffnete er kurz das Fenster, um frische Luft hereinzulassen.

»Nein, ich wollte meine alten Akten ordnen, die unten im Keller noch ungeöffnet in den Kisten liegen. Jetzt habe ich ja Zeit.« Pollinger atmete schwer aus und machte eine Pause, aber Quercher hörte zwischen den Zeilen die Traurigkeit seines Freundes über das Fehlen von Arzu und dem kleinen Max Ali heraus. Dann fuhr Pollinger fort: »Was machst du, wenn dein Meister dich in den Feierabend schickt?« Der ehemalige Chef des LKA konnte nicht verstehen, dass Quercher seine Zeit ausgerechnet mit Handlangerarbeiten bei einem Schreiner vergeudete. Aber er ließ ihn, im Gegensatz zu den meisten anderen, mehr oder weniger in Ruhe deswegen.

»Regina hat uns ein Abendessen bei Isolde von Scheven eingebrockt. Ich soll ihrem Sohn zuhören. Der ist nicht ganz dicht. Also werde ich hinzugezogen, quasi als Experte für Irre.«

»Woher kennt Regina denn die Familie von Scheven?« Pollinger schien aus seiner Agonie zu erwachen.

Quercher sah die Ampel auf Gelb springen und trat aufs Gas. Es war schon Rot, als er mit seinem Granada die Kreuzung passierte. Der Wagen schlingerte leicht. »Irgendeine Adelsverbindung. Die Mama von Valepp war mit Isolde von Scheven auf irgendeiner Uni. Also Blaubluts unter sich. Ich darf den netten Herrn von der Polizei geben und auf keinen Fall sagen, dass ich als Hiwi in der Schreinerei Lercher in Bad Wiessee tätig bin.«

»Sei vorsichtig, was du der Frau gegenüber sagst. Die glaubt nämlich noch immer an eine Riesenverschwörung wegen dieses RAF-Mordes damals. Der Sohn ist ebenfalls nicht ungefährlich. Der hat vor ein paar Jahren einen unserer früheren Chefermittler vor seiner Wohnung abgefangen und bedroht.«

»Kennst du den Fall genauer? Warst du involviert?«

Pollinger schüttelte den Kopf und sah wieder hinaus in den Regen. »Da hat sofort die Bundesanwaltschaft den Daumen draufgehabt. Das BKA übernahm und wir vom LKA waren raus aus der Sache.«

»Na, das wird halt wieder so ein Etepeteteabend mit Sektchen und Canapés«, stöhnte Quercher.

»Wie gesagt – pass gut auf dich auf. Diese Menschen wissen unsereins gut zu instrumentalisieren«, unkte Pollinger.

Sie hatten das Tal erreicht, aber vom See war vor lauter Nebel kaum etwas zu sehen. »Ich setz dich bei dir ab und fahr noch in die Werkstatt. Ich will die Holzlege fertig bekommen. Brauchst du Hilfe mit den Kartons aus dem Keller?«, fragte Quercher.

Pollinger schüttelte den Kopf und verdrehte die Augen angesichts Querchers überbordendem Engagement. Denn seit einigen Tagen versuchte sich der Nachwuchsschreiner an der besagten Holzlege, einem überdachten Regal für das hier fast mystisch verehrte Brennholz. Als stolzer Talbewohner stapelte man die Scheite nicht einfach so an der Wand, sondern setzte sie frühzeitig im Spätsommer in eben solch eine Lege. Quercher wollte sie Regina, in nicht ganz unabsichtlicher Verkennung ihres Geschmacks, zum Geburtstag schenken. Der war in wenigen Tagen. Also musste er sich ranhalten.

Nach einer kurzen Verabschiedung von Pollinger fuhr Quercher in die Werkstatt. Während er die Schindeln auf das zukünftige Dach nagelte, mit dem Meister und seinem Kollegen Hans frotzelte und den Duft des Lärchenholzes genoss, dachte er über das Angebot aus Wiesbaden nach und war überzeugt, es abzulehnen. Er war mit sich und der Welt zufrieden.

Ein paar Häuser weiter oberhalb saß Ferdinand Pollinger an seinem Schreibtisch aus Eiche und blätterte in seinen Finanzunterlagen, die er in einem großen Ordner abgeheftet hatte. Der Überblick, den er dabei gewann, ließ bei ihm mindestens ein genauso großes Gefühl der Zufriedenheit aufkommen, wie Quercher es in seiner Schreinerei verspürte. Ein ums andere Mal stieg er in den Keller, wuchtete mit letzter Kraft die Umzugskartons mit den Aktenordnern nach oben, wo er sich schwer schnaufend auf einen Stuhl setzte, um anschließend die Dokumente durchzusehen.

Als er den letzten Ordner beiseitelegte, lehnte er sich zurück und wandte sich den Unterlagen zu, die ihm sein langjähriger Anwalt zusammengestellt hatte. Nicht *Käfer*, sondern ihm hatte er vor zwei Stunden einen Besuch abgestattet. Da er vollkommen allein in seinem Haus war, konnte er sich in aller Ruhe dieser Arbeit widmen.

Ferdinand Pollinger schrieb sein Testament.

Kapitel 2

Gmund am Tegernsee

Der Mann schrie und warf seine Hände in den nachtschwarzen Himmel. So als ob da oben irgendwo jemand sei, der seine Qualen verursacht hätte. Durchnässt und verzweifelt stand der hagere Kerl zwischen zwei Blumenkästen aus Waschbeton, in denen Geranien im Wasser ertranken. Er schrie verzweifelt in Richtung eines Hauses, das neben der Straße stand, die sich wiederum den Fluss entlangwand.

Es war die Mangfall. Jener Fluss, der das Wasser wie eine Arterie aus dem wenige Hundert Meter entfernten Tegernsee mit sich nimmt und es über viele Kilometer nordostwärts in den Inn bei Rosenheim trägt. Es hatte allein in den letzten zwei Wochen so viel im Tal geregnet wie sonst in einem ganzen Frühjahr. Langsam, aber sicher stieg der Wasserspiegel des Sees und somit auch der Pegel der Mangfall.

Im Verlauf der letzten vierundzwanzig Stunden hatte sich das Wasser hier, wo der Fluss beginnt, blutrot gefärbt. Biologen kannten das Phänomen – große Populationen von Wasserflöhen sorgten mit ihrem Stoffwechsel für dieses Kolorit. Kein Einzelfall, erklärten sie in den Medien gebetsmühlenartig. Aber den Abergläubigen am See war alles Rationale seit jeher egal, sie deuteten dieses Naturschauspiel als böses Omen. Das Heimatblättchen schrieb sogar schon von der ›Blutfall‹.

Rauschend laut donnerten die Wassermassen nicht weit von dem hageren Mann hinab in das Tal der Mangfall. Er war hier völlig allein. Deutschland war im WM-Fieber und saß kollektiv vor dem Bildschirm. So wurde der Mann ohne

Zuschauer heiser, fiel auf seine Knie, ignorierte die dicken Tropfen, die auf ihn niederprasselten, und weinte.

Vor ihm stand der Koffer. Das feine Leder litt unter dem Wasser, welches an der Seite bereits dunkle Flecken verursachte. Aber der Inhalt blieb verschont. Der Koffer war von sehr guter Qualität. Dafür hatte der erste Käufer Sorge getragen.

Er war sich sicher, dass er etwas in seinen Händen hielt, was so viele Dinge erklären, Licht in etwas sehr Dunkles bringen könnte. Jahrelang hatte er die Fakten zusammengetragen, Sachen erfahren, die die Mächtigen verschwiegen hatten. Er war der Erste, der das Gesamtbild gesehen und verstanden hatte.

Sie musste es erfahren.

Aber er blieb allein, sie kam nicht. Es war ihr wohl nicht wichtig genug. Er schloss die Augen, roch den nassen Asphalt und begriff, dass sie es nicht wollte. Dieser Gedanke schien ihn zu lähmen, seine Muskeln verkrampften, die Fingernägel kratzten über den Belag, bis ein Nagel an der linken Hand abbrach. Der Schmerz kam nicht in das Zentrum seines ohnehin betäubten Verstandes.

Erst als von irgendwo weit her Jubel aus einem Fenster herüberzog, erhob er sich, ließ den Koffer stehen, rannte hinunter zu dem Parkplatz der Papierfabrik, wo er geparkt hatte, stieg in sein Auto, setzte zurück und fuhr zurück nach Gmund. Er passierte die alte Mühle auf der rechten Seite, wartete ordnungsgemäß an der menschenleeren Kreuzung auf Grün und fuhr den Anstieg, der hier Gasteig genannt wurde, hinauf. Auf Höhe eines Gasthauses zündete er sich eine Zigarette an.

Die kurze Flamme reichte aus.

Durch das Betätigen der Kupplung, zwischen dem zweiten und dritten Gang, fingen die Dämpfe im Wageninneren

Feuer und ließen allen Sauerstoff in Sekundenschnelle verbrennen. Da das Auto die Anhöhe noch nicht ganz erreicht hatte, rollte es den Gasteig langsam wieder hinab, während der Mann am Steuer mit seinen Händen wild gegen die Flammen an seinem Körper schlug. Aus einem irrationalen Impuls heraus griff seine Hand nach dem Rückwärtsgang. Dadurch fuhr das Auto mit aufheulendem Motor über die Kreuzung, durchstieß das Geländer der Brücke, die über die Mangfall führte, und fiel wenige Meter weiter in den Fluss. Ein Italiener, der ein Restaurant in unmittelbarer Nähe führte, hatte den Vorfall mit aufgerissenen Augen verfolgt, zögerte nicht und sprang dem Verunglückten hinterher. Zu diesem Zeitpunkt war Holger Müller bereits klinisch tot. Ein Rettungshubschrauber flog den Mann, der schwere Verbrennungen und diverse Brüche erlitten hatte, kurz darauf in das Unfallkrankenhaus Murnau. Dort lag er, umgeben von Schläuchen und piependen, schnaufenden Geräten, auf der Intensivstation im künstlichen Koma, irgendwo zwischen Tod und Leben, als Isolde von Scheven ihre Gäste einander vorstellte.

Tegernsee gibt es einmal als größere Wasserfläche und als Stadt, genauer gesagt: als Städtchen. Auf diese Belanglosigkeit sind die Bewohner an der Ostseite des Sees sehr stolz. Dafür wohnen sie gern an den Hängen der Berge, die vom Ufer steil wie Opernränge nach oben oder, je nach Perspektive, auch nach unten führen.

Hier wohnte man nicht, hier residierte man. Wie im richtigen Leben, also jenem außerhalb des Tals, mussten sich Regina und Quercher mit ihrem Auto forsch, aber auch vorsichtig über enge Kurven nach oben winden, um zu den Domizilen des Reichtums zu gelangen. Hinter hohen Hecken, Garagen mit dem Raumvolumen einer Doppelhaushälfte und tennisplatzgroßen Einfahrten lebten jene, die den lohnabhängigen Plebs nur in Person von Bediensteten kannten. Zuweilen wurden vorbeigehende Wanderer, die über die Hecken sehen wollten, auch mit einem Wasserschlauch vertrieben. Reich sein hieß eben auch, Angst vor Neidern zu haben.

Am Straßenrand zu parken war unmöglich. Einige Anwohner hatten vor ihren Einfahrten Ketten gezogen, damit auch garantiert niemand dort wenden konnte, der hier versehentlich in die Sackgasse fuhr.

»Gleich hüpft Derrick aus dem Gebüsch und fragt, wo wir gestern um dreiundzwanzig Uhr waren«, frotzelte Quercher belustigt, als er die Umgebung in Augenschein nahm.

Regina war vor solchen Abenden nicht wohl. Wenn Quercher auf Menschen mit großem Vermögen traf, meinte er zuweilen, den Schmalspur-Che-Guevara geben zu müssen. Das war heute besonders fehl am Platz. Also sparte sie nicht mit Warnungen und Erklärungen, seit sie in Wiessee losgefahren waren. »Sei lieb heute Abend. Die von Schevens sind wirklich ausgenommen nett. Isolde hatte es sehr schwer nach den Ereignissen vor dreißig Jahren.«

»Sie hat nie wieder geheiratet. Warum nicht?«, fragte Quercher.

»Abgesehen von der Romantik, die deiner Frage innewohnt, hat sie wohl beschlossen, nie jemanden anderen in ihr Leben zu lassen, bis klar ist, wer ihren Mann damals tatsächlich getötet hat.«

»Das ist romantisch, ohne Zweifel.«

Sie sah ihn misstrauisch an. Was kam noch?

»Was macht der Sohn?«

»Ein totaler Überflieger. Hat Informatik und Physik studiert, abgeschlossen mit Prädikatsexamen. Dann Filmhochschule. Werbefilme gemacht. Burn-out. Lebt jetzt wieder bei seiner Mutter.«

»Weil er keine findet, die ihm die Wäsche macht und das Essen kocht?«, stichelte Quercher.

»Max, über Brüche in der Karriere kannst du ja ganze Bücher schreiben, nicht wahr?«

Er ging auf die Spitze nicht ein.

»Da vorn ist es. Wo die vielen Autos in der Einfahrt stehen«, dirigierte Regina ihn durch den Villendschungel.

»Ich denke, wir sind exklusiv bei von Adels eingeladen?«

»Isolde hat im Augenblick noch ein Meeting mit dem Verein gegen diese Frischzellenkurklinik. Ist aber gleich vorbei. Das ufert zeitlich gern ein wenig aus. Da ist dann zum Beispiel der örtliche Apotheker mit großem Redebedarf. Aber wenn wir in der Tür stehen, hat sie einen guten Grund, die anderen höflich hinauszubitten. Außerdem mag sie es, wenn sie beschäftigt wirkt. Kennst du sicher, also das Gefühl …« Sie küsste ihn schnell auf die Wange.

Sie parkten etwas abseits im Wald und staksten über Pfützen zurück auf die geteerte Straße.

»Man könnte doch wie in Hollywood so eine Bustour anbieten: *Wo wohnen die Stars?* Da vorn der FC-Bayern-Torwart mit dem Lutschgebiss, dahinten Deutschlands kleinster Verteidiger. Noch weiter hinten, die Zwetschge von Mercedes…«

»Der heißt Zetsche …«

»Und dort der stramm rechte Großjournalist mit Kleinstverlag …«

»Ist jetzt gut, Max.«

»Vielleicht mache ich mit dir so eine Tour. Du kennst die Stars, ich fahre den Bus. Würde jetzt super laufen.« Quercher konnte es nicht lassen.

Irgendwo surrte es.

Er sah sich um und erblickte aus dem Augenwinkel eine Überwachungskamera, die ihrem Weg folgte. »Schön lächeln, wir sind im Fernsehen«, raunte er Regina zu und zeigte nach oben.

»Da wohnt der Aufsichtsrat von *Rauss-Peter*, der Waffenschmiede. Seine Frau ist vor zwei Monaten mit einem Migranten, einem Gabuner, abgehauen. Seitdem will er das Haus kaum noch verlassen. Großwildjäger. Isolde befürchtet, dass er von der nächsten Jagd nicht mit einem Oryx-Geweih nach Hause kommt, sondern …«

Quercher hielt den Finger vor den Mund. »Kameras haben zuweilen auch Mikrofone.«

Sie umarmte ihn und gab ihm einen Kuss. »Ach, du bist mein James Bond.«

Früher lebte hier der alte Geldadel. Aber zusehends häufiger kaufte sich die Gruppe der Neureichen aus Fußballern und Autohausbesitzern in den Hang ein. Diese Neureichen befolgten zwar die harten Auflagen des Städtchens, ließen jedoch gern das Tor der Garage offen stehen, damit die zwei Lamborghinis gut zur Geltung kamen. Sie wollten gesehen werden. Man nannte sie hier am See ›Schadmünchner‹, selbst wenn sie aus Kassel kamen. Menschen, die ein Haus und die dazugehörige Idylle kauften und anschließend erbost waren, wenn nicht alles so lief, wie sie es sich vorstellten. Menschen, die sich beim Bürgermeister über das Läuten der Kuhglocken beschwerten, aber für die halb smarten Kinder laute Feuerwerke zur Hochzeit ausrichteten. Die Männer hatten das mittlere Lebensalter bereits überschritten, dafür jedoch eine Tendenz zur Gesichtsbräune und zu eng anliegenden Hosen. Sie waren häufig in der Weinstube in Rottach anzutreffen, während sich die dazugehörigen Damen verzweifelt Gift in die Stirn spritzen ließen, um mithalten zu können und nicht jenseits der fünfzig gegen eine junge, meinungsstarke, aber ahnungsfreie Talbewohnerin eingetauscht zu werden. Diese jungen Damen wiederum wurden dann zu Müttern, kutschierten mit panzergroßen SUVs ihre Goldschätze auf zwei Beinen zur Schule und versperrten dort Straßen, nur um sich mit einem Kuss von ihren Engeln zu verabschieden.

Das alles war nicht die Welt von Isolde von Scheven. Sie gehörte qua Geburt zwar zum alten deutschen Adel, war aber völlig verarmt in eine Ehe mit einem reichen Manager gegangen. Isolde war wie aus der Zeit gefallen. Ihr Interesse an der Welt, ihre milde Selbstironie, das Gefasstsein und die beiläufige Höflichkeit waren Attitüden, die heutzutage selten waren. Das jedenfalls fand Regina.

Umso mehr versammelte Isolde gern die akademische Elite des Tals um sich, versuchte sich an Salons und aktivierte ebenjene goldene Klasse des Denkens, wenn es um für sie wichtige Themen ging. Eines davon war seit geraumer Zeit eine neue Klinik in Tegernsee.

Da es im Tal überproportional viele Menschen über fünfzig gab, konnte sich um diese meist betuchte Klientel eine kleine, feine, aber zuweilen skurrile Dienstleistungsbranche bilden. Vom Schönheitschirurgen über Fußpflege bis zum Hospiz wurde alles geboten. Da es schwierig war, diese Offerten noch durch etwas Innovatives zu ergänzen, machte man es wie in der Musikindustrie: Etwas, was einmal gut lief, wurde einfach neu aufgelegt.

In diesem Fall waren es die Zellen toter Lämmerembryonen, die man in die faltigen Hintern der zahlenden Kundschaft jagte, um im Anschluss ordentlich zu kassieren. Der erhoffte Effekt sollte neben ewiger Jugend die Heilung von quasi allen Krankheiten und Beschwerden sein. In der Nachkriegszeit war dieses Prozedere vor allem unter Prominenten ein großer Hit. Aber nachdem immer mehr seriöse Mediziner und Forscher die Wirksamkeit des Verfahrens angezweifelt hatten, wurde es nicht mehr so intensiv angenommen, sodass die verordnenden Kliniken massive Umsatzeinbußen zu verzeichnen hatten.

Jetzt allerdings gab es am See das Remake. Eine findige Dame hatte ein altes Gebäude im Stadtkern von Tegernsee erworben und es umbauen lassen. Dort bot sie seit der Eröffnung ihrer Klinik vor einem Jahr neben dieser Zellbehandlung auch noch andere Quacksalbereien aus dem Garten der Alternativmedizin an. Doch Dr. Lilit Ilmberger war für ihre Patienten nicht nur ein Dienstleister im Namen der Jugend und Gesundheit. Sie war vielmehr eine Prophetin, der man einfach bedenkenlos jedes Präparat abkaufen konnte.

Für Isolde wiederum war sie die Vertreterin des neuen Geldpöbels. Die Vorstellung, dass die Schafe, die oberhalb dieser Klinik weideten, einmal im Jahr nur für die Schönheit der Menschen sterben mussten, war für sie nahezu unerträglich. Die Speerspitze des Widerstands gegen dieses Projekt hatte sich an diesem Abend bei ihr versammelt: der örtliche Apotheker, ein rundlicher Herr mit Hang zum Sarkasmus; ein Kleinstverleger, der in Berlin gescheitert war, aber jetzt in Insidertipps für Vermögende machte; und die junge Witwe eines Bauunternehmers, der vor wenigen Monaten tot in der hauseigenen Sauna aufgefunden worden war.

Diese kleine Gruppe hatte sich nun zum Ziel gemacht, der Dame mit den Lammfrischzellen das Handwerk zu legen. Zwei Gründe sprachen dagegen: Lilit Ilmberger hatte zum einen das Recht auf ihrer Seite und zum anderen mehrere Mitglieder der Staatsregierung in Behandlung.

Regina und Quercher mussten von Isolde nicht vorgestellt werden. »Wir haben unsere Sitzung gleich beendet«, begrüßte sie die beiden deswegen formlos. »Ihr könnt euch gern so lange zu uns gesellen. Falls ihr dazu keine Lust habt, habe ich für euch aber auch ein paar Kleinigkeiten im Wintergarten bereitgestellt. Mein Sohn kommt etwas später, er ist noch laufen gegangen. Es ist heute zeitlich alles etwas eng, weil einige der Herren noch rechtzeitig zum Fußballspiel daheim sein wollen.«

Man grüßte sich freundlich. Quercher verkniff sich seine üblichen abseitigen Bemerkungen, die er in diesen Kreisen sonst gerne anbrachte, und machte mit Regina einen gekonnten Abgang.

Sie sahen hinunter auf den See, die Lichter der Häuser, die sich auf dem Wasser spiegelten, darüber die hell erleuchtete Kirche St. Laurentius. Das war der Malerwinkel, einer der schönsten und wohl meistfotografierten Plätze am See. Regina umfasste Querchers Arm, lehnte sich an seine Schulter und hoffte, dass er die Idylle nicht mit einer Bemerkung zerstörte. Tatsächlich schwieg er und gab ihr einen Kuss. Der Regen hatte eine Pause eingelegt. Mochte der Sommer verregnet sein, wer diesen Blick von seinem Anwesen genoss, dem konnte das egal sein.

»Hier ist es immer schön«, flüsterte Regina.

»Ja, es sei denn, der Berg rutscht«, antwortete eine Männerstimme. »Dann ist man schneller im See, als man es sich wünscht.«

Regina und Quercher schreckten auf und fuhren herum. Hinter ihnen saß in einer dunklen Ecke des Wintergartens Isoldes Sohn.

Er stand auf, kam auf sie zu und reichte zunächst Regina die Hand. »Verzeihung, ich wollte Ihre Privatsphäre nicht stören. Aber ich habe mich gefreut, in diesem düsteren Schuppen ein so vertrautes Liebespaar zu sehen.«

Georg von Scheven war das, was man eine gute Laune der Natur nannte. Groß, blond, leicht gebräunt, durchtrainiert und mit jener einnehmenden Art gesegnet, die perfekt für die Politik geeignet wäre. Er wirkte nicht annähernd so schmierlappesk wie der einstige Verteidigungsminister. Quercher sah sofort, wie die Augen seiner Freundin zu leuchten begannen.

»Ich vermute, dass Sie nicht so an Frischzellenkuren interessiert sind«, eröffnete von Scheven das Gespräch und hielt noch immer Reginas Hand.

»Ich schon. Können Sie mir da was empfehlen?«, fragte Quercher.

In einer fließenden Bewegung wandte sich der Mann zu ihm und lächelte. »Max Quercher, der Schrat von der anderen Seite. Sie brauchen nur Dope, aber keine Lämmer.« Von Scheven zog einen kleinen Joint aus seiner Brusttasche und zündete sie sich an.

»Siehst du, das ganze Tal weiß schon davon«, fauchte Regina ihren Freund an, während sich von Scheven an die Brüstung der Terrasse lehnte und den Rauch einzog.

Ohne Worte zu verlieren, reichte er die Zigarette Quercher, der für einen Moment überlegen musste, ob er das Angebot ablehnen konnte.

Er konnte nicht.

»Es geht um den Tod meines Vaters vor einunddreißig Jahren. Darf ich euch duzen?«

Regina zögerte, gab sich jedoch einen Ruck und nickte. Quercher war es im Augenblick relativ egal. Er blies mit leichtem Stöhnen den Rauch wieder in den Nachthimmel. Das Zeug war sehr gut.

»Ihr erwartet vielleicht einen Sohn, der mit aller Macht die Mörder seines Vaters finden will und nicht mit der Trauer abschließen kann«, begann Georg von Scheven zu erklären. »Der verbissen jedem Hinweis nachgeht und auch nicht vor Verschwörungstheorien zurückschreckt. All das kann ich euch nicht bieten. Ich war sechs Jahre alt, als es passierte. Direkt nach der Beerdigung wurde ich von meiner Mutter nach Salem ins Internat gebracht. Es gab dort sehr gute Lehrer, eine intakte Gemeinschaft. Man fing mich auf und ich wurde, wie viele dort, einfach ohne Vater groß. Kein Riesending. Immer wieder wurde man daran erinnert, weil irgendein Schwachkopf mit einer neuen Theorie in die Öffentlichkeit kommen wollte. Irgendwann verkauften wir dann unser Haus, was schwer war, und zogen hierher ins Tal. Meine Mutter wollte es so. Trauer mit Ausblick sozusagen.«

»Apropos deine Mutter – ich sollte nach ihr sehen«, sagte Regina. »Ihr entschuldigt mich bitte?« Sie nickte den beiden Männern freundlich zu und ging zurück in die Villa.

Von Scheven und Quercher nahmen schweigend noch ein paar Züge. Dann bedeutete der junge von Scheven dem mittlerweile etwas benommenen Quercher, ihm zu folgen. Sie stiegen über eine Treppe hinunter in einen Anbau, den der Sohn inzwischen komplett vereinnahmt hatte.

Über ein Wohnzimmer gelangten sie in einen fensterlosen Raum mit zwei großen Tischen und einer Reihe von Kinostühlen. Weil die Tische mit unzähligen Elektronikteilen, Bildschirmen und Rechnern belegt waren, stand Quercher zunächst etwas unschlüssig herum.

»Setz dich entspannt in einen der Sessel. Die habe ich aus einem alten Kino in München. Vorsicht beim Hinsetzen. Da liegen 3-D-Brillen. Ich verspreche dir, dass ich dich nicht langweilen werde.«

Quercher verdrehte die Augen und seufzte. Das war genau die Abendbeschäftigung, die er sich erhofft hatte. Ein zugekiffter Sohn, der ihm mal eben seine Filmchen von der Hochschule zeigen wollte. Er würde mit Regina reden müssen. Denn er hatte eigentlich genau diese seltsamen Menschen meiden wollen, nachdem er beim LKA aufgehört hatte. Missmutig setzte er die Brille auf den Kopf und lehnte sich zurück.

Kaum erlosch das Licht, brummte und wackelte sein Stuhl. Vor sich auf der Leinwand beobachtete er den Start eines Spaceshuttles, sah es in mächtigen Wolken explodieren, hörte Gorbatschow, sah die zerstörte Diskothek *La Belle* in Berlin, die Ruinen von Tschernobyl aus einem lärmenden Hubschrauber heraus gefilmt. Zwischen den Explosionen, dem Krach und Wortfetzen der Politiker tauchten schlimme Musikerinnerungen auf. *Jeannie* von Falco, *The Final Countdown* von Europe, *You Give Love A Bad Name* von Bon Jovi. Das Ganze war eine Collage eines einzigen Jahres: 1986.

Er musste unwillkürlich und dopegesteuert anfangen zu kichern, als er Menschen mit toupierten Haaren, Glitzer auf der Haut, Schulterpolstern und stonewashed Jeans sah. »Das war nicht schön damals«, murmelte er vor sich hin. Er ahnte, wo die Reise hingehen sollte.

Eine Kamera schien über das Tegernseer Tal zu fliegen und über einem Haus am Rande einer Bahnlinie zu pausieren. Es war altes Bildmaterial, aber es wirkte dennoch modern. Die Kamera zoomte auf eine Stelle, an der ein Auto zu sehen war. Aus dem Off kam die Stimme von Georg, dazu waren verschwommene und verwackelte Bilder in Sepiafarben zu sehen, die das das Ganze szenisch nachstellten.

»Am Morgen des 1. August 1986 kocht Isolde ihrem Mann Ferfried und dem Fahrer Lothar Strutzberger wie immer eine große Kanne Kaffee, die Strutzberger allmorgendlich in Isoldes Küche persönlich in Empfang nahm. Das war ungewöhnlich. Aber Isolde bestand auf dieser Tradition. Die Sicherheitsbehörden hätten sich dagegen ausgesprochen. Ihrer Ansicht nach sollte der Fahrer, weil Ferfried zu den gefährdeten Personen gehörte, das Umfeld des Gebäudes im Auge behalten. Das Ritual lief jeden Morgen gleich ab: Der Fahrer klingelte zweimal, Isolde öffnete, während Ferfried noch die Zeitungen

durchblätterte. Während der Fahrt las er Akten aus dem Büro, denn die waren daheim verpönt. An diesem Morgen stellte Isolde dem Fahrer noch eine Semmel hin, die der jedoch dankend ablehnte. Die Dame des Hauses erkundigte sich nach Strutzbergers Urlaubsplänen. Er meinte, er würde mit seiner Frau und der dreijährigen Tochter am nächsten Tag an den Gardasee fahren. Allerdings nur für eine Woche, da dann ja Isoldes Mann wieder aus den USA zurückkäme. Im Übrigen sei seine Frau auch im siebten Monat schwanger, sodass sie nicht so lange von zu Hause wegbleiben wolle.

Ferfried hatte während dieses Gesprächs sein Gesicht hinter der Zeitung verborgen, was seltsam war. Denn morgens war er für gewöhnlich immer vergnügt, jovial und machte gern Scherze, erinnerte sich meine Mutter. An jenem Morgen jedoch war er verschlossen und gereizt. Ich schlief noch. Nach den Sommerferien sollte ich in Gmund eingeschult werden. Die letzte freie Zeit sollte ich genießen, bevor der Ernst des Lebens beginnen würde, hatte mein Vater mir am Abend vor dem Einschlafen noch gesagt. Ich selbst konnte mich daran nicht mehr erinnern, aber meine Mutter hatte es mir später so erzählt. Ein flüchtiger Kuss. Lothar Strutzberger wollte meinem Vater den Aktenkoffer abnehmen, doch der hielt ihn fest. Der Fahrer ging also mit leeren Händen voran in Richtung Ausgang, während hinter dem Haus eine blaue Lok der Tegernsee Bahn vorbeifuhr und einen Güterwaggon sowie mehrere Personenwagen von Tegernsee nach München zog. Auf dem Treppenabsatz zur Einfahrt wischte meine Mutter meinem Vater noch ein loses Haar von der Schulter. Als der Fahrer die Tür öffnete, drehte sich Ferfried noch einmal zu seiner Frau und sagte etwas, was Isolde aber nicht verstand. Er deutete auf den Koffer, den er bei sich trug. Da sie immer noch nicht durchschaute, was er ihr mitteilen wollte, schüttelte sie entschuldigend den Kopf und lächelte. Von dem nicht weit entfernten Bahnübergang hörte man den Sig-

nalton eines Zuges. Im selben Moment sah sie, wie Lothar Strutzbergers Körper zunächst gegen den S-Klasse-Mercedes und anschließend auf den weißen Kies der Einfahrt fiel. Ihr Mann blickte fragend in ihre aufgerissenen Augen und drehte sich daraufhin zu seinem Fahrer um. Als ein zweiter Signalton ertönte, traf eine Kugel Ferfried von Scheven in die Brust.

Isolde trug an diesem Tag ein cremefarbenes Kleid von Escada. *Sie bewahrt es bis heute mit großflächigen Flecken in ihrem Schrank auf. Ferfried lebte zu jenem Zeitpunkt noch, aus seinem Mund waberten blutige Blasen. Er wollte noch etwas sagen und versuchte den Aktenkoffer in die Haustür zu schieben. Ich wurde durch das Geschrei meiner Mutter wach und stieg aus meinem Bett. In einem Frotteeschlafanzug mit aufgedruckten Flugzeugen lief ich die Treppe aus dem ersten Stock hinunter ins Erdgeschoss.*

In diesem Moment schritt, nicht lief, eine Person über den Kies der Einfahrt. Die Person war klein, trug schwarze Armeestiefel, einen Parka der Bundeswehr und eine Sturmmaske. Während meine Mutter auf ihrem verblutenden Ehemann lag und schrie, riss ihm die vermummte Person den Koffer aus der Hand. Ferfried versuchte noch, ihn festzuhalten. Doch der oder die Unbekannte schoss ihm einfach mit einer Pistole in den Kopf. Als ich schließlich die Haustür erreichte, sah ich nur noch den Rücken jener Person und wie sie im Wald verschwand.

Zurück blieben zwei Tote und eine schreiende Mutter sowie ein Sohn, der nichts verstand, leise weinte und versuchte, seine Mutter zu berühren.

An mehr kann ich mich nicht erinnern.

Die Schüsse wurden aus einer Distanz von zweihundert Metern von einem automatischen Gewehr abgefeuert. Trotz intensiver Suche wurden kaum verwertbare Spuren am Tatort gefunden. Zeugenaussagen waren rar, die wenigen führten ins Leere. Über dreißig Jahre lang hat der Staat ermittelt und nicht einen Verdächtigen ausfindig machen können. Es war, als ob ein Phantom geschossen hatte.

Die Leinwand wurde schwarz.

Quercher setzte seine Brille ab, von Scheven schaltete das Licht wieder an.

»Ich nehme nicht an, dass du den Film nur für mich gemacht hast«, meinte Quercher und rieb sich die Augen ein wenig.

»Nein, das ist der Beginn einer Dokumentation. Ein Team von Freunden und Helfern aus dem Filmhochschulbereich stemmen das mit mir zusammen. Wir haben auch eine zusätzliche, nicht offizielle Quelle, die uns fördert. Mehrere Familienmitglieder von RAF-Opfern haben Fonds aufgelegt, aus dem solche Werke, die zur Aufklärung und stetigen Aufmerksamkeit führen, finanziert werden.«

»Ist das deiner Meinung nach nicht der Fall?«

Georg von Scheven schüttelte den Kopf und wollte etwas erwidern. Aber seine Mutter war zwischenzeitlich unbemerkt ins Zimmer getreten.

»Guten Abend, die Herren«, lenkte sie die Aufmerksamkeit auf sich. »Ich hoffe, lieber Herr Quercher, Sie haben eine erhellende Filmvorführung gehabt.«

Quercher nickte ihr freundlich zu. »Das ist ein spannendes Werk, eine großartige Arbeit, die Ihr Sohn da gemacht hat. Sie können stolz …«

Sie fiel ihm mit erhobener Hand ins Wort. »Nein, sparen Sie sich das bitte, Herr Quercher. Sie sind ein guter Mann. Einer, der uns helfen wird. Dessen bin ich mir sicher. Wissen Sie, die Opfer dieser Attentate sind längst vergessen worden. Okay, Schleyer vielleicht nicht, weil er so ikonografisch in seiner Geiselhaft fotografiert wurde. Aber die Mehrheit der Opfer ist aus der Erinnerung verschwunden. Wer kennt noch von Braunmühl, Beckurts oder Zimmermann? Die Namen sind weg aus dem kollektiven Gedächtnis, stattdessen hat man in Berlin von Baader und Ensslin T-Shirts drucken lassen. Das ist eine historische Ungerechtigkeit. Sind wir, nur weil wir zur sogenannten Elite gehörten, Opfer zweiter Klasse?«

Ein betretenes Schweigen trat ein. Was sollte Quercher dazu sagen? Die RAF und ihre Opfer waren inzwischen Geschichte. Das war zwar schreiend ungerecht, aber so war nun einmal der Lauf der Zeit. Heutzutage gehörte die Aufmerksamkeit stattdessen den Islamisten und ihren Opfern. Quercher brachte es jedoch nicht übers Herz, das in dieser Form Isolde von Scheven gegenüber zu äußern.

»Ich wollte diesen Film schon lange machen. Wir sitzen seit sieben Monaten daran. Das Drehbuch ist fertig. Zwei Journalisten machten die Recherche, drei produzierten das bisherige Material. Der Film soll weniger das Einzelschicksal der Opfer und Täter beleuchten. Das wurde schon hinlänglich gemacht, mal schlecht, mal ganz okay. Mir ging es um die größeren Zusammenhänge. Warum entsteht Terror? Wer braucht ihn? Wem nutzt er? Uns wurde und wird ja immer nur eine Geschichte der RAF erzählt.«

»Ach, es geht dir gar nicht so sehr um die Aufklärung des Anschlags auf deinen Vater?«, fragte Quercher.

»Zuerst nicht, denn eigentlich war alles schon fertig. Das Konzept stand. Wir hatten einen Sender gefunden, der uns vorfinanzierte. Aber dann tauchte plötzlich dieser Typ in unseren Büroräumen auf – mit einer Ledertasche. Das war der Wendepunkt. Von dem Zeitpunkt an konnten wir quasi alles bislang Erarbeitete in die Tonne treten.«

»Wie bitte?«

Von Scheven nahm die Fernbedienung und klickte eine Videodatei auf seinem Computer an. Auf der Leinwand erschien das Bild einer Überwachungskamera. »Das ist die Kamera in unserem Büro im Dreimühlenviertel. Wir haben da sehr viel heikles Material, auch das Equipment wird dort gelagert. Man weiß nie, ob da nicht mal jemand einsteigt oder so. Also haben wir für alle Fälle mehrere Kameras installiert. Vor drei Wochen kam dieser Typ.«

Man sah, wie ein etwas verwahrloster, hagerer Kerl am Tisch einer Assistentin im Flur stand und unsicher hin und her blickte.

»Er stellte sich als Holger vor, sagte, dass er erfahren hätte, woran wir arbeiten, und dass er brisantes Material hätte.«

Die Überwachungskamera zeigte jetzt, wie der Hagere wild gestikulierte, während zwei andere Typen versuchten, ihn aus dem Büro zu drängen. Doch bevor ihnen das gelang, zog er mit einem Ruck mehrere Blätter aus der Tasche und warf sie in die Luft. Einige Sekunden später sah man von Scheven, wie er sich über die auf dem Boden verstreut liegenden Papiere beugte, die beiden anderen Männer ansah und etwas sagte. Hektisch rannten die zwei daraufhin dem Hageren hinterher und brachten ihn wenige Augenblicke später zurück ins Büro. Dann endete der Film.

Von Scheven setzte sich auf eine Ottomane, die neben den Kinosesseln stand. Quercher sah ihn fragend an. Von Scheven schwitzte. Jetzt erst, im Licht einer Lampe, bemerkte Quercher, was für eine schlechte Haut der junge Mann hatte. Zudem war der Fingernagel seines linken Daumens nahezu abgekaut.

»Was stand auf den Papieren?«

»Nichts Wesentliches. Es handelte sich um Unterlagen von der Sicherungsgruppe, einer Abteilung des Bundeskriminalamtes, die für den Schutz von gefährdeten Personen zuständig war. Der Typ kann diese Unterlagen von einem ehemaligen Mitarbeiter bekommen haben.«

»Spul noch einmal zurück zu der Szene ganz am Anfang, Georg«, befahl Quercher.

Von Scheven tat, wie ihm geheißen.

Quercher erhob sich und starrte konzentriert auf die Leinwand, als der Film erneut abgespielt wurde, und gab Georg nach einigen Augenblicken ein Zeichen, das Band anzuhalten. »Stopp! Da sind drei Buchstaben unterhalb des Schlosses auf dem Aktenkoffer. Wenn die wirklich echt und nicht nur irgendwie aufgemalt sind, ist der Besuch dieses Mannes in der Tat sehr außergewöhnlich.«

Von Scheven lächelte wissend. »Unter dem Schloss der Tasche sind drei Buchstaben eingraviert. Man kann auf die Schnelle nur zwei erkennen: F und S. Aber wir haben den Ausschnitt vergrößert. Es sind die Initialen für Ferfried von Scheven. Ich habe meine Mutter dazu befragt: Sie hat sie sofort erkannt. Dazu hatte unser Anwalt noch eine Liste des BKAs mit der Beschreibung der gesuchten Tasche in seinen Akten. Sie war aber sonderbarerweise nie im Namen der Fahndung öffentlich ausgeschrieben. Der Mann da konnte, wenn er Ferfried nicht gekannt hatte, von der Tasche nichts wissen.«

Quercher gab den Spielverderber. »Also bitte. Das Netz ist voll von Infos über die Attentate der RAF. Die Aktentasche wurde ungefähr in jedem zweiten Verschwörungsbuch über diese Trottel und ihre angebliche Nähe zur Stasi oder zum BKA oder zur Weltregierung erwähnt. Irgendwo wird auch einmal ein Foto deines Vaters aufgetaucht sein, wo er die Tasche trug. Immerhin war er der Doyen der deutschen Atomwirtschaft. Also, was macht so ein wirrer Wichtigtuer wie der Hagere im Zweifelsfall? Er kauft sich eine Ledertasche, die täuschend ähnlich ausschaut wie das verschwundene Original, und nagelt drei Buchstaben in das Leder. Ich möchte an dieser Stelle nur an die Hitler-Tagebücher erinnern.«

Isolde von Scheven fiel ihm ins Wort. »Die Tasche hat Ferfried einen Tag vor dem Anschlag von mir zu seinem Geburtstag bekommen. Seine alte Tasche hatte ich weggeworfen, da sie völlig verschlissen war. Glauben Sie mir, Herr Quercher: Es war Ferfrieds Tasche, die dieser unbekannte Mann an dem Tag in Georgs Büro bei sich hatte. Das sagt aber nicht, dass er etwas mit dem Anschlag damals zu tun hat.«

Quercher zuckte mit den Schultern. »Ist das alles? Ich meine, was genau hat denn jetzt die Konzeption deines Filmprojekts so nachhaltig verändert? Ein Mann mit einer Ledertasche und drei Buchstaben? Du stemmst vermutlich ein Millionenprojekt, arbeitest monatelang daran und dann kommt irgendein dahergelaufener Typ in dein Büro und alles ist anders. Das ist doch nicht dein Ernst? Ich meine, natürlich solltest du das den Kollegen vom BKA mitteilen. Die sind auch nach Jahrzehnten immer noch heiß darauf, neue Informationen zu dem Anschlag von damals zu bekommen. Denn das ist ja keine Aktenleiche … also, kein toter Fall …«

Ein betretenes Schweigen trat ein.

Von Scheven rieb mit seinen Händen über sein Gesicht und atmete schwer ein und wieder aus. »Schau, Max. Ich weiß, dass du tief in dir noch immer ein Polizist bist. Das hat meine Mutter von Regina erfahren. Du verteidigst natürlich deine alten Kollegen. Aber glaubst du, dass ich nach all den Jahren der Ermittlungsfehler, der Stümpereien und Versäumnisse noch irgendetwas auf die Arbeit der Polizei gebe? Ich habe mich nicht an dich gewandt, weil ich möchte, dass du für uns arbeitest. Anerkennung brauchst du nicht. Ist dir egal. Aber du machst es nicht umsonst. Wir stellen dich als freien Mitarbeiter an. Fünfzigtausend als Einstieg. Weitere hundertfünfzigtausend bei Erfolg.«

»Die Kohle ist mir völlig wurscht«, brach es unwirsch aus Quercher heraus.

Isolde schaltete sich ein. »Wie wäre es, wenn Sie etwas Größeres aufdecken könnten, als es der NSU-Skandal jemals war und sein wird? Etwas, was einigen Menschen in Deutschland den Nachtschlaf erheblich verderben könnte? Sie müssten nur einer Spur folgen. Wir können das nicht, wir sind entweder zu alt oder eben Filmemacher. Aber Sie wissen, wen Sie ansprechen müssen. Diese Spur ist einmalig.«

Quercher runzelte die Stirn. »Na?«

»Wie ›na‹?«

»Was ist es?«

Georg sah ihn fest an. »Nein, Max, ich brauch erst eine Antwort: Wenn es eine wasserdichte, spektakuläre Spur ist, machst du mit?«

Niemals hätte Quercher diesem Landadel gegenüber zugegeben, wie sehr ihn dieses Thema RAF tatsächlich anfixte in diesem Moment. Die Terroristen von damals waren in seinen Augen nicht zuletzt durch die Medien unglaublich aufgeblasen worden, ähnlich wie die Dschihadisten heute. Es rechtfertigte diverse Sicherheitsreformen und Verordnungen. Aber die RAF war in Rente. Eigentlich sollte man ihnen keine weitere Aufmerksamkeit mehr schenken. Dennoch reizte es ihn aus irgendeinem Grund, der ihm selbst nicht ganz einleuchtete, diese Truppe nach über dreißig Jahren noch einmal frontal anzugreifen.

Zudem war die nicht unerhebliche Bezahlung durchaus ein gutes Argument, diesen Job anzunehmen. Denn der Winter kam und Quercher hatte nicht einmal genug auf dem Konto, um den Öltank zu füllen. Doch er war klug genug, sich das nicht anmerken zu lassen – er wollte sich bitten lassen.

»Also?«

»Also jetzt bitte! Das hier ist doch kein Spiel! Wenn du einen Beweis hast, dass der Hagere und die Tasche irgendetwas mit dem Anschlag von vor dreißig Jahren zu tun haben, bin ich bereit, meine Einschätzung dazu abzugeben. Mehr kann ich für den Moment nicht versprechen.«

Wieder Schweigen.

Von Scheven drehte sich um, wanderte im Zimmer umher und schien mit sich zu ringen.

»Okay«, unterbrach Quercher. »Zeig mir, was du hast, und ich verspreche, dass ich auf keinen Fall den Kollegen irgendetwas ohne deine Zustimmung sagen werde.«

Von Scheven nickte und drückte auf die Fernbedienung. Das Licht im Raum wurde erneut gelöscht.

Auf der Leinwand erschien ein Foto. Schwarz-weiß. Es war vergrößert und damit noch grobkörniger, als es sowieso schon gewesen wäre. Aber das machte nichts, man konnte deutlich erkennen, was darauf zu sehen war.

Im Vordergrund lag vor einem Auto ein Mann, dahinter lag Isolde von Scheven und in ihren Armen Ferfried. Wer immer dieses Foto gemacht hatte, musste in etwa dort gestanden haben, wo auch der Schütze sich aufgehalten hatte. Das allein war schon eine Sensation, irritierte Quercher aber dennoch nicht allzu sehr. Doch etwas anderes zog seinen Blick magisch an.

Er erhob sich und ging langsam auf die Leinwand zu.

Es war links oben am Rand des Fotos vermerkt worden. Er las es erst flüsternd sich selbst vor, ehe er sich umdrehte und die beiden von Schevens mit festem Blick ansah.

»Ich nehme den Fall.«

Kapitel 3

Birkenstein, Fischbachau

Ferdi Pollinger hatte sich in den letzten Jahren wieder mit seinem Körper angefreundet. Als der Krebs in ihm hauste, wollte er ihn vergiften, ihn bekämpfen, fühlte sich von ihm getrennt. Doch dann verschwand der Krebs, so dachte er jedenfalls, sodass er sich ganz allmählich wieder mit seinem Körper versöhnen konnte. Er trank Heilwasser, bewegte sich viel, hörte mit der stressigen Arbeit auf, verliebte sich. Dann, nach einigen Jahren, verließ Arzu ihn. Nahm das Kind mit. Und war einfach weg. Von Stund an war Pollinger wieder allein und sein alter Feind schlich sich nach und nach zurück in seinen geschundenen Körper. Zu keinem Zeitpunkt war ihm wirklich bewusst, dass die Krankheit wieder da war. Aber die Müdigkeit, die Schmerzen, abrupt kommend und wieder verschwindend, kannte er. Seit Neuestem träumte er nachts vom Krebs als einem pfeifenden Wesen, das in ihm auf- und abging. Aber er wollte ihm keinen Namen geben.

Pollinger wusste, dass er kaum noch eine Chance hatte. Denn in seiner zweiten Attacke hatte sich der Krebs auch an seinen Verstand herangetraut. Mehrere Male hörte oder sah Pollinger Dinge, die definitiv nicht existierten. Sein Verstand war seine letzte Bastion. Wenn er dem Krebs noch einen Schlag versetzen wollte, durfte sein Gehirn auf keinen Fall versagen.

Wenn es eng wurde, der Tod anklopfte, suchten Menschen erfahrungsgemäß nach vertrauten Dingen. Für Ferdi Pollinger, in Oberbayern aufgewachsen, war das die katholische Kirche.

Wenige Kilometer vom See entfernt lag ein Wallfahrtsort. Birkenstein stand immer im Schatten des großen Altötting. In beiden Gemeinden wurde die Gottesmutter angebetet und um ihre Hilfe ersucht. Birkenstein lag oberhalb von Fischbachau auf etwa neunhundert Höhenmetern. Über einen sogenannten Ölberg mit mehreren Betstationen gelangte man zu einer weißen Kirche mit einem Turm, der mit Holzschindeln bedeckt war. Alles, was dem Landvolk wichtig war, fand sich dort: Weihwasser für drei Euro, viel Lametta und Gold, eine Grotte, zu der man sich hinunterbeugen musste und deren Wände vom Rauch der Kerzen schwarz verrußt waren. Im Eingangsbereich befand sich ein Shop mit dem üblichen Voodoo-Budenzauber aus Amuletten und Holzkreuzen in allen Größen.

Pollinger hatte sich nach einer schlaflosen Nacht noch im Morgengrauen mit Querchers Wagen auf den Weg gemacht. Sein Freund schloss das Auto nie ab, sodass Pollinger leichtes Spiel hatte. Die Schlüssel fielen hinter der Sichtblende in seine Hand und bedächtig war der alte Mann mit dem Granada über Schliersee nach Nordosten gefahren. Hinter Neuhaus, an der Ausfahrt zum Spitzingsee, hatte er angehalten und auf den von der Nacht nassen Asphalt kotzen müssen. Ein Morgengruß seines Feindes. Wenig später hatte er mit der schieren Kraft seines Willens den sogenannten Kalvarienberg erklommen, auf dem man drei große Holzkreuze in die Kuppe gerammt hatte – Ikonen einer Religion voller Schmerz.

In diesem Moment, als Pollinger im einsetzenden Nieselregen hinauf zu den dreien am Kreuz sah, wollte er glauben. Er kannte alle Geschichten, die in der Bibel standen, sie waren seit über sechs Jahrzehnten in seinem Verstand verankert. Sogar an die Namen der Männer neben Jesu konnte er sich noch erinnern: Gestas, links hängend und den Heiland schmähend, rechts der reuige Sünder Dismas. Mit ihm war Christus noch am Abend im Paradies angekommen. Vorher aber hatte er Essig trinken, die Lanze in der Seite ertragen müssen und am Ende seines irdischen Lebens einen lauten Schrei ausgestoßen.

Würde er auch schreien, wenn es so weit wäre? Oder würde er still und nach Atem ringend wegdämmern?

Pollinger saß auf der Bank und blickte hinauf zu dem im Regennebel der Wolken verhangenen Breitenstein. Sollte er jetzt zu der Kapelle gehen, eine Kerze nehmen und für sein Heil anzünden? Oder sich mit dem geweihten Wasser die Stirn bekreuzigen?

Er dämmerte weg. Der Regen wurde stärker, aber Pollinger, dessen Kopf nach hinten in den Nacken gefallen war, merkte davon nichts. Erst als die Regentropfen in seinen halb geöffneten Mund fielen, schreckte er auf. Er wischte sich übers Gesicht und sah, wie die ersten Rentner zum Parkplatz der Kapelle hinaufhumpelten. Das Läuten der Glocken setzte ein und damit kam auch der Schmerz in seinem Magen zurück.

Aber diesmal war es anders als sonst. Es war, als ob eine Hand seine Eingeweide umdrehen wollte und versuchte, sie herauszuziehen. Kein Schmerzmittel würde diese Qual je übertünchen können.

Pollinger verkrampfte und stöhnte. Langsam verlor er den Halt auf der Bank, rutschte und fiel nach vorn in eine Pfütze. Er rollte sich auf den Rücken, sah in den Himmel, hoffte auf eine Linderung durch den da oben, der da mit geschlossenen Augen hing im Regen der Berge.

Auch er schloss die Augen und wartete auf die nächste Welle des Schmerzes. Er merkte nicht, wie der Mann sich auf die Bank neben ihm setzte und einen Regenschirm über ihn hielt. Nur seine Worte hörte er.

»Mein Gott, mein Gott, warum hast du mich verlassen, bist fern meinem Schreien, den Worten meiner Klage?«

Pollinger öffnete die Augen. Der Mann, der leicht über ihn gebeugt auf ihn herunterblickte, war kein Engel, sondern gehörte zum Bodenpersonal. Graue Regenjacke, aber darunter das Schwarz der Pfarrer.

Der Fremde sah ihn mit einem gütigen Lächeln an. »Mein Gott, ich rufe bei Tag, doch du gibst keine Antwort; ich rufe bei Nacht und finde doch keine Ruhe.«

»Helfen Sie mir, bitte. Ich ...« Der Schmerz rollte erneut heran.

»Ich aber bin ein Wurm und kein Mensch, der Leute Spott, vom Volk verachtet.« Der Mann erhob sich und aus seinem Lächeln wurde erst ein Grinsen und schließlich ein hetzendes, heiseres Lachen.

Pollinger rollte sich wieder zusammen, sah vom Boden aus die Füße des Fremden, die in Sandalen steckten und übersät waren mit aufgekratzten Wunden. Dieser Mann, das wurde Pollinger trotz des unbändigen Schmerzes schlagartig klar, war kein Pfarrer, keiner, der Hilfe geben wollte. Es war einer derjenigen, die irgendwann über ihren Glauben oder wegen des Glaubens ihren Verstand links liegen gelassen hatten. Der Mann zischte zwar immer noch weiter seine Psalmen, aber nun trat er auch nach Pollinger und griff nach seinem Hemd.

Der Schmerz ließ keine Gegenwehr zu. Pollinger ließ es geschehen. Das Hemd zerriss, doch er spürte nicht einmal die Nässe auf seiner Haut. Ein Fuß traf sein Gesicht. Mit letzter Kraft hob Pollinger seine zitternde Hand, um sich vor der Gewalt, die von oben auf ihn einschlug, ein wenig zu schützen. Er konnte kaum noch etwas sehen, denn sein Auge tränte von dem Schlag, den es abbekommen hatte, und schwoll rasend schnell zu.

Deshalb hörte er nur eine weibliche Stimme und dann eine Art Jaulen. Die Gewalt, das spürte Pollinger, verschwand. Aber jemand anderes war hinzugekommen.

Er sah mit dem nicht zugeschwollenen Auge, wie die Sandalen sich entfernten, das Jaulen schwächer wurde und er langsam wieder mit dem Schmerz allein war.

Dann würde er eben jetzt sterben.

Doch dann griff jemand unter seine Arme. Pollinger erkannte durch halb geschlosse Lider, dass es sich dabei um die Frau handeln musste, deren Stimme er vorhin wahrgenommen hatte.

Der Krebs hatte ihm Gewicht genommen. Aber dennoch schien sie sich zu mühen. Schnaufend und ächzend hievte sie ihn auf die Bank.

»Sie sterben nicht.« Sorgfältig legte sie ihm eine Jacke um die Schultern, betrachtete mit scheinbar unbewegtem Gesicht die Wunden, die er sich zugezogen hatte, bemerkte auch die Narbe am Bauch, die ihm die Ärzte vor Jahren verpasst hatten, als sie ihm aufgrund seiner Krankheit die Hälfte des Magens entfernten.

Pollinger seinerseits sah eine Frau mit einer Hornbrille. Mit kräftigen weißgrauen Haaren, grünen Augen und etwas kräftigerer Statur. Nicht unsympathisch.

Ob sie wohl auch irre war?

»Keine Angst, ich gehe hier nur auf einem Kräuterwanderweg und sammele ein wenig. Mit dem Spuk von gerade eben habe ich nichts zu tun. Kommen Sie, trinken Sie ein bisschen Wasser.« Die Frau, die ihn noch immer mit einem Arm auf der Bank hielt, reichte Pollinger eine Plastikflasche und er trank, auch wenn irgendwelche Blätter darin herumschwammen.

»Wer sind Sie?«, fragte er keuchend, während ein wenig des Wassers aus seinen Mundwinkeln lief.

»Ich bin Lilit Ilmberger. Ich kenne Ihren Schmerz.«

Die brennend heiße Kugel, die in den letzten Minuten scheinbar in ihm hin- und hergerollt war, beruhigte sich.

»Sie haben mich gerettet«, flüsterte er und hielt ihr die noch zittrige Hand hin. »Mein Name ist Ferdinand Pollinger.«

Die Jacke, die sie ihm um die Schulter gelegt hatte, roch nach Schaf. Sein Auge schmerzte, es würde blau werden. Aber der tiefe Schmerz in seinen Eingeweiden war verschwunden und Pollinger meinte fast, einen Anflug von Unbeschwertheit zu spüren.

»Wenn Sie ein wenig verschnauft haben, begleite ich Sie zu Ihrem Auto. Oder sind Sie mit den Rentnern dort unten im Bus gekommen?«

Das traf ihn. Wie konnte sie ihn nur so einschätzen? Er war zwar im Ruhestand, aber …

»Was haben Sie hier oben gesucht?«, fragte sie.

»Ich bin vor vier Jahren an …«

»… Krebs erkrankt«, vollendete sie den Satz.

Pollinger sah sie erstaunt an. »Woher wissen Sie das?«

»Ihre Hose saß schon mal besser, was ein Zeichen für einen massiven Gewichtsverlust ist. Der Leibschnitt unterhalb des Rippenbogens deutet auf einen erheblichen Eingriff hin. Sie scheinen eine lebensbedrohliche Erkrankung zu haben. Wer sonst kommt in Ihrem Zustand auf die Idee, in aller Frühe an diesen düsteren Ort zu kommen? Also tippe ich auf Krebs.«

Pollinger nickte ihr anerkennend zu. »Sie haben recht. Magenkrebs. Die Ärzte sagen, dass ich austherapiert bin. Das klingt wie … wie …«

»Ausgemustert. Aussortiert. Abstellgleis.«

Er nickte. Sein Zustand fühlte sich zunehmend angenehmer an. Er nahm die frische, feuchte Bergluft wieder wahr. Der Schmerz ging. Er hatte den Wunsch, sich und seine Gedanken zu erklären. »Wissen Sie, ich bin hierhergekommen, um jede Chance auszuloten. Ich will mich nicht aufgeben. Wenn dir aber Ärzte sagen, dass sie mit allen Mitteln durch sind, bleibt nicht mehr als dieser Seelenspuk wie in der Kapelle da unten. Ich wollte nicht nur warten, verstehen Sie?«

Sie nickte und antwortete: »Die Gnadenkapelle Birkenstein ist auf einem uralten, keltischen Kraftplatz gebaut. Starke Erdstrahlen. Nachdem vor mehr als zwanzig Jahren kurz hintereinander drei Pfarrer an diversen Krebserkrankungen verstorben sind, hat man Messungen durchgeführt. Es seien Erdstrahlen in Höhe des Altars nachgewiesen worden. Aber das ist natürlich nur Spuk. Ich meide jedenfalls die Kapelle. Und Sie sollten aus dem Regen rauskommen. Das Einzige, was Sie hier empfangen, ist eine Erkältung. Das ist unnötig.« Sie hievte ihn hoch, ohne seine Antwort abzuwarten. »Ich bringe Sie nach Hause.«

»Mein Auto …«

»… werden Sie nicht bewegen können. Das wird hier oben keiner klauen. Hier wacht der Herrgott persönlich.« Sie deutete nach oben. Eine Minidrohne sirrte über die Kreuze hinweg.

»Wie passend. Was Menschen in ihrer Freizeit alles so machen …«, stöhnte Pollinger.

Wenig später wankten sie an Querchers Granada vorbei, ohne dass Pollinger Lilit Ilmberger darauf hinwies.

Er hatte einen anderen Autotyp erwartet, als sie mit ihrem Schlüssel die Türen ihres Fahrzeugs öffnete. Etwas Nachhaltig-Ökologisches oder Esoterisches. Ein Elektroauto oder eine Fahrradrikscha. Aber stattdessen stand ein spritschluckender Mercedes-Geländewagen vor ihm.

Er fror sofort, als er ihre Jacke auszog und auf den Rücksitz legen wollte. Wieder nahm er einen besonderen Geruch wahr. Er sah sich unauffällig um, konnte jedoch keinen Duftbaum oder etwas Ähnliches entdecken. Seine Schmerzen waren verschwunden, stattdessen hatte sich Gelassenheit in ihm breitgemacht. Er genoss, wie die Frau selbstsicher und ruhig von Birkenstein hinunter nach Fischbachau fuhr.

»Was machen Sie so, wenn Sie nicht Kräuter sammeln und wirre Katholiken in die Flucht schlagen?«, fragte Pollinger.

»Ich bin Ärztin am Tegernsee.«

»Niedergelassen?«

»Nein, nicht ganz. Ich leite die Frischzellenklinik in Tegernsee.«

Er lachte. »Frische Zellen für alte Zausel. Und dafür müssen die unschuldigen Lämmer sterben.«

»Ja, genau wie Kühe für Ihr Schuhleder und Ihr Steak am Abend. Wir haben sehr interessante Erfolge mit Frischzellen in Kombination mit Mistelextrakten und anderen natürlichen, sehr alten Mitteln. Man kann das natürlich als Hokuspokus abtun. Aber …« Sie schwieg.

Er atmete schwer aus. Für so eine Diskussion fehlten ihm Kraft und Geduld. Und eigentlich war ihm auch vollkommen egal, womit irgendwer irgendwas behandelte. Er wollte leben – und was half, hatte recht.

»Geht es bei Ihnen nur um Jungbleiben oder auch darum, am Leben zu bleiben? Hilft Ihr Zellenzeug auch bei Krebs?«

Sie nickte. »Aber ich will Sie nicht als Patienten anwerben. Ich habe genug zu tun. Wo müssen Sie denn eigentlich hin?«

Er nannte ihr die Adresse und schwieg dann.

Plötzlich herrschte zwischen beiden wieder die Distanz, die man zwischen Fremden, die sich gerade erst begegnet waren, erwarten konnte. Bis Ostin, einem Ort auf der Ostseite des Sees, sprachen beide kein Wort mehr miteinander.

Dann bemerkte Pollinger einen goldenen Sticker, der auf der Konsole klebte, und musste lachen. Ein großer Elefant, der aber so etwas wie eine Gottheit darstellte.

»Kennen Sie die Figur?«, fragte Lilit, während sie die kurvige Straße entlang aus dem Ort hinausfuhr.

»Nein, aber der Kerl sieht sehr putzig aus. Er lacht mich an. Das gefällt mir. Götter, die lachen, sind mir lieber als Götter, die strafen.«

»Das ist Ganesha, ein Hindugott. In Indien ist er so etwas wie der heilige Christophorus. Er soll Glück bringen und Rat geben. Unter dem Namen ›Vinayaka‹ verehrt man ihn übrigens auch im Tantra. Dort gilt er als begnadeter Tänzer und beweglicher Liebhaber, der es schafft, mehrere Frauen zeitgleich zu beglücken.«

»Und warum ein Elefantenkopf?«, fragte Pollinger, während er fasziniert mit seinem Finger über die Figur fuhr.

»Die ganze Gestalt Ganeshas ist symbolisch aufzufassen. Sein großer Elefantenkopf bedeutet Intelligenz. Und diese Intelligenz sollte so sein wie der Rüssel, nämlich gleichzeitig stark und sensibel. Der Elefantenrüssel kann einen Baum ausreißen und einen Grashalm zart vom Boden aufheben. Das bedeutet Unterscheidungsvermögen. Und dies ist ein sehr wichtiges Ziel in der indischen Philosophie: unterscheiden zu können zwischen Wichtig und Unwichtig, Gut und Böse. Das repräsentiert Ganesha.«

»Hätte mir in meinem Beruf sehr geholfen: das Richtige vom Falschen zu unterscheiden.«

»Was haben Sie beruflich gemacht?«, fragte sie.

»Ich war Polizist.«

Sie nickte. »Und?«

»Und was?«

»Haben Sie denn immer das Richtige vom Falschen unterscheiden können?«, fragte sie leise, als sie am Bahnübergang in Gmund standen und dem Zug der Bayerischen Oberlandbahn nachsahen, der pfeifend vorbeifuhr.

Er hätte ihr jetzt eine der üblichen, im Laufe eines Beamtenlebens immer besser eingeübten Antworten geben können. Aber es fehlte ihm die Kraft dazu. »Wissen Sie was, Frau

Ilmberger? Ich wollte dort oben beichten. Einfach so. Einem wildfremden Pfarrer in einer Holzkiste von meinen Sünden erzählen. Das hat nicht geklappt, weil …«

Sie lächelte, schwieg aber.

»Na ja, vermutlich ist der neue Pfarrer auch an Krebs erkrankt. Sie hatten da ja eine Theorie von wegen Kraftort. Ich habe nicht so sehr Angst vor dem Tod. Der kommt schließlich auf uns alle früher oder später zu. Aber das Sterben ist so eine Sache. Es ist schlimm und beängstigend. Ich habe mich ein wenig damit abgefunden, dass mich dieses Schicksal wohl schon sehr bald ereilt. Nur will ich keinen Trümmerhaufen hinterlassen. Vielleicht will ich deswegen noch kämpfen. Damit alles in seiner richtigen Ordnung ist. Können Sie das verstehen?«

»Natürlich. Aber was, glauben Sie, müssten Sie aufräumen?«

Er zuckte resigniert mit den Schultern, sah traurig hinaus auf die Wälder, den See und die Berge. In Momenten wie diesem wurde ihm besonders schmerzlich bewusst, dass er all das bald nicht mehr sehen würde. Nie mehr. So einfach war das. Einfach aus der Welt genommen, von Zellen, die ihn auffraßen.

»Meine Erfahrung mit Patienten, die glaubten, dass sie am Ende ihres Lebens standen, ist, dass man sich von Dingen und Unwichtigem trennen sollte. Viele haben unglaubliche Klamotten gehortet. Vielleicht ist es das, was Sie machen sollten: das Unwichtige heraussuchen und entfernen.«

Pollinger nickte und dachte nach. »Wissen Sie, meinen Keller, und das meine ich nicht nur im übertragenen Sinne, müsste ich aufräumen. Aber mir fehlt jede Kraft, noch einmal hinunterzugehen. Dabei müsste ich ihn wirklich dringend aufräumen …«

»Dinge sind geschehen. Sie werden sie nicht mehr ändern können. Entscheidend ist doch, wie Sie zu den vergangenen

Taten oder Fehlern stehen. Ich glaube, dass Sie schlicht einsam sind.«

Mittlerweile standen sie in der Einfahrt zu Pollingers Haus. Der Regen trommelte auf das Autodach.

Doch Pollinger wollte nicht gehen, nicht in die Stille seiner vier Wände. Niemand wartete dort auf ihn. Quercher war bestimmt in der Werkstatt oder bei Regina. Da drinnen konnte er nur auf den Tod warten. Er hatte sich einst geschworen, dass das Selbstmitleid niemals seinen Verstand angreifen sollte. Aber jetzt neben dieser Frau, die ihm geholfen hatte, schaffte er es nicht, die Tür zu öffnen und auszusteigen. Unmöglich.

»Sie müssen fahren, sicher«, vernahm er seine eigene Stimme. »Sie haben ja eine Arbeit.«

Dann stieg er doch aus, hörte aber noch, wie sie ihm zum Abschied etwas hinterherrief.

»Ich komme zum Aufräumen, Ferdinand Pollinger.«

Er nickte und wankte noch immer etwas wackelig auf die Haustür zu.

»Wo warst du denn? Und wo ist die Karre?«

Pollinger zuckte zusammen. Quercher hatte im Wohnzimmer auf ihn gewartet und stand plötzlich im Türrahmen.

»Tut mir leid, Max. Der Wagen steht in Birkenstein …«

Quercher wurde misstrauisch. »Wer war denn die Dame in dem Mercedes?«

»Ich bin in Birkenstein gewesen und mir ging es plötzlich nicht gut. Die Frau hat das mitbekommen und mich daraufhin hierhergefahren. Also, wir bekommen den Wagen … also, wenn wir …«

Quercher runzelte die Stirn. Er kannte Pollinger seit Jahrzehnten. Aber noch nie hatte er ihn so verwirrt erlebt. Er war aber klug genug, nicht weiter nachzufragen. »Kein Ding, ich fahre mit dem Blaublut nach Birkenstein und zünde da eine Kerze für dich an … Aua!« Quercher wurde gestoßen und stolperte ein wenig nach vorn.

Regina tauchte hinter ihm auf und begrüßte Pollinger liebevoll. Sie sah ihm seine Sorgen an, aber auch sie hielt sich zurück. »Wenn du was brauchst, meldest du dich, ja, Ferdi?«

Pollinger nickte und wollte schnell an den beiden vorbei ins Haus.

»Du hast übrigens Besuch«, sagte Quercher. »Von einem Dr. Leitner …«

Pollinger blieb abrupt stehen und verharrte.

»Ich habe ihn nicht hereingelassen. Er wartet auf deiner Terrasse. Er sagt, dass es sich um eure Geranien-SS handele. Du würdest dich erinnern. Regina hat ihm zwischenzeitlich einen Tee herübergebracht.«

Pollinger nickte nur und verschwand wortlos durch die Haustür.

Quercher sah zu Regina und zuckte mit den Schultern. »Früher vergaß der Herr mal seine Schlüssel, heute ganze Autos … Wir müssen einen Umweg über Birkenstein machen. Da steht mein Auto, sagt Ferdi. Ist dir das recht, meine blaue Blüte?«

Sie hielt sich den Zeigefinger an den Kopf. »Was ist denn die Geranien-SS?«

»Die Gebirgsschützen. Ferdi war doch mal in diesem Schnarchverein. So richtig mit Sepplhut und Holzkarabiner.« Er hielt ihr die Wagentür auf und ließ danach Lumpi auf die Rückbank von Reginas Auto springen.

Regina schnallte sich an. »Du hast ein tolles Gespür für Tradition und Verantwortung«, sagte sie süffisant. »Wer ist Dr. Leitner?«

»Ach, irgendein Knabe aus Ferdis Vergangenheit. Ich glaube, er ist vom Verfassungsschutz oder so. War dann Generalbevollmächtigter einer Rüstungsfirma in Österreich.

Lebt irgendwo am See. So ein Paradebayer. Kommt aber gebürtig aus dem Rheinland.«

Dr. August Leitner saß auf der Couch und sah dabei zu, wie Pollinger ihm einen Cognac eingoss, um sich dann stöhnend in seinen Sessel fallen zu lassen. Beide wussten, dass dies kein Anstandsbesuch war.

»Also, du stirbst.«

Pollinger nickte. »Woher weißt du es?«

»Vom Chefarzt im *Rechts der Isar.*«

»Ach ja, du warst mit seinem Vater in einer schlagenden Verbindung.«

Leitner lächelte. »Was du offenbar noch so weißt.«

»Ja, das ist ein seltsamer Effekt. Am Ende behält man die unwichtigsten Dinge im Kopf, während man das Wichtigste vergisst … Egal. Möchtest du mir ins Gewissen reden?«

»Müsste ich das?«

Pollinger trank aus der Plastikflasche, die ihm Lilit Ilmberger mitgegeben hatte.

»Was ist dadrin?«

»Heilwasser.«

»Also, Ferdinand. Wir beide wissen, dass du bald gehen wirst. Wir beide wissen auch, wer dir das Wasser gegeben hat.«

Pollinger nickte. Es war ihm nicht sofort klar gewesen. Manchmal ist die Erkenntnis, wenn sie denn kommt, ein Zaunpfahl.

»Seid ihr zwei, die Ilmberger und du, ein Sicherheitsrisiko?«

Pollinger schüttelte den Kopf. Er sah einer Katze nach, die zwischen den Rhododendronbüschen entlangschlich. Leitner trank mit großem Genuss den alten Cognac, um den es Pollinger nicht schade war. Er musste sowieso auf so etwas Scharfes verzichten.

Leitner schwenkte das Glas, sah in das Braun und atmete schwer aus. »Lilit Ilmberger. So heißt sie jetzt also – was für ein absurder Name. Wir sollten nicht mit Dingen und Taten spielen, die wir nicht mehr beeinflussen können. Die Zeiten sind vorbei, als Haudegen wie wir Gefahren einfach ausschalten konnten.«

»Du konntest das. Ich habe das nie so gemacht.«

»Ach nein?« Leitner erhob sich. »Die Herrschaften waren damals unsere größten Feinde. Denn hinter ihnen standen noch ganz andere Gegner, sehr viel mächtigere. Und diese Gegner sind nicht verschwunden. Das solltest du nie vergessen. Lass dich nicht kurz vor Toresschluss mit einem Gegner ein, den du nicht mehr kontrollieren kannst. Am Ende geht es auch ums eigene Ansehen. Selbst nach deinem Tod sollte man gut über dich sprechen, Ferdi.« Leitner sah stumm hinaus in den Garten, wo noch eine Schaukel von Pollingers Beziehung zu Arzu und ihrem kleinen Sohn Max Ali zeugte. »Deine türkische Freundin hat sich auch nicht mehr blicken lassen, was?«, fragte er leise.

Pollinger ließ sich nicht provozieren. Er wusste, dass seine alten Kollegen und Freunde, so er noch welche hatte, die Beziehung zu seiner Exkollegin vom LKA mehr als kritisch gesehen hatten. Er war zwar pensioniert, aber eine Liaison zu einer deutlich jüngeren ausländischen Frau, die ein uneheliches Kind mitbrachte, war ein gefundenes Fressen gewesen.

Leitner seinerseits erinnerte sich, wie froh sie alle gewesen waren, als die kleine Türkin wieder aus Pollingers Leben verschwunden war. Aber er war klug genug gewesen, das nicht mit Ferdi zu besprechen. In diesem Moment drehte eine Krähe zwei Runden um die vereinsamte Schaukel, setzte sich auf den oberen Balken, wippte mit dem Körper und krächzte. Der Vogel schien Leitner anzusehen, der sich plötzlich durchschaut vorkam und abrupt den Kopf abwandte. Der Vogel strich noch einmal mit dem Schnabel über das Holz, ehe er sich krächzend in die Lüfte erhob.

»Ihr habt das Problem immer noch nicht gelöst?«, fragte Pollinger.

»Leider nein. Scheinmetz ist nach wie vor verschwunden. Seit sieben Monaten. Er ist auf jeden Fall nicht vom Flughafen in Alajero auf Gomera geflogen, sondern muss ein Boot nach Marokko genommen haben. Wir wissen das, weil er von einem Kaff an der Grenze zur Westsahara eine Nummer in Bulgarien anrief. Das haben wir nachvollziehen können. Aber in Europa ist er uns einmal knapp durch die Lappen gegangen. In der Schweiz hat ein Gesichtserfassungssystem am Bahnhof in Basel ihn vermutlich erkannt. Diese Info hat aber nur das Amt. Da sitzt mein neuer Kontakt auf jedem Hinweis wie der Alberich auf dem Rheingold. Er wird mich sicher bald treffen wollen. Das wird nicht schön. Aber das alles kann dir ja egal sein. Du …«

»Spar es dir, mich daran zu erinnern. Du hast recht. Ich möchte nicht mit dem Gedanken sterben, dass man mir nach meinem Tod Dreck hinterherwirft und mich womöglich als korrupt bezeichnet. Aber du wirst schon dafür sorgen, dass dem nicht so ist. Da bin ich sicher.«

Leitner sah die Krähe davonfliegen und drehte sich um. »Was damals richtig war, ist es heute auch.«

Pollinger war eingeschlafen.

Kapitel 4

München

»Kommst du jetzt regelmäßig in die große Stadt? Ist dir wohl zu ruhig da draußen in deinem Tal, was?«, stichelte Picker. Er hatte ein Schild mit den Worten *Zua is* in die Tür seines Fahrradladens gehängt und war daraufhin mit Quercher hinunter zur Isar gelaufen.

Auch wenn seine Hundedame Lumpi die Stadt sonst nicht sonderlich schätzte, waren ihr die neuen Gerüche, die ringsum auf sie einströmten, sehr willkommen. Sie lief voran und Quercher legte die Leine um ihren Hals. Lumpi war wie alle Hundedamen ihres Alters partiell oder, wie Quercher sagte, ›situationsbezogen‹ schwerhörig. Wenn die Kühlschranktür geöffnet wurde, war Madame ganz Ohr. Ging es um unbequeme Dinge wie ›Platz!‹, war sie mit akuter Taubheit geschlagen. Regina behauptete, dass sie das lediglich von ihm kopiert hätte. Was vermutlich stimmte.

»Nein, ich bin ganz gut dort aufgehoben. Aber ich werde von Frau Blaublut zu diversen Abendessen mitgenommen. Gestern war das bei Familie von Scheven …«

»Ja, freundlicherweise hast du mich ja noch in der Nacht mit einer Mail genervt. Ich bin ab zwanzig Uhr offline – eigentlich«, nörgelte Picker.

Quercher hatte ihm nach dem Treffen bei den von Schevens eine Mail mit einer Bitte geschickt. Denn Picker war der Erste gewesen, der ihm in diesem Zusammenhang spontan in den Sinn kam, als er sich für den lange zurückliegenden Fall zu interessieren begann.

»Den von Schevens?«, hakte Picker nach.

»Ja, die Familie, die in Finsterwald Opfer eines RAF-Anschlags wurde. Der Mann wurde aus mehreren Hundert Metern erschossen. Der Fahrer auch. Das war 1986.«

»Ich weiß. Ein hoch komplexes Feld. Genau genommen war das eigentlich der schwierigste von allen RAF-Fällen, mit denen wir es hier in Bayern zu tun hatten. Also lass mich raten: Du hast mit der Familie gesprochen. Die wiederum wissen noch immer nicht, wer der oder die Täter sind. Deswegen haben sie dich angesprochen, weil du ein Exbulle bist und ihnen unter Umständen bei der Suche helfen kannst. Denn wie alle Angehörigen von Opfern glauben sie der Staatsmacht nicht mehr. Das gilt vor allem für Verbrechen auf Staatsebene, also Terrorismus. Und jetzt bist du zu mir gekommen, weil du noch nicht vergessen hast, dass ich in den frühen Neunzigern beim Staatsschutz tätig war und vor allem im Bereich Linksterrorismus ermittelte. Deswegen durfte ich mich heute Morgen, statt Senioren-E-Bikes mit Korb zu verkaufen, noch einmal mit diesem Jahrzehnte zurückliegenden Fall beschäftigen.«

»Gut rekapituliert. Du bist so schlau und so fleißig, Picker. Ganz anders als ich. Wie konnte ich das nur vergessen?«

»Hör auf zu nerven. Sag mir lieber, worum es geht. Was genau willst du wissen?«

Sie waren inzwischen auf der Praterinsel angelangt, einem Platz, wo junge Münchner den verzweifelten Versuch einer Subkultur unternahmen. Man hatte Sand aufgeschüttet, ein paar Liegestühle und Plastikpalmen sollten zum hippen Chillen animieren. Die obligatorischen Club-Mate-Flaschen waren ebenfalls reichlich vorhanden. Quercher fand es peinlich, wenn München Berlin spielen wollte. Er kannte es anders – kleiner und sympathischer. Das hier war schlichtweg schmockig. Aber immerhin gab es verhältnismäßig guten Kaffee und für La Lump einen Napf mit Wasser.

Sie setzten sich auf Liegestühle, die unter einem Sonnenschirm mit großen pinkfarbenen Blumenapplikationen standen, und ließen sich von einer bunt tätowierten Studentin mit viel Blech im Gesicht einen Milchkaffee bringen.

»Du hattest recht. Regina hat mich zu den von Schevens mitgeschleppt. Und ja, ich gestehe: Ich habe tatsächlich lose zugesagt, mit ein paar Leuten zu sprechen. Das Problem ist, dass ich in das Thema RAF zu keinem Zeitpunkt so involviert war wie du. Da ich aber nicht mehr einfach nur im LKA ein paar Stockwerke runtergehen und unverbindlich bei einem der altgedienten Kollegen nachfragen kann, habe ich mich in dieser Sache an dich gewandt. Ich habe weder einen Vertrag mit der Familie noch glaube ich, dass ich Wesentliches herausfinden werde. Eigentlich mache ich es nur, um Regina einen Gefallen zu erweisen. Es geht mir ausschließlich um deine persönliche Einschätzung des Falls von Scheven. Lass mich an deinem Herrschaftswissen teilhaben.«

Picker nickte und dachte nach. »Das dauert jetzt ein wenig länger«, begann er. »Tut mir leid, aber das Thema RAF ist nichts für Schnellschüsse. Das ist ein Mordskomplex, sowohl im wahrsten Sinne des Wortes als auch im übertragenen. Aber in der Sache von Scheven gibt es ein paar Besonderheiten. Du hast dir sozusagen den kompliziertesten Fall ausgesucht. Klar, passt ja auch zu dir … Aber lass uns der Einfachheit halber erst mal mit den ganz allgemeinen Fakten beginnen. Wenn du gut aufpasst, landen wir nämlich am Ende bei einer echten Verschwörungsnummer.«

»Wir beide haben ja viel Tagesfreizeit. Ich bin ganz Ohr. Lass mich dein Schüler sein.«

»Ja, aber nur, wenn ich dich hinterher auch abfragen darf.«

Quercher ahmte ein Hecheln nach.

»Sitz!«, rief Picker grinsend und Lumpi fühlte sich unmittelbar angesprochen.

Einige andere Gäste, die neben ihnen saßen, sahen sie befremdet an.

»Ist Teil unseres Liebeslebens«, erklärte Quercher mit zuvorkommendem Lächeln in deren Richtung, woraufhin sie sich sofort wieder abwandten.

Picker verdrehte die Augen und schüttelte genervt den Kopf. »Zehn Morde der RAF sind noch immer nicht aufgeklärt«, begann er. »Ein Debakel für uns Ermittler. Du weißt, dass die Aufklärung bei Mord bei uns in Bayern bei über neunzig Prozent liegt. Aber obwohl die besten Kollegen an diesen Fällen gearbeitet haben – nichts. Vor vier Jahren trafen sich Bundesanwälte und Ermittler des Bundeskriminalamts zu einer Art Bestandsaufnahme in Sachen RAF. Das Ergebnis war ernüchternd. Man hatte alle Register gezogen und stand trotzdem vor dem Nichts. Vielleicht, so die Hoffnung einiger Kollegen, könnten neue Analysemethoden in dem einen oder anderen Fall doch noch den Durchbruch bringen. Immer wieder mal werden Asservate mit neuen Methoden auf DNA-Informationen untersucht und mit dem bereits identifizierten Material von Terrorismusverdächtigen verglichen. Viel existiert da aber nicht mehr. Was eigentlich erstaunlich ist, da Terroristen an und für sich sehr eitel sind.«

»Stimmt. Erinnere dich an Andreas Baader. Schicke Autos und auffallende Klamotten. Der war auch schwul, oder?«

»Hör auf mit dem Scheiß, Quercher, das ist echt nicht witzig!«, motzte Picker. »Aber schau dir doch zum Beispiel einfach mal deine Klientel an, die Araber. Schicke Selfies werden gemacht, die mit Zauselbart, schwarzen Klamotten und dem lächerlich erhobenen Zeigefinger. Oder dieser Volltrottel in Norwegen mit seinen Fantasieuniformen. Allesamt Narzissten. Nicht so aber die dritte Generation der RAF: Die waren alle grau und unscheinbar. Kein Foto, nur wirre Bekennerschreiben. Das war's.«

Lumpi langweilte sich. Sie trottete zu ihnen herüber, stellte sich vor sie und sah sie daraufhin mit einem mitleiderregenden Fiepen und unschuldigen Kulleraugen bettelnd an. Wie jeder Hundebesitzer hatte auch Quercher immer ein Leckerchen in der Jacke, das er nun herauszog und Lumpi vor die Schnauze hielt. Die ließ sich nicht zweimal bitten und schnappte danach. Mit gerade einmal einem einzigen Schlucken war es verspeist.

»Nein, mehr bekommst du nicht«, erklärte Quercher seiner Schweißhündin unerbittlich. »Das muss reichen. Geh da rüber zu der hässlichen Pudeldame, mach die blöd an«, forderte Quercher sie auf. Lumpi bellte und legte sich dann eingeschnappt zu seinen Füßen.

»Klappt ja super mit den Befehlen«, kommentierte Picker.

»Sie ist halt ein Freigeist«, ignorierte Quercher den süffisanten Unterton. »Also weiter im Text. Ich war zu dem Zeitpunkt ja in der Botschaft in Damaskus. Aber du warst doch ganz dicht dran an diesen Ermittlern damals. Was haben die besonders gut gemacht?«

Picker streichelte gedankenverloren Lumpi und versuchte, sich die Erinnerung an jene Zeit möglichst genau ins Gedächtnis zu rufen. Denn während Quercher seine wilde Phase beim SEK und beim Objektschutz der Botschaften hatte, war er im Analyseteam des LKA gelandet – eine zähe und äußerst langwierige Arbeit. »Wir wollten uns in ihre Gedankenwelt versetzen«, erklärte er. »Aber das war schlicht unmöglich. Ihre Bekennerbriefe waren wie Dada-Werke, viel Geschwurbel, wenig klare Linien. Aber wenn es um die Umsetzung ihrer Anschläge ging, war die dritte Generation der RAF extrem professionell, das muss man einfach neidlos eingestehen. Die haben uns regelrecht verhöhnt. Um keine Fingerabdrücke zu hinterlassen, versiegelten sie ihre Handflächen mit Wundspray und observierten vor Anschlägen aufwendig ihre Ziele und die Tatorte. Da war nichts dem Zufall überlassen worden. Meist fuhren sie in Zügen, sie hatten sich sogar Bahncards zugelegt. Die kannten unsere Fahndungsmethoden. Der Fall von Scheven machte das besonders deutlich: fünf Schüsse, fünfmal getroffen, mit einem G3-Gewehr der Bundeswehr. Du hast selbst Waffenerfahrung. Für dieses Ergebnis musst du extrem gut ausgebildet sein. Bei von Scheven haben sie auf eine Bombe verzichtet, was wiederum smart ist, weil es weniger Spuren hinterlässt. Wenn ich es nicht besser wüsste, würde ich sagen, das ist Arbeit von Söldnern oder Geheimdienstlern.«

Quercher horchte auf. »Was meinst du damit?«

Picker überlegte sich seine Antwort lange. »Max, als ich 1999 ins LKA wechselte, war ich frustriert. Die RAF hatte sich wie ein blöder Kleingartenverein aufgelöst, mit einem lächerlichen Schreiben und dem üblichen Sermon. Ich wusste, dass uns nur der Zufall helfen würde, noch irgendwelche Ergebnisse liefern zu können, denn an den harten Kern kam einfach keiner heran. Du hattest es mit den Handtuchköpfen aus dem Orient leichter. Redselige und eitle Burschen mit Hang zum Männerschmusen. Die RAF hingegen ist keine schlichte Mördertruppe für uns in der BRD. Die RAF ist so etwas wie eine Marke, wie *Apple* oder *Nivea*. Sie steckt sozusagen in uns. Wir sind mit ihr groß geworden. Die Fahndungsplakate, Schmidt, die Landshut. Die RAF ist für uns das, was Grungerock für die Kids in den Neunzigern war: Zeitgeist und Lebensgefühl. Ab 1988 wird die ganze Sache verschwommener. Als die DDR unterging, kamen die Ratten aus den Löchern. Es folgte noch das Attentat auf Rohwedder – der schlechteste aller Aprilscherze 1992. Danach wurden bloß noch Geldtransporter überfallen, quasi um die Rente zu sichern. Terroristen wollen ja auch kommod alt werden. Und die Behörden? Da geht man eben auch irgendwann in Ruhestand. Und zudem geht es dort in der Regel um viel mehr als um die bloße Aufklärung von Morden. Wir sind der Rechtsstaat. Ich glaube ehrlich gesagt, dass einige der Kollegen beim BKA und auch bei uns im LKA ganz froh waren, dass die Ölaugen mit ihrem Terror 2001 dieses linke Gesindel abgelöst hatten. Die Araber waren sozusagen eine willkommene Abwechslung, endlich mal was Neues, was Erfolgversprechendes. Klingt irre, ich weiß, aber das ist es tatsächlich. Alles, was jetzt, nach der dritten Generation, noch kommt, ist doch kalter Kaffee.«

»Aber es wird trotzdem nach wie vor an diesen Fällen gearbeitet?«, fragte Quercher, der über Pickers melancholisch-resignierte Art verwundert war. Das passte überhaupt nicht zu ihm.

»Ja, aber weniger, um etwas zu finden, als vielmehr, um etwas zu verhindern.«

»Vielleicht packt ja noch jemand mal aus?«

Picker lachte bitter. »Der harte Kern der Ex-RAF redet auch heute noch nicht darüber, wer wann und wo geschossen hat. Auch nach der Entlassung aus der Haft gilt das alte Schweigegelübde. Drohungen, Bitten, moralische Appelle auch von Opferfamilien, endlich mehr über die Verbrechen und die Hintergründe zu erfahren, brachten nie was.«

»Das gilt natürlich auch für den Fall von Scheven. Warum eigentlich der? Ich habe mich ein wenig eingelesen. Aber im Gegensatz zu den anderen Morden gibt es hier keinen Hinweis, kein Fluchtauto, keine DNA-Spur, nicht einmal einen Fußabdruck.«

Picker nickte, ließ Quercher aber weiterreden.

»Von Scheven war bei *Rollsink* im Vorstand, dem Technikkonzern, der später von den Franzosen, von *Vuradi,* geschluckt wurde. Er war für die Atomsparte zuständig.«

Picker nickte erneut. »Genau.«

»1986, das war die Zeit des Widerstands gegen die Atomkraftwerke und die Wiederaufbereitungsanlagen. Die RAF wollte sich bei dieser Bewegung anbiedern, knallt von Scheven ab und hofft auf Unterstützer.«

»Das ist die offizielle Version.«

»Aha, und die inoffizielle?«

»Moment, wenn ich damit anfange, wird es sehr schnell ziemlich nebulös. Was ich dir sagen kann, ist, dass wir damals alle unsere eigenen Theorien hatten, aber innerhalb kürzester Zeit von oben auf die offizielle Version eingeschworen wurden. Klar, man will ja nicht irgendwelche Lecks haben, die mit wilden Theorien die Presse füttern.«

»Was war deine?«, fragte Quercher.

»Du musst einiges über den alten von Scheven wissen. Der ist nämlich nicht so grau und durchschnittlich, wie das BKA und die Presse ihn bewusst und unbewusst gezeichnet haben.«

»Ach? Ich dachte, er wäre nur ein Mittelmanager gewesen?«

»Zuhören und mitdenken: Von Scheven wuchs in Frankreich auf, seine Mutter war Französin. Er war Absolvent der ENA, eng verdrahtet mit den französischen Eliten, die den deutschen Adel immer schätzten.«

»Und?«

»Jetzt wird's schwammig. Es soll eine Gruppe von Unternehmern und Politikern in Deutschland wie in Frankreich gegeben haben, die sich langsam, aber sicher aus der Atomwirtschaft zurückziehen wollten. Das Reaktorunglück von Tschernobyl lag gerade mal ein paar Monate zurück, alle hatten Angst. Man fragte sich, ob so etwas auch hier passieren könnte. Die Konzerne und auch die Regierungen standen mächtig unter Druck. Andererseits waren sie von einem tatsächlichen Ausstieg nicht gerade begeistert. Schließlich verdienten ziemlich viele daran. Energiekonzerne, Sicherheitsunternehmen und nicht zuletzt die, die den Dreck aus den Kraftwerken irgendwo verklappen mussten ... Na ja, und wie gesagt: Wir sprechen hier eben von 1986. Drei Jahre vor dem Mauerfall. Es gab noch den Ostblock. Von Scheven war das Bindeglied zwischen der französischen und der deutschen Seite. Er hatte als Einziger einen uneingeschränkten Zugang zu den Verantwortlichen in beiden Regierungen und Konzernen. Und: Er war derjenige, der mit einem französischen Kollegen ein sehr umfangreiches Ausstiegsszenario entwickelt hatte. Das ist zwar alles reine Spekulation. Aber als ich 1998 mit einem BKA-Kollegen darüber sprach, war dieses Papier das alles bestimmende Thema. Der war nicht unbedingt an den Tätern interessiert, sondern wollte vor allem dieses Dokument haben. Das Treffen war insgesamt sehr seltsam. Die Jungs in Wiesbaden verdächtigten uns beim LKA, dass wir eine Kopie dieses ominösen Schriftstücks im Archiv gehabt hätten. Denn das LKA war nach dem Attentat als erste Einheit im Haus der von Scheven. Drei Stunden später erst waren die Kollegen vom BKA vor Ort. Da war viel Kompetenzgerangel und Misstrauen untereinander. Direkt nach von Schevens Tod war das Thema dann auch vom Tisch und das Dokument verschwunden. Keiner der angeblich Beteiligten trat je in Erscheinung.«

»Gibt es für die Existenz dieses Schriftstücks Beweise?«, fragte Quercher und wusste im selben Moment, wie naiv diese Frage war.

Picker lachte und schüttelte den Kopf. »Vergiss es. Der Inhalt dieses Ausstiegsszenarios war nur einmal, so vermute ich, aufgezeichnet worden, und zwar von von Scheven selbst. Er wollte sich mit Vertretern beider Seiten in Quebec treffen. Das Dokument, der Fahrplan sozusagen, sollte dort abgenickt werden. Ich habe keine Ahnung, was darin stand, aber es war auf jeden Fall brisant. So viel steht fest.«

»Warum? Wie kommst du darauf?«

»Von Scheven wollte am Tattag über London nach Quebec fliegen. Dazu kam es aus gegebenem Anlass nicht. Viel mehr wissen wir nicht, es gelang uns nie, weitere Informationen über diese Zusammenkunft in Erfahrung zu bringen. Weil dieses Treffen in Quebec nicht in den Ermittlungsrahmen gehörte. Die Bundesanwaltschaft hat nie in Kanada recherchieren lassen. Es gab keinerlei Amtshilfeersuchen bei den dortigen Behörden. Ich habe das später mal über den kleinen Dienstweg mit ein paar Freunden bei Interpol versucht. Es hat nicht einmal zwei Stunden gedauert, bis jemand aus Wiesbaden vom BKA bei uns aufschlug und mich zurechtwies. Die RAF ist in Ermittlerkreisen also beileibe nicht irgendein Kleinscheiß. Ganz im Gegenteil, in diesem Zusammenhang sind alle sehr, sehr empfindlich. Bis heute.«

»Von Scheven hatte eine Aktentasche aus Leder. Die wurde von dem mutmaßlichen Täter mitgenommen. Bis heute ...«

Picker stöhnte. »Oh nein. Komm mir jetzt bloß nicht mit der verdammten Ledertasche! Die ist sozusagen das Monster von Loch Ness im Zusammenhang mit der RAF. Alle glauben an diese Aktentasche. Aber da war nichts. Von Scheven hatte seine Tickets und zwei Mappen über Turbinen dadrin – zumindest glaube ich das. Seine Sekretärin packte ihm nämlich immer die Tasche, bevor er einen Termin im Ausland hatte. Da war also nichts Geheimes dran. Die Täter haben das gute Stück mitgehen lassen, um genau diese Spekulation anzuheizen. Das ist der ganze Hintergrund.«

Quercher lächelte arrogant. »Klar, die schießen aus mehreren Hundert Metern, um dann entspannt auf den Tatort zuzulaufen und die Tasche mitgehen zu lassen.«

Picker nickte. »Stimmt. Das ist auf den ersten Blick seltsam. Aber die RAF hat so kaltblütig kurze Zeit später auch mit dem Staatssekretär Braunmühl agiert, also aus kurzer Distanz getötet. Zudem haben sie den Tatort quasi gesäubert, am Tatort selbst ist nichts zurückgeblieben. Denn in der Einfahrt war Kies. Der ist von den Rettungskräften, den Sanitätern und sonst wem im Zuge der Ermittlungen völlig platt gemacht worden. Von Schevens Tasche wiederum war weg. Die wäre jedoch quasi das einzige Beweisstück, das uns zu den Tätern führen könnte. Also weniger der Inhalt als vielmehr die Tasche selbst.«

Quercher wollte den Moment genießen und Pickers erstauntes Gesicht sehen. »Was, wenn die jetzt wieder auftauchte?«

Picker hob die Augenbrauen. Er wartete mit seiner Antwort. »Das wäre ein ziemlicher Hammer, weil ...«

»Weil was?«

»Jedes Beweisstück von Attentaten der RAF, die nicht aufgeklärt wurden, ist untersucht worden. Kommt eine neue Analysemethode auf den Markt, werden die Stücke erneut unter die Lupe genommen. Bei dem Von-Scheven-Attentat wurde bis auf die Projektile so gut wie nichts am Tatort gefunden. Und alle RAF-Terroristen, die wir nach 1989 aus der DDR herausfischten, wussten über diesen Fall quasi nichts. Auch die Analyse der Stasiunterlagen war ergebnislos. Wenn jetzt ein neues Beweisstück auftaucht, das die Terroristen damals haben mitgehen lassen, dann wäre das ein einmaliger, neuer Zugang zu dem Fall. Das könnte sehr schnell zu einem Zauberschlüssel werden. Warum fragst du?«

»Stell dir vor, du würdest noch ermitteln und eines Tages taucht ein schräger Vogel mit genau dieser Tasche auf. Was würdest du denken?«

»Klingt zu gut, um wahr zu sein. Die Tasche ist der Heilige Gral der RAF-Ermittlung.«

»Wow, so wichtig?«

»Quercher, jetzt hör mal zu. Das ist die RAF. Ich glaube, dass ich das nicht richtig klargemacht habe. Für uns in Westdeutschland ist die RAF wie für die Amis 9/11. Wenn dir an der Geschichte tatsächlich etwas liegt, stelle ich dir einen Kontakt her zu dem langjährigen Abteilungsleiter und seinem Stellvertreter. Die beiden sind in dieser Sache wesentlich versierter als ich. Zeig ihnen, was du hast, und versuch erst gar nicht, es geheim zu halten. Das ist nicht möglich. Die Behörden haben wirklich überall unsichtbare kleine Drähte gelegt, die, wenn du darüberfällst, irgendwo in Wiesbaden oder was weiß ich wo eine Klingel auslösen. Also: Spiel mit offenen Karten. Ich bin da raus. Für mich ist das Verschwendung von Lebenszeit. Da verkaufe ich lieber Fahrräder.«

Querchers Smartphone klingelte. Als er es aus seiner Jacke zog, sah er, dass es anscheinend die ganze Zeit über geleuchtet hatte. Doch er schenkte diesem Umstand keine weitere Beachtung, denn Regina war am Apparat.

»Ich bin im Krankenhaus in Agatharied«, erklärte sie ihm ohne Umschweife. »Ferdi ist umgekippt. Ich habe ihn in seiner Wohnung gefunden.«

»Blaue Blüte, wo bist du?«

Sie war schwer zu verstehen. »Im Krankenhaus! Mit Ferdi.«

Quercher kroch die Angst den Rücken hinauf, als er an den Gesundheitszustand seines Freundes dachte. Nicht das, nicht jetzt. »Was hat er?«, erkundigte er sich und versuchte, entspannt zu klingen. »Ist es schlimm?«

»Ja, er wurde bewusstlos, fiel hin und war nicht ansprechbar. Ich dachte sofort, es wäre ein Schlaganfall, weil er mich so versteinert angesehen hatte. Ich war dann mit ihm in der Notaufnahme, sein Knie war aufgeschlagen, die Ärzte haben es mit ein paar Stichen genäht. Es ist tatsächlich ein Schlaganfall gewesen, ein leichter, aber er kann sich dennoch kaum artikulieren.«

»Verdammt! Das gibt es doch nicht!«, fluchte Quercher.

»Es wird noch schlimmer«, fiel ihm Regina ins Wort. »Als ich ihn auf seinem Zimmer besuchen wollte, ist hier diese Dame von der Frischzellenklinik plötzlich aufgetaucht …«

»Was? Wieso die denn?«

»Keine Ahnung. Sie stand jedenfalls vor der Tür und hat ihn beschützt wie ein Schäferhund. Völlig irre. Ferdi war wie ferngesteuert. Er hat das alles widerstandslos mit sich machen lassen. Als ich dem Ganzen ein Ende bereiten wollte und mich an ihr vorbeigedrückt habe, hat er nur abgewinkt und mich weggeschickt.«

»Okay, ich komme zurück.«

Kapitel 5

Murnau

Niemand marschierte einfach unbemerkt in eine Intensivstation. Hier, wo die Patienten zwischen Leben und Tod lagen, wo Menschen und Maschinen alles taten, um den nächsten Atemzug nicht zum letzten werden zu lassen, musste alles geschützt werden. Vor Keimen und Menschen, die ebenjene mit sich trugen, schützten Schleusen. Das Klinikum Murnau, hoch über der Moorebene gelegen, war die Nummer eins der Unfallchirurgie. Zudem führte es die monströse Bezeichnung ›berufsgenossenschaftlich‹ in seinem Namen. Handwerker wussten also, dass sie hierherkamen, wenn ihnen eine Kreissäge den Daumen von der Hand oder den Arm vom Körper trennte. Bauern kannten die Klinik spätestens dann, wenn ihnen ein Häcksler die Beine zermalmt hatte. Aber vor allem Bergtouristen mit Rückenverletzungen fanden sich nach einem kurzen Flug mit dem gelben Hubschrauber hier im Aufwachraum wieder. Murnau war sozusagen das Synonym für ›Wenn's richtig scheiße gelaufen ist‹.

Das galt auch für Holger Müller. Man hatte ihn in ein künstliches Koma versetzt. Seine Verletzungen reichten von Verbrennungen zweiten Grades, Nieren- und Milzrissen, mehreren Brüchen der Rippen, Arme und der Hüfte. Aber vor allem war seine Lunge massiv beschädigt worden. Er war lange Zeit ein Grenzpatient gewesen, mehr tot als lebendig. Aber die hervorragende Arbeit der Ärzte, Schwestern und Pflegekräfte hatte Holger Müller wieder zurückgeholt. Bei der ersten Visite nach den Operationen äußerte sich der Chefarzt zufrieden. »Der wird das packen, aber es wird lange dauern.« Seine Kolleginnen, die mehr als zehn Stunden um das Leben des vor ihm liegenden Mannes gekämpft hat, waren zu Recht stolz. Denn bei solchen multiplen, schweren Verletzungen war das Zurückholen keine Selbstverständlichkeit, trotz moderner Technik und Medikation. Sie hatten eine Pause verdient, waren alle schon seit sechzehn Stunden auf den Beinen.

Zwei der Ärztinnen gingen deshalb hinauf zum Hubschrauberlandeplatz. Von dort aus hatte man einen grandiosen Blick auf die Zugspitze. Die beiden Frauen tranken dort einen aufgewärmten Kaffee, rauchten zwei Zigaretten und unterhielten sich über den letzten Patienten mit dem seltsamen Unfall am Tegernsee, weil eine der Ärztinnen aus Gmund stammte und der irre Unfall sozusagen unmittelbar vor ihrer Haustür geschehen war. Sie sahen den Hubschrauber aus der Ferne, wie er geradewegs auf sie zuflog, rannten zum Ausgang der Station und begegneten den Erstversorgern, die ihnen erzählten, dass ein Schulbus mit Dutzenden

Kindern Feuer gefangen hatte und nun die ersten Opfer hereingebracht wurden.

Die Plätze auf der Intensivstation wurden knapp und so verlegte man schon vorsichtshalber jene Patienten, die halbwegs transportfähig waren, auf andere Stationen.

Das war dem Mann, der sich soeben aus der Wäsche im Keller einen weißen Kittel, grüne Hosen und ein Hemd nahm, einen Mundschutz überzog, Gummischuhe aus einem geöffneten Spind entwendete und in die Intensivabteilung eilte, nicht klar. Aber der Zufall wollte es, dass er just in den Flur trat und sich an einem Spender die Hände wusch, als Müller zusammen mit portablen Geräten aus seinem Zimmer geschoben wurde. Der Mann musste nur folgen, sein Bein zog er dabei leicht nach. So konnte er wenige Augenblicke später vollkommen unbehelligt in die Abteilung für Nachversorgung eintreten, als eine Schwester mit schnellem Schritt auf die Intensivstation lief. Dort wurden jetzt mehr Kräfte gebraucht als hier.

Der Mann sah sich in dem Zimmer um. Es waren auch noch weitere Patienten an Geräten angeschlossen, doch keiner von ihnen war bei Bewusstsein.

Er wartete einen Augenblick, bevor er Müllers Bettdecke am Fußende aufschlug. Er fand sofort die Stelle zwischen den Zehen, stieß die Nadel in die Haut und presste den Spritzenkolben herunter. Das war insofern ungewöhnlich, als dass diesem Mann nur sechs Finger zur Verfügung standen. In aller Ruhe tupfte er anschließend die kleinen Bluttropfen mit einem Taschentuch ab, bis nichts mehr aus der kleinen Wunde trat, und schlug die Bettdecke wieder zurück. Im Zimmer der Schwestern, das aufgrund des Notfalleinsatzes verwaist war, nahm er aus den Medikamentenschränken mehrere Präparate und ließ sie in seine Kitteltasche gleiten. Wenige Minuten später verschwand er wieder über den

Keller aus dem Klinikum. Der Mann humpelte zu seinem Auto, darauf bedacht, nicht von den vielen Kameras, die an den Dächern und Wänden angebracht waren, aufgenommen zu werden.

Bis zu seinem nächsten Ziel würde er nur eine knappe Stunde brauchen, doch er zog es vor, in einem Waldstück nahe dem Kloster Benediktbeuern eine Pause einzulegen. Er hatte sich am frühen Morgen ein Butterbrot geschmiert und eine Flasche Wasser mitgenommen. Langsam und bedächtig aß er, während im Radio auf einem Klassiksender leise Carl Orffs *Carmina Burana* lief. Mit vollem Mund summte er mit. Als er sein Essen beendet hatte, faltete er das Papier, in dem das Brot eingelegt war, zusammen und atmete tief durch.

Alles war gut gelaufen. Er kannte das Klinikum von früher, die Gänge und die Abläufe dort waren ihm vertraut. Das hatte ihm die Umsetzung entschieden erleichtert. Vorsichtig löste er den Verband von seiner Hand, sah mit Freude, dass sich die einst so eiternde Wunde langsam zu schließen begann, und versorgte sie mit einer Wundsalbe. Bevor er seinen Sitz nach hinten justierte, sah er sich noch einmal um, konnte aber niemanden entdecken und schlief ein.

In diesem Moment der Ruhe alarmierte nur wenige Kilometer entfernt ein Gerät hinter Holger Müller die Schwestern des Klinikums Murnau über einen Notfall. Aber schon als der erste Pfleger in das Zimmer kam, hatten die Herzschläge des Patienten bereits ausgesetzt und der Kreislauf war zusammengebrochen. Eine junge Ärztin konnte nur noch den Tod feststellen. Angesichts der multiplen Verletzungen war ein Exitus nie auszuschließen. Deshalb notierte sie es kurz vor Ende ihrer Schicht auch genau so in ihren Akten.

Zu diesem Zeitpunkt war der Autoschläfer schon wieder aufgewacht und im Schutz der Dunkelheit zurück zum Tegernsee gefahren. Er parkte den Wagen nie direkt vor dem

Anwesen. Das Haus war am Hang im Tal der Mangfall quasi in eine Lücke hineingedrückt worden. Es war so gut wie nie von der Sonne beschienen. Stattdessen war es der Feuchtigkeit des Flusses ausgesetzt. Selbst in trockenen Sommermonaten war es hinter den dicken Steinen des Gemäuers feucht und kalt. Im Winter musste mehr als überall sonst geheizt werden.

Er hielt ein Stück oberhalb des Gebäudes hinter einer Scheune, rutschte dann mehr, als dass er ging, die Anhöhe hinunter, betrat einen grob betonierten Platz zwischen Hang und Haus und gelangte über eine feuchte Treppe zum Kellereingang. Noch vor dem Zweiten Weltkrieg hatten die Altbesitzer des Hauses – ein Geschwisterpaar mit guten Kontakten zur Partei – diesen Keller mit zwei zusätzlichen Räumen ausgestattet, um dort Nahrungsmittel zu horten. Bis zur Decke hatten die Konserven in Regalen gestanden. Bis kurz vor Kriegsende rettete ihnen dieses Horten das Leben. Doch dann entdeckte eine versprengte SS-Einheit das Versteck und hängte Bruder und Schwester kurzerhand am Ast einer Buche auf. Erst der Einmarsch der Amerikaner eine Woche später sorgte dafür, dass man sie ordentlich begrub. Danach wechselte das Haus mehrfach den Besitzer. Es lag nicht weit von der örtlichen Kläranlage entfernt. Wer wollte dort schon wohnen? Doch nachdem einige Zeit ins Land gegangen war, fand es schließlich einen Mitbewohner, der nicht freiwillig dort lebte.

Er schob die Schrankwand beiseite und öffnete die schwere Eisentür, hinter der sich eine ebenso schwere zweite Tür befand. In dem kleinen Raum dazwischen befand sich ein Lichtschalter, den er betätigte, bevor er schließlich in den eigentlichen Keller eintrat.

Der andere saß auf dem Stuhl und wippte mit dem Oberkörper nach vorn und nach hinten, langsam, aber stetig wie ein Uhrwerk. Er war versorgt, das konnte man nicht anders sagen. Auf dem Tisch standen wie Zinnsoldaten aufgereiht die Präparate, die er jeden Tag einzunehmen hatte. Rein körperlich fehlte dem Mann kaum etwas. Nur seine Psyche war merklich angegriffen.

Rüdiger Scheinmetz hatte heute Geburtstag. Zumindest glaubte er das. Er hatte versucht, die Tage mitzuzählen, die er in diesem nassen Loch eingesperrt verbracht hatte. Scheinmetz wurde fünfundfünfzig Jahre alt. Es wartete keiner auf ihn. Er war ja nur hier in der Gegend, um seine letzten Konten aufzulösen, ein anderes, neues Leben zu beginnen.

Es wäre auch alles gut gegangen. Wenn er ihr nicht zufällig in Schwabing über den Weg gelaufen wäre. Mehr als dreißig Jahre war das her. Aber sie hatte ihn sofort erkannt. Ihm war das zunächst gar nicht aufgefallen. Erst als er den Stich verspürte, während er im ARRI-Kino gesessen hatte, und dann in einem Kofferraum wieder aufgewacht war, ahnte er, dass sie Rache für damals suchte.

Er hatte lange versucht zu schweigen. Aber die Schmerzen waren irgendwann einfach nicht mehr zu ertragen gewesen. Nach zehn Tagen hatte er alles gesagt, was er wusste. Sie hatte es überprüft, soweit sie dazu in der Lage war. Jetzt war das Ende gekommen. Er rechnete mit seinem Tod. Aber er hing am Leben. Wollte weiteratmen. Er war kein Terrorist, kein Feind des Systems. Er war freier Atem- und Yogalehrer auf Gomera.

»Ich bin es, der Besucher«, flüsterte Poschner und erschrak selbst, wie schnell der Mann sich umdrehte und zu schnaufen begann.

Scheinmetz war am Stuhl fixiert worden. Das wiederum beruhigte Poschner. Aber die Augen des Mannes schienen kaum noch Tränenflüssigkeit zu produzieren. Poschner würde sich darum kümmern müssen. Das hatte er ihr zugesagt.

Er griff zu einer UV-Lampe. Der Mann auf dem Stuhl begann zu stöhnen, den Mund zu einem großen O zu formen und stoßweise auszuatmen. Hinter ihm standen die Videokamera und die Tonbänder. Sie waren drei Tage lang besprochen worden.

Poschner knipste die Lampe an. »Das ist deine Sonne. Genieße sie. Die Strahlen beruhigen dich auch.« Er flüsterte fast, seine Stimme wirkte ärztlich vertraulich.

Doch wie sollte sich Scheinmetz in einem Keller wie diesem beruhigen, wenn er wusste, dass er ihre Stimme würde wieder hören müssen? Er konnte die Frau nicht sehen. Aber der Besucher hatte ein Telefon auf den Tisch gelegt – die Wahrscheinlichkeit, dass er mit ihr telefonieren musste, war also hoch.

»Ich habe nichts mehr zu sagen. Du hast wirklich alles, was ich weiß, aufgenommen. Jetzt lass mich doch ... bitte sterben«, stöhnte Scheinmetz auf dem Stuhl und ließ seinen Kopf nach hinten in den Nacken fallen.

Poschner drehte am Rädchen der Infusion. Mithilfe der Kochsalzlösung transportierte er weitere Beruhigungsmittel in die Adern des Mannes. Er musste aufpassen, dass sein ›Patient‹ zwar noch aufnahmefähig war, aber trotzdem den Schmerz und die Angst ignorieren konnte. Denn heute war sein Tag: Scheinmetz würde wieder frei sein.

»Du wirst nicht sterben«, knarzte plötzlich ihre Stimme aus dem Lautsprecher des Telefons. »Wir töten nicht. Du hast uns geholfen. Wir werden das honorieren. Es tut uns leid, dir in den letzten Wochen so viel Ungemach bereitet zu haben. Aber du wirst zurückkehren in dein Leben. Unser Jan wird dir dabei helfen.« Dann erstarb ihre Stimme für einen Moment. »Du sollst wissen, dass du mit deinem Wissen deine Schuld bei mir ausgelöscht hast. Es ist vorbei.«

Ein kurzes Rauschen erklang, bevor es schlagartig wieder still wurde in dem kleinen Kellerraum.

Scheinmetz' Atmung hatte sich beruhigt. Es würde wieder alles gut werden. Die Diazepame in seinem Blut, aber auch die Worte, die er soeben gehört hatte, trösteten und ließen ihn nahezu euphorisch werden. Die letzten Tage, seine Aussagen über die alten Genossen – all das war auch für ihn eine Erlösung gewesen.

Er lachte. Bedankte sich bei Poschner, der hinter ihm stand und die Hand auf seine wackelnde Schulter legte. »Danke! Ich danke dir.« Er schnaufte. Begann zu schwitzen. Aber das war ihm egal. Er würde aus diesem Loch kommen.

Dann entfaltete das Sedativum seine volle Wirkung. Scheinmetz sackte weg.

Poschner griff in seine Tasche und zog zwei kleine Gerätschaften heraus. Die eine ähnelte einem Eispickel und war, ebenso wie der kleine Hammer, aus reinem Metall.

Scheinmetz konnte das nicht mehr sehen, da er die Augen geschlossen hatte. Aber er nahm noch Poschners Stimme wahr.

»Mit der Lobotomie haben Mediziner schon früher sehr gute Erfahrungen gemacht. Ob Depressionen, Angstzustände oder Alkoholismus: Ein kleiner Eingriff genügt.« Poschner hob Scheinmetz' Lid an und schob die zwanzig Zentimeter lange, stabile Stahlnadel seitlich am Augapfel vorbei – immer tiefer in den Kopf hinein, bis er an die Wölbung stieß, die Hirn und Augenhöhle trennte.

Zurück blieb ein Körper.

Kaum fünfzig Meter von den beiden Männern entfernt fuhren Regina und Quercher zurück nach Bad Wiessee. Er hatte die Abkürzung entlang der Mangfall genommen.

»Wir sollten hier mal Fahrrad fahren. Das ist doch hübsch«, versuchte Regina das Thema zu wechseln, als sie vor Louisenthal eine Gruppe Radfahrer vor sich hatten.

»Ich kann das einfach nicht glauben!«, stänkerte Quercher erbost. »Der lässt diese komische Fettzellentrulla einfach als Krankenschwester in sein Leben? Was soll das sein? Die letzten Liebeszuckungen?«

Regina seufzte. Sie musste sich Querchers Tiraden bereits seit einer geschlagenen Stunde anhören. Denn im Krankenhaus war es zwischen ihm und dieser Lilit zu einer lautstarken Auseinandersetzung gekommen, die am Rande des Peinlichen geführt worden war. Quercher hatte sich wie ein abgewiesener Liebhaber aufgeführt. Regina wusste natürlich, dass er es nicht so meinte. Und ihr war auch klar gewesen, dass Quercher ein schlechtes Gewissen hatte. Denn Ferdi war nicht irgendwer für ihn. Er war für viele Jahre Querchers Mentor und väterlicher Freund gewesen. Quercher hatte sich so manche Eskapade erlauben können, weil Ferdinand Pollinger stets schützend seine Hand über ihn gehalten hatte. Doch all das wäre nun bald vorbei. Denn Querchers Freund würde sterben. Regina fand, dass Pollinger angesichts des Ernsts der Lage jedes Recht hatte, so aus dieser Welt zu gehen, wie er es wünschte. Und das müsste selbst Max Quercher endlich begreifen.

»Max?«

»Ja? Was denn?«

»Fahr bitte da vorn rechts ran.«

Quercher kannte Regina lange genug, um an der Tonlage, in der sie diesen Satz vorbrachte, die Bedrohungslage zu erkennen. Doch wie jeder Mann in dieser Situation setzte auch er erst einmal auf Widerspruch. »Ich weiß schon, was kommt. Ich bin nicht tolerant genug. Ich sollte mehr auf ...«

»Moment, Max. Es geht hier gerade nicht um dich. Es geht um Ferdi. Du hast jetzt mal Sendepause. Ich bin nicht bereit, mir deine Auftritte weiter gefallen zu lassen. Ferdi geht in diese Klinik nach Tegernsee, weil Lilit Ilmberger ihm

Vertrauen und Ruhe zu geben scheint. Und was heilt, hat recht …«

»Heilen?«, warf er spöttisch dazwischen.

Sie sah ihn kopfschüttelnd an. »Übertreib es nicht, Max. Reagiere doch mal so, wie du dich auch fühlst.«

Quercher verdrehte die Augen. Das Letzte, worauf er jetzt Lust hatte, war irgendein Psychogespräch. Ihm hatte die esoterische Ilmberger schon gereicht, die auf jeden Einwurf seinerseits lediglich mit einem überlegenen Grinsen reagiert hatte.

Zum Schluss hatte er sich wutentbrannt an ihr vorbeigedrängt und war zu Pollinger ins Zimmer gestürmt. Der Alte hatte in einem schäbigen Stuhl gesessen und reglos hinaus auf den Parkplatz gestarrt. Das Sprachvermögen war nicht gänzlich verschwunden. Pollinger konnte nach wie vor murmeln, brauchte allerdings immer wieder Pausen zwischendurch. Aber Quercher verstand ihn.

Es waren nur wenige Worte, die er an Quercher richtete, der mit Tränen in den Augen vor ihm kniete. »Kümmere dich um den Fall von Scheven, Max. Die wollen mir an den Kragen. Aber lass mich jetzt in Ruhe. Bitte.«

»Aber vielleicht kann ich noch etwas …«

Pollinger hatte mit seiner dünnen knochigen Hand, in der ein Schlauch steckte, Querchers Arm umfasst. »Geh in meinen Keller, der wird dir helfen. Pass gut auf dich auf. Ich kann mich nicht mehr um dich kümmern. Du musst das jetzt alles selbst machen.«

Quercher war den Tränen nahe gewesen, hatte sich aber beherrscht.

»Ich melde mich wieder«, murmelte Pollinger noch. Aber Quercher hatte sich schon erhoben, war wortlos an Lilit vorbeigegangen und hatte einem jungen Arzt vor der Tür eindringlich zugeraunt, dass »diesem Mann dort nichts passieren darf, sonst hetze ich euch alle Polizisten Bayerns auf den Pelz«. Dann hatte Regina ihn mit sich gezogen.

Sie schwiegen, jeder in seinen Gedanken gefangen. Draußen setzte der Regen wieder ein. Quercher wäre jetzt gern allein gewesen. Zu viele Dinge kreisten in seinem Kopf. Er wollte nachdenken und keine Grundsatzdiskussionen darüber führen, ob er sich im Krankenhaus richtig oder falsch verhalten hatte.

Er bemerkte, wie viel Selbstmitleid in seinen Gedanken mitschwang.

Auch Regina schien das zu erkennen und strich tröstend über seine Wange.

Quercher atmete schwer aus. »Gut, ich soll also während Ferdis letzter Tage einem RAF-Gespenst hinterherrecherchieren?«

Regina machte eine lange Pause. »Ich glaube«, sagte sie leise, »Poldi will einfach, dass wir weiterleben, statt ihm beim Sterben zuzusehen. Manchmal ist das eben so.«

Quercher sah auf den Fluss und erinnerte sich an Pollingers Worte, die er am Vortag auf den Weg nach München geäußert hatte. »Er will im Fluss verstreut werden«, murmelte er.

»Okay, steig aus«, beendete Regina jede weitere Diskussion. »Ich fahre. Gegen Selbstmitleid hilft nur Essen. Wir fahren in den *Jennerwein.* Es gibt auch ganz bestimmt keinen Smoothie. Versprochen.«

»Nein, ich fahre. Warum das Unglück heraufbeschwören?«, stichelte er. Quercher sah, wie sie die Augen verdrehte, und küsste sie.

Sein Telefon klingelte, als er den Wagen startete. Als er danach griff, fiel ihm erneut auf, dass die Kamera des Gerätes eingeschaltet war. Irgendetwas an diesem verdammten Smartphone funktionierte nicht so, wie es sollte.

Es war Arzu, Querchers einstige LKA-Kollegin und Pollingers Exfreundin. Quercher hatte sie angerufen, weil er sie über den Gesundheitszustand des Alten aufklären wollte. Sie hatte Querchers Ausführungen zwar mit traurigen Worten kommentiert, aber dann nur geschwiegen. So, als sei ihr sein Anruf eigentlich nur lästig gewesen. Quercher hatte eine Distanz zwischen ihnen wahrgenommen, die er früher nicht gespürt hatte. Um die peinliche Stille abzukürzen, hatte er ihr von seiner Arbeit erzählt und ihr einen Screenshot der Videoaufzeichnungen von Georg von Scheven zugeschickt, mit der Bitte, den unbekannten Mann mit dem LKA-Archiv abgleichen zu lassen.

»Also, eine gute und eine schlechte Nachricht habe ich für dich und im Übrigen wenig Zeit.« Arzu gab sich keine Mühe, ihr Desinteresse zu verhehlen.

»Na, schieß los«, bat Quercher, während er an der Mangfall entlangfuhr, vorbei an der Kläranlage.

»Der Typ ist uns bekannt. Er heißt Holger Müller, ist neununddreißig Jahre alt, lebte lange bei seiner Mutter in Reichersbeuern, bis er irgendwann in eine Butze nach Bad Tölz zog. Ehemaliger Student der Informatik an der Technischen Uni hier in München. War im *Chaos Computer Club* eine große Nummer. Die haben ihn aber irgendwann quasi rausgekickt. Ganz großer Verschwörungstheoretiker. Zuletzt ist er bei den Reichsbürgern aufgefallen. Nennt sich Experte für RAF-Morde. Hat uns ganz kirre mit einem Blog im Netz gemacht, weil er da zum Teil heikle Sachen postete. Er scheint ein, zwei gute Quellen gehabt zu haben. Aber damit ist nun Schluss.«

»Warum?«

»Weil Holger Müller in diesem Leben nichts mehr ins Netz tippen wird. Er ist heute Morgen in Murnau an den Folgen eines Unfalls verstorben.«

Quercher riss überrascht die Augen auf.

»Übrigens ist der Crash bei euch am See in Gmund beim Italiener passiert.«

»Arzu, das ist doch kein Zufall. Der Typ hatte ...«

»Ja, ich weiß. Er hatte die Lösung zu allen RAF-Morden im Gepäck. Aber bevor du Mysteriöses vermutest: schwere Verbrennungen, innere Verletzungen. Der stand medizinisch massiv auf der Kippe. Also nichts Ungewöhnliches. Die Kollegen in Wiessee dürften vielleicht noch etwas mehr darüber wissen, der Sachbearbeiter ist ...«

»Aber war der Unfall auch tatsächlich ein Unfall?«, fragte Quercher. Sie standen inzwischen vor dem Bahnübergang in Gmund und sahen linker Hand auf den See, über dem sich trüber Nebel ausgebreitet hatte.

»Holger Müller war monatelang in psychiatrischer Behandlung. Suizidgefährdet. In seinem Auto hatte er mehrere Kanister mit Benzin, die er wenige Stunden zuvor an einer Tankstelle in Holzkirchen gekauft hatte. Ja, das war ein geplanter, vielleicht im Ablauf nicht so gewollter Suizid, weil ...«

»Okay, kennen wir die Mutter?«

»Ja, Kreszentia Elfinger.«

Es war nur ein kurzer Moment, ein Wimpernschlag. Sie waren gerade an der Ampelkreuzung in Gmund zum Stehen gekommen, als der Wagen an ihnen vorbeifuhr und Quercher für den Bruchteil einer Sekunde glaubte, eine Person gesehen zu haben, die er hier unter keinen Umständen erwartet hatte.

»Hast du das gehört, Quercher?«

»Ja, habe ich. Ich melde mich wieder bei dir«, erklärte er geistesabwesend.

Der Zug kam, pfiff, ließ Quercher zusammenschrecken.

Da! Schon wieder! Im zweiten Auto in der Wagenkolonne gegenüber!

War er das wirklich?

Die Sonne war kurz aus den Wolken hervorgetreten, blendete Quercher. Instinktiv riss er die Sichtblende herunter.

»Wenn du mich fragst, solltest du die Finger von der RAF-Sache lassen, du machst dich nur ...«

Die Schranke hob sich.

Er blieb stehen, während sich die Fahrzeuge auf der gegenüberliegenden Straßenseite in Bewegung setzten. Das erste Auto passierte Quercher. In der Schlange hinter ihm wurde bereits ungeduldig gehupt.

»Was ist los, Max?«, fragte Regina. »Meinst du, wir kommen hier heute noch weg?«

Er ignorierte sie und wartete darauf, dass das zweite Auto an ihm vorbeifuhr. Ein erneutes Hupen hinter ihm ließ ihn zusammenfahren, wieder wurde er geblendet.

Aber dann war er da.

Quercher wollte nach der Waffe greifen, die er im Handschuhfach versteckt hatte, wollte aus dem Auto springen, hinter ihm herrennen. Ihn endlich auslöschen. Doch er blieb wie erstarrt hinter dem Steuer sitzen.

Max Quercher hatte gerade einen Mann gesehen, der eigentlich auf dem Grund des Meeres liegen müsste, von Schiffsschrauben zermalmt. Er war vor wenigen Sekunden einem Toten begegnet.

Es bestand kein Zweifel: Er hatte soeben Jan Poschner getroffen!

Kapitel 6

Tegernsee

Die Klinik lag oberhalb der Point, einer Landzunge, die sich in den See drängte und an einem der schönsten Aussichtspunkte des Tals befand. In dem Gebäude war einst ein Rehazentrum für Handwerker untergebracht gewesen. Jetzt beherbergte es Menschen, die jung bleiben wollten. Mit Frischzellen und diversen anderen Behandlungen kämpften sie gegen das Alter und zahlten immense Summen dafür.

Lilit Ilmberger hatte diese Behandlungsform von einem Innsbrucker Arzt übernommen und weiterentwickelt. Sie verband alternative Heilmethoden mit moderner Schulmedizin und Traditioneller Chinesischer Medizin. Das hörte sich für viele perfekt an. Neben dem Alterungsprozess behandelte sie auch austherapierte Krebspatienten. Die niedergelassenen Ärzte im Tal bezichtigten sie deshalb hinter vorgehaltener Hand der Scharlatanerie, neideten ihr aber insgeheim den Erfolg. Sie wussten auch, dass Patienten aus dem arabischen und russischen Raum den zehnfachen Preis gegenüber einer schulmedizinischen Behandlung zahlen würden. Dieses Geschäftsmodell war also ein Traum für Ärzte mit Hang zum guten Leben oder mit anspruchsvoller Familie.

Lilit Ilmberger hatte Pollinger im letzten Zimmer des Westtrakts einquartiert. Es bot den perfekten Blick über den See, hinauf zum Wallberg und hinein in das immer schmaler werdende Tal Richtung Kreuth. Sie hatte ihm versprochen, am Abend noch einmal bei ihm vorbeizuschauen. Er hatte nur genickt und hinaus in die Nebelfelder über das Wasser geblickt.

Die Sonne war hinter dem Fockenstein versunken, als sie wieder in sein Zimmer trat. Pollinger hatte geschlafen, seine Augen blinzelten müde. Lilit nahm sich einen Stuhl, schob ihn an sein Bett und sah ihn an. Er wollte sprechen, aber der Mund war trocken, die Zunge schien sich nicht bewegen zu lassen.

Beruhigend legte sie ihre Hand auf seine. »Das wird ein wenig Zeit brauchen. Machen Sie sich keine Sorgen. Die nächsten Tage werden für Sie anstrengend sein. Sie sind hier in guten Händen.«

Pollinger sah sie lange an, ehe er krächzend drei Worte herausbrachte. »Ich ... kenne ... Sie ...!«

»Ja, das glaube ich.« Sie strich ihm über die Stirn und drückte seinen Kopf sanft auf das Kissen. »Ich erzähle Ihnen jetzt etwas, ja? Sie müssen nur zuhören. Die Geschichte beginnt vor vielen Jahren in der Oberpfalz ...«

Das EKG-Gerät, an dem Pollinger angeschlossen war, verwies unmittelbar auf einen enormen Anstieg seiner Herzfrequenz. Ein Signalton warnte. Lilit Ilmberger stellte das Gerät leiser. Pollinger atmete schwer.

»Sie haben nichts zu befürchten. Hören Sie einfach nur zu und erinnern Sie sich. Dann ist alles gut.«

Damals

Wie ein böses, übergroßes Insekt aus einem Horrorfilm stand der Hubschrauber über Doris. Die Rotoren erzeugten Windböen. Zwei Frauen, die sich mit nach unten gesenktem Kopf vor dem aufwirbelnden Staub zu schützen versuchten, wurden umgerissen und über den Platz vor dem Dorf geschleudert.

Daraufhin drehte sich das Insekt ein wenig, fegte Böen in eine andere Richtung, schien mit den Menschen am Boden wie eine Katze mit einer Maus spielen zu wollen.

Doris sah hinauf in die Luft und konnte sehen, wie in der Seitentür des Hubschraubers zwei Männer standen und etwas in der Hand hielten. Sie feuerten etwas ab, was in einem langen Rauchschwanz nach unten zischte und auf den Boden aufschlug.

Im nächsten Moment stand Doris in einer Wolke aus Reizgas, hustete und erbrach sich. Sie fiel auf die Erde und ihre Haut, obwohl von einem Parka geschützt, brannte, als sei eine entzündete Paste über sie gezogen worden. Doris bekam keine Luft mehr, aber ihr Überlebensinstinkt befahl ihr, sich zu erheben und weiterzulaufen, weg von dem Rauch, weg von dem Bauzaun, der die Wiederaufbereitungsanlage umfasste, hinein in den Wald zu den Fichten.

Sie wischte sich das Erbrochene aus dem Palästinenserschal, erhob sich und fiel wieder hin, erhob sich erneut und stolperte mehrmals, bis sie die erste Baumreihe erreicht hatte. Hier erst schob sie den stinkenden Stoff von Mund und Nase und öffnete die verquollenen Augen. Sie brauchte Wasser, um sich das Reizgas aus den Augen zu waschen. Aber die Helfer mit ihren Plastikflaschen waren im Dorf geblieben. Und zwischen ihr und den von den Demonstranten errichteten Hütten und Bauwagen befand sich nicht einmal zwanzig Meter über dem Boden ein weiterer Hubschrauber.

Vor ihr, hinter der ersten Baumreihe, hatten sie gestern aus Zweigen und langen Stämmen eine Barriere in den Wald gebaut. Die musste sie hinaufklettern und dann im Wald verschwinden. Das war zu schaffen. Doris war zwanzig Jahre alt und sehr sportlich. Hinter der Barrikade sah sie verschwommen ein paar Hände, die sich ihr entgegenreckten. Das waren ihre Freunde und Helfer. Rettung.

Mit einem großen Satz sprang sie nach vorn. Äste und Zweige schlugen ihr ins Gesicht, verhakten sich in ihrem armeegrünen Parka und ihrer lilafarbenen Hose. Sie sah nicht, wie das Tor des Zauns, der die Baustelle von der Umgebung abschottete, geöffnet wurde und plötzlich Hunderte grün bekleideter Männer aus dem Gelände der WAA herausliefen, auf Schutzschilder schlugen und sich auf sie zu bewegten. Sie sah nur, wie die Menschen vor ihr plötzlich auseinanderstoben, tiefer in den Wald hineinflüchteten – und sie zurückließen. Ein plötzlicher, stechender Schmerz ließ sie hinfallen. Ihr Gesicht, vom Harz der Fichten verklebt, war verzerrt. Ein Gummigeschoss hatte ihren Oberschenkel getroffen. Das Bein war nicht mehr zu bewegen, der Oberschenkel hart wie Stein. Doris schrie und weinte, verschluckte sich, sah sich um, in die grüne Masse mit den weißen Helmen, die Männer, die gegen Schilder schlugen, archaisch und bedrohlich.

Sie würden sie niedertrampeln und knüppeln, wenn sie liegen blieb. Doris warf einen angstverzerrten Blick in den feuchten, dunklen Wald. Aber niemand war mehr dort, der ihr hätte helfen können. Sie hörte, wie jemand in ein Megafon schrie. Unmittelbar über ihr zischte ein Wasserstrahl von links nach rechts. Sie duckte sich instinktiv. Als er zurückkam, traf er sie und warf sie zur Seite. Er war nicht nur kühl oder nass. Er war schierer Schmerz, presste sie gegen die spitzen Äste der Fichten. Ihr Herz raste, die Lungen kämpften noch mit dem Reizgas. Wieder blieb ihr die Luft weg. Alles schien sich um sie zu drehen.

Sie gab auf. Sollten sie zuschlagen.

Doris weinte.

Sie weinte noch, als eine Hand ihren Unterarm umfasste und mit Schwung von der Barrikade zog.

Doris sah dorthin, wo die grünen Männer vor Erschöpfung haltgemacht hatten und in der nächsten Sekunde wie Hasen auf einem Kirmesschießstand umfielen – einer nach dem anderen.

Stahlkugeln schlugen in die Schilder, in die Helme, gegen die Beine.

Schreie.

Doch die Hand zog sie weiter. Dann sah sie sein Gesicht. Auch wenn sie eine überzeugte Feministin war, kam ihr dieser Mann hinter seinem Tuch, das er sich über Mund und Nase gezogen hatte, wie ein junger Ritter vor. Ein Ritter, der sie rettete, sie beschützte und wegtrug von diesen behelmten Drachen hinter ihnen.

Später sie später auf einem Waldweg an der Bundesstraße nach Schwandorf pausierten, wusch er ihr in seinem Auto, einem R4-Kastenwagen, die Augen aus, nahm ihr den nassen Parka vom Körper und wickelte sie in seinen Ledermantel. Sie saß auf der Fahrzeugpritsche, sah ihn erschöpft und glücklich an, bedankte sich und konnte von diesem süßen Gesicht mit dem Backenbart nicht genug bekommen.

»Ich bin Rüdiger«, sagte er. Dann hielt er die Flamme seines Feuerzeugs an ein Stück Hasch, bröselte es in den Tabak und drehte.

Doris nahm den Joint und sog den Rauch tief in ihre Lungen. Wenig später saß sie, zugleich müde und entspannt, auf dem Beifahrersitz und grinste. Er hatte sie gerettet. Das war ein Zeichen. Sie war sich sicher. Ihr Kopf fiel zur Seite.

Nie mehr würde sie in den Taxöldner Forst zurückkommen. Ihr war die Wiederaufbereitungsanlage Wackersdorf plötzlich egal. Sie hatte ihren Widerstand gezeigt. Das konnte sie jedem in ihrer WG in München-Haidhausen erzählen.

Sie schlief, als er den Wagen nicht wieder zurück auf die Bundesstraße fuhr, sondern in einen weiteren Waldweg abbog und nach dem Messer im Seitenfach griff.

Es war dunkel geworden. Eine Schwester betrat den Raum, sah die Ärztin und ging auf einen Wink sofort wieder hinaus.

»Ich kenne Sie«, sagte Pollinger nun klar verständlich in die Stille hinein.

»Ja, das tun Sie.« Lilit Ilmberger sah hinaus in die anbrechende Nacht und streichelte Pollingers Arm.

»Was wollen Sie?«, fragte er heiser.

Statt zu antworten, hob sie eine Tasse mit Wasser vom Tisch und schob sie langsam und vorsichtig an Pollingers Lippen. Er trank mehrere Schlucke, atmete danach lange aus und schloss die Augen.

»Was wollen Sie, Doris?«

Sie schob ihren Stuhl ganz an die Wand, sodass er ihr Gesicht nicht sehen konnte, obwohl sie dicht bei ihm saß. Wieder nahm sie seine Hand und er leistete keinen Widerstand, sondern genoss für einen Moment das falsche Gefühl der Vertrautheit. Diese Frau, das wusste auch der geschundene Pollinger, war seine Nemesis, sein Schicksal. Sie würde seine Heimfahrt in den Tod zu einer Tortur werden lassen. Denn sie war der größte Fehler, den er jemals gemacht hatte.

»Nennen Sie mich nicht Doris. Ich heiße nicht mehr so. Das war das Geringste, was der deutsche Staat mir geben konnte. Wenigstens auf dem Papier wurde ich für euch eine andere Person. Aber in meiner Seele blieb alles bestehen, was einmal war. Da half auch kein neuer Name.«

Er atmete schwerer, öffnete den Mund und stieß flüsternd nur ein einziges Wort hervor. »1986 …«

»Genau. Ich wurde südlich von Wackersdorf in einem Waldstück mit dem Namen Höllgraben gefunden. Eine Nacht hatte ich dort gelegen. Der Kälte, den Tieren und der Angst ausgesetzt. Ich konnte mich nicht bewegen. Ein Fuchs hatte im Morgengrauen an mir geschnuppert. Es waren Waldarbeiter aus dem damaligen Jugoslawien, die mich fanden und mir halfen. Ich war nackt, blutverschmiert. Sie umwickelten mich mit einer stinkenden Decke und trugen mich durch den Wald zu ihrem Auto. Ich wollte schreien, hatte aber keine Kraft. Sie fuhren nach Deggendorf ins Krankenhaus. Der dortige Arzt hatte in den Tagen zuvor hauptsächlich Polizisten und Demonstranten behandeln müssen. Eine misshandelte, vergewaltigte und halb tote Frau war etwas Neues.«

Pollinger wusste, was jetzt kam. Er hatte es bereits zu Beginn ihrer Erzählung gewusst. Wie eine Welle, die man im Meer unterschätzte, überrollten ihn nun die Erinnerungen und warfen seine Gedanken durcheinander. Er hatte ihren richtigen Nachnamen vergessen. Aber er wusste, wer Doris war, die jetzt Lilit hieß. »Was passierte dann?«, fragte er leise.

Draußen war es mittlerweile schwarz und ein starker Regen ergoss sich in das Tal. Er hörte das Wasser, das sich durch die engen Regenrinnen vor dem Fenster drückte. Vom Flur drangen dumpf Stimmen zu ihnen. Es roch nach Krankenhausessen.

»Sie holten mich zurück. Aber mein Unterleib war ein Schlachtfeld, mein Becken zweimal gebrochen, das Schambein zertrümmert. Er hatte Gegenstände ...«

Sie sprach nicht weiter, doch das letzte Wort blieb wie ein übler Gestank im Raum stehen. Pollingers Erinnerung nahm immer mehr Kontur an.

»Die Polizei kam, man nahm den Fall auf. Aber zwischen all den Nachrichten über die Krawalle auf dem Gebiet der Wiederaufbereitungsanlage in Wackersdorf ging das unter. Acht Wochen blieb ich im Krankenhaus, ehe ich zum Studium nach München zurückkehrte. Ich konnte mit meinen Aussagen helfen, dachte ich. Die Polizisten aus Schwandorf hatten mir Mut gemacht, auch wenn ich für die nur eine der Chaoten war, die da demonstrierten und Ärger machten. Ich wollte das Schwein unbedingt in Handschellen sehen. Wollte sein kleines, dreckiges Gesicht in Angst und Panik vor mir haben. Aber die Zeit verging, ohne dass etwas voranging. Ich rief immer und immer wieder bei der Polizei an. Mein Anwalt riet mir ab. Doch ich wollte nicht untätig sein. Man bat mich nach Monaten, in München meine Aussagen bei einer besonderen Einheit noch einmal aufnehmen zu lassen. Es waren fünf Männer in dem Raum, als ich das Kennzeichen des Autos, eine sehr genaue Beschreibung des Innenraums sowie die des Täters selbst gab. Danach habe ich nie wieder etwas von der Sache gehört. Die Ermittlergruppe wurde aufgelöst, der Fall auf kleiner Flamme weiterbehandelt, wie mir ein junger Polizist damals noch zuflüsterte. Das war vor mehr als dreißig Jahren.«

Pollinger hatte genug Speichel gespart, um seinen trockenen Hals zu benetzen und reden zu können. Er wollte sich nach oben schieben und sie dabei ansehen. Ihre Reaktion analysieren. Aber sie drückte ihn wieder zurück. Dennoch ließ sie ihn reden.

»Doris, ich weiß, wer Ihnen das angetan hat. Ich war einer von denen, die Sie damals angehört haben …«

»Ja, und einer von fünf Männern, die auf eigene Faust das Recht in die Hand nehmen wollten. Die sich die *Mangfall Manderl* nannten, wie ein biederer Kegelclub. Aber das wart ihr nicht. Ihr habt euch über alle erhoben. Vier sind inzwischen tot. Sie sind der letzte Überlebende. Keiner von den anderen hat jemals ausgepackt. Das große Schweigekartell. Verschlossen bis zum Tod. Es ging um Größeres. Bayern, das Recht. Der Kampf gegen die RAF. Da war ich nur ein Kollateralschaden, den man ignorieren konnte. Eine vergewaltigte Studentin, eine von den Krawallbrüdern.«

»Aber … so war das nicht. Ich war … Es waren nicht nur Kollegen …«

Sie erhob sich, griff unter das Bett, zog zwei Ledergürtel hervor, fixierte Pollingers Körper und zog an der Seite zwei

Gitter nach oben. Jetzt konnte er sich nicht mehr bewegen, selbst wenn er es gewollt hätte.

»Ferdinand, psst. Das weiß ich doch. Ich weiß das alles. Ich weiß, wer mich damals vor dreißig Jahren so gequält hat, dass ich nie mehr Kinder bekommen konnte. Das war mein großer Wunsch damals. Aber Wünsche werden eben nicht immer wahr. Sie, Ferdinand, wollen leben oder zumindest sanft in den Tod hinübergleiten. Das wird beides nicht geschehen. Aber jetzt werde ich uns trotzdem erst mal entspannen.«

Sie griff in ihre Kitteltasche und nahm zwei Smartphones heraus. An das eine schloss sie ein Paar kleine Kopfhörer an, das sie dem wehrlosen Pollinger in die Ohren steckte. Sie musste sich dafür über ihn beugen, sodass er tief in ihren Ausschnitt schauen musste. Sie wusste das und beugte sich noch dichter zu ihm hinunter, bis seine Nase fast in ihrem Dekolleté verschwand, ehe sie sich wieder auf ihren Stuhl setzte.

Pollinger hörte eine Stimme, ein Flehen und ein Winseln. Er erkannte die Stimme sofort.

Das war Rüdiger Scheinmetz, der vor Schmerzen oder Angst oder Verzweiflung um sein Leben schrie.

Er wandte mit aufgerissenen Augen den Blick nach rechts zu ihr.

Lilit Ilmberger hatte ihre Musik gefunden. Debussys *Claire de lune* erklang in der Dunkelheit des Zimmers, umflog den vor schierer Angst daliegenden Mann und bildete für sie eine wunderbare Ouvertüre für die nächsten Tage.

Kapitel 7

Bad Wiessee

Poschner war also da unten im Tal. Irgendwo. Unter dem Regen und dem Nebel, durch den die gelben Lichter schimmerten. Er war da. In einem der Häuser. Oder doch irgendwo weiter oben in einem Unterschlupf im Wald?

Quercher hatte es sich angewöhnt, bei Problemen jeglicher Art erst einmal hinauf zur Prinzenruh zu wandern. Der Ort, eine kleine Hütte mit Panoramablick, lag hoch über Bad Wiessee. Steil zog sich eine Wiese hinunter zu den Häusern, auf der er in seiner Kindheit gerodelt war.

La Lump saß neben ihm. Sie hasste Regen, und als ältere Dame schien sie erst recht nicht mehr nass werden zu wollen. Quercher hatte den Wagen am Gasthof *Freihaus* geparkt, war unterhalb des Anwesens eines bekannten Fußballpräsidenten entlanggelaufen und hatte in strömendem Regen die Prinzenruh erreicht.

Er brauchte Luft, wollte nicht in Panik verfallen. Mit geschlossenen Augen legte er sein Gesicht in Lumpis Nacken, roch an dem Tier und stöhnte. Das half manchmal. Denn die Hundedame drehte dann gern ihre lang gezogene Schnauze zu ihm und leckte an seinem Ohr.

Bald würde es dämmern.

Jan Poschner, Ehemann von Querchers alter Schulfreundin Nina, hatte zweifellos überlebt. Jener Mann, der seine Frau und seine Geliebte auf grausame Weise in den Tod getrieben hatte, der aus dem Gefängnis geflohen und Monate später auf Salina, einer italienischen Insel, aufgetaucht war, um sich an Quercher zu rächen.

Quercher hatte einst gegen ihn ermittelt und Poschners Sohn erklärt, dass der Vater eine Affäre mit seiner Pflegetochter hatte. Zwei Tage, bevor Poschner aus dem Gefängnis geflohen war, hatte sich sein Sohn in der elterlichen Garage erhängt. Das war der Beginn für Poschners Rachefeldzug, der nur ein Ziel kannte: Quercher Vernichtung.

Auf einer Fähre nach Stromboli hatte er Poschner draußen auf dem Vordeck erkannt. Sie hatten gekämpft. Quercher hatte Poschner über Bord geworfen und danach nur noch den vom Blut getränkten Wellen hinterhersehen können. Er war damals überzeugt gewesen: Poschner war entweder von der Schiffsschraube erfasst worden oder in dem zu diesem Zeitpunkt noch kalten Wasser des Mittelmeers ertrunken. Aber er hatte sich getäuscht. Poschner lebte und würde ihn jagen. Und anders als vor anderthalb Jahren war Quercher nicht mehr bei der Polizei. Er war allein. Konnte auf keine Hilfe hoffen, weil er sich sicher gefühlt und allen gesagt hatte, dass Poschner ihn damals auf der Fähre bedroht hatte. Dass er ihn zwar über Bord geworfen, jedoch aus Notwehr gehandelt hatte.

Aber das war nicht wahr.

Die Fähre kam von Lipari, der großen Insel. Sie hielt in Salina. Regina und Quercher waren mit dem blauen Bus von Malfa hinunter zum Hafen gefahren, hatten im Café gewartet und waren trotz der dunklen Regenwolken, die sich dem Inselarchipel von Westen her näherten, auf die Fähre gegangen. Ihre Stimmung war angespannt. In der Nacht zuvor hatte Regina draußen etwas Seltsames gehört, das entfernt wie ein Hecheln klang. Quercher war mit einer kleinen Axt allein draußen im Schwarz der Nacht herumgestolpert. Er hatte nichts vernommen, war auch zu müde für Aktionen dieser Art gewesen und grummelnd ins Bett zurückgekehrt. Am nächsten Morgen wollte

Regina zur Polizei nach Malfa fahren. Sie fühlte sich unwohl, hatte etwas Drohendes gespürt. Darüber war es zwischen den beiden zu einem kurzen Streit gekommen, was ungewöhnlich war. Denn die vorangegangenen Wochen waren von Harmonie und Vertrautheit geprägt gewesen. Es war Querchers Idee, mit der Fähre nach Stromboli, der Vulkaninsel im Norden, zu fahren. Der Ausflug sollte Regina ablenken. Doch schon als das große Schiff aus dem Hafen steuerte, begann der Regen. Wind peitschte das Wasser auf, Schaumkronen tanzten auf den Wellen. Kurze Zeit später kotzten sich die ersten Menschen mit fahlen Gesichtern den Mageninhalt und die Seele aus dem Leib. Aber keiner wollte nach draußen in den Sturmregen, obwohl frische Luft das beste Mittel gegen die Übelkeit gewesen wäre.

Auch Regina ging es schlecht. Quercher hielt sie im Arm, sah aus dem beschlagenen Fenster in das wirbelnde Meer. Er streichelte zart über ihren immer wieder zuckenden Rücken, strich ihr die Haare aus dem Gesicht und versuchte, nicht auf die Würgelaute der anderen Passagiere zu hören.

Der Mann stand draußen, war allein im Regen, ging jede Bewegung, die das über die Wellen rollende Schiff machte, mit. Er trug einen Rucksack. Seine dünnen Haare lagen nass auf seinem Kopf. Er schien sich nichts aus den stürmischen Umständen zu machen. Quercher wollte sich schon abwenden, als eine Welle das Schiff förmlich erzittern ließ und der Mann sich für einen Moment zu ihm drehte.

Quercher erkannte ihn sofort.

Das war Poschner. Jener Mann, den er in einem bayerischen Gefängnis vermutete. Der ihn töten wollte.

Vielleicht wäre er sitzen geblieben, wenn Regina nicht plötzlich aufgestanden und zur Toilette gerannt wäre. Doch das wirkte wie eine Initialzündung auf ihn. Eine Eingebung, dachte er später und versuchte, das wusste er genau, sich damit freizusprechen.

Er war in den Regen hinausgegangen, auf Poschner zu, hatte ihn an der Schulter gepackt. Niemand war hier, niemand sah ihn.

Poschner hatte sich umgedreht und ihn mit hassverzerrtem Gesicht angesehen. »Du wirst nie mehr ruhig schlafen können. Ich finde dich und ich werde dich und deine tolle Freundin Regina …«

Er hatte seinen Rucksack abgestreift und wollte hineingreifen. Doch Quercher wartete nicht erst ab, meinte auch, etwas gesehen zu haben, und stieß Poschner weg. Mit blinder Wut, die plötzlich in ihm aufstieg, packte er das dürre Männchen und warf es hinab in das graue, tosende Meer. Wie einen Müllbeutel, den man schnell loswerden wollte. Poschner ließ ein Foto zurück. Mehr nicht. Der Körper schlug hart auf der Wasseroberfläche auf, verschwand und tauchte wieder auf. Quercher hatte das Foto aufgehoben. Das war es, was Poschner aus der Jacke ziehen wollte. Noch einmal tauchte Poschner auf, schnappte nach Luft, warf die Hände hoch, aber der Sog des Wassers zog ihn nach hinten. Quercher folgte ihm, glaubte, am Heck Blut zu sehen. Wollte es sehen.

Aber wenig später war da nichts mehr. Alles war Schaum und Wellen und Vergangenheit. Und der Rucksack …

Die italienischen Polizisten wurden von ihren deutschen Kollegen über die Hintergründe informiert. Quercher brauchte nur ein Protokoll zu unterschreiben. Das war es. Für Quercher und für alle anderen war Poschner tot. Ertrunken oder von der Schiffsschraube zerfetzt.

Doch es waren Wut und Hass, Angst und schiere Verzweiflung, die Quercher zu einer solchen Tat veranlasst hatten – aber sicher keine Notwehr …

Quercher schätzte den schmächtigen Mann als extrem gefährlich, weil schlicht wahnsinnig, ein. Poschner war hier im

Tal kein Unbekannter. Er musste ständig damit rechnen, dass ihn Verwandte und Freunde aus alten Tagen erkannten und zur Polizei gingen. Doch jemandem wie Poschner war das zum einen egal. Zum anderen musste er irgendwo in der Nähe offenbar Helfer haben, die ihm Unterschlupf gewährten.

Quercher dachte fieberhaft nach. Als Erstes musste er Regina wegschaffen und somit aus der Schusslinie bringen. Sie war ganz klar ein Ziel für Poschner. Aber jemanden wie Regina schickte man nicht einfach weg ohne jede weitere Begründung. Sie würde ihn drängen, zur Polizei zu gehen. Aber genau das wollte er nicht.

Was, wenn er sich irrte? Wenn Poschner nur ein Konstrukt seines Hirns war? Vor einem Jahr noch war Quercher mit einer schweren Drogenpsychose in die Psychiatrie in Haar eingewiesen worden. Was, wenn die Dämonen von einst wiedergekommen waren? Er wollte zwar vorbereitet sein, wenn es wirklich Poschner war. Aber Quercher wollte auch nicht paranoid werden.

Er schloss die Augen und atmete ein.

»Hier oben bist du. Langsam kenne ich deine Orte.«

Quercher zuckte zusammen und La Lump bellte. Sie sah und hörte in letzter Zeit immer schlechter, verließ sich zunehmend nur noch auf den Geruchssinn. Jetzt schnupperte sie Reginas Duft und bellte freudig.

»Oh, ich dachte, du hättest noch in der Stadt zu tun?«, fragte Quercher überrascht, als er seine Freundin oberhalb der Schutzhütte stehen sah.

Ihr Handy klingelte. Sie stieß Lumpi, die an ihr hochsprang, unsanft zur Seite und entfernte sich ein Stück, um in Ruhe telefonieren zu können.

»Komm her, mein Schatz«, rief Quercher den Hund zu sich. »So ist der Landadel, mal will sie kuscheln, mal stößt sie einen weg.« Er kraulte Lumpi, die prompt freudig japste und ihre Vorderpfoten auf seine Beine legte.

Er musste Regina reinen Wein einschenken. Sie musste von Poschners Existenz wissen, auch wenn das Panik in ihr auslösen würde. Regina war hier nicht sicher.

»Wer war das?«, fragte er, als sie sich zu ihm setzte.

»Ein Kunde.« Das war selbst für Regina ungewöhnlich kurz angebunden. Im selben Moment erhielt sie eine WhatsApp, sah kurz auf das Display und steckte das Telefon anschließend sofort wieder in ihre Tasche.

»Regina, also …«

»Du, ich will dich nicht unterbrechen. Aber ich muss morgen in die USA fliegen. Es tut mir total leid. Doch …«

So schnell lösen sich Probleme, dachte Quercher erleichtert. »Ich bringe dich zum Flughafen«, sagte er schnell, als ob ihm das die Gewissheit geben würde, dass sie auch garantiert vor Poschner sicher wäre.

»Musst du nicht. Ich habe doch den Fahrservice …«

»Regina, es ist nicht so, dass ich Terminengpässe hätte. Ich mache das gern.«

Sie nickte und sah wortlos hinunter ins Tal.

»Bleibst du heute Abend bei mir?«, fragte er leise.

»Ach, Max. Ich muss noch packen. Das wird alles sehr knapp.«

Der Regen hatte sich erschöpft. Dunstschwaden schienen über den nächtlichen See zu segeln. Schweigend gingen sie durch den Wald zurück.

Quercher küsste sie, bevor sie vor seinem Haus in ihr Auto stieg. Ihn erfasste ein Gefühl der Fremdheit, als sie ohne zu winken davonfuhr. Doch er verdrängte diesen Eindruck sofort wieder.

Er wollte sich fokussieren. Da draußen war jemand, der nach seinem Leben trachtete.

Er öffnete seinen Briefkasten, nahm die Post heraus und ging mit Lumpi zur Tür. Die alte Dame knurrte. Ihr aktueller Lieblingsfeind war die Katze eines Nachbarn. Nur mit Mühe konnte Quercher seinen Hund ins Haus schieben.

»Alte Hexe, lass die Muschi. Die bekommst du eh nicht«, murmelte er, während er seine Schuhe auszog und in die Küche gehen wollte.

Lumpi zerrte weiter und Quercher ließ los. Vermutlich musste sie noch einmal die Blase entleeren. Sie war mit ihren dreizehn Jahren schon groß genug, um nächtlichen Gefahren aus dem Weg zu gehen.

Quercher war keiner, der vor einem leeren Kühlschrank verhungerte. Er lebte schon zu lange allein. Käse, Oliven, Öl, Weißbrot und ein Rotwein aus der Toskana standen rasch auf dem Tisch. Dann durchstöberte er die Briefe.

Seine Schwester hatte ihm geschrieben. Die nächste schlechte Nachricht. Anke war mit ihrer Tochter nach Österreich gezogen, wegen des leiblichen Vaters. Der hatte dort eine Tagesbar in Innsbruck eröffnet. Quercher hatte ihr eine größere Summe als Anfangsfinanzierung gegeben. Das Geld war jetzt futsch, wie er las.

Er schenkte sich Wein ein und lehnte sich zurück. Der zweite Brief kam von von Schevens Produktionsfirma und enthielt einen Vertrag für eine befristete Tätigkeit. Die Summe, die am Ende aufgelistet war, war unglaublich. Zumindest für jemanden, dem das Wasser finanziell bis zum Hals stand. Quercher dachte einen Moment nach. Trotz dieses Irren Poschners musste er den Auftrag annehmen, wenn er nicht völligen finanziellen Schiffbruch erleiden wollte. Das wurde ihm umso klarer, als er den dritten Brief – den mit den Kontoauszügen – sah. Er hatte außer der monatlichen Pension eben keine nennenswerten Nebeneinkünfte.

Quercher dachte an Poschners Rucksack, der unter der Bank in einem Holzfach lag. Offensichtlich wurde weder der Rucksack selbst noch dessen Inhalt von irgendwem vermisst. Aber dennoch war es falsch gewesen: Er hätte ihn nicht an sich nehmen dürfen. Das rächte sich jetzt. Wie Pollinger ihm immer gesagt hatte: Es gab ein Rückspiel. Immer.

Quercher schob den Gedanken einfach weg – für eine Sekunde. Dann griff er unter die Bank und tastete kurz umher, bis er gefunden hatte, was er suchte.

Es waren sieben Plastiktaschen mit jeweils zwanzig Goldmünzen. Krügerrand. Poschners Schwiegervater hatte eine Farm in Südafrika. Jan musste die wertvollen Stücke irgendwo auf seiner Flucht abgezockt haben. Gold war eine internationale Währung, speziell bei Fluchthelfern, die eher im Grauzonenbereich agierten. Poschner hatte das Gold dringend gebraucht. Als Quercher auf die Münzen starrte, fragte er sich für einen kurzen Moment erneut, wer Poschner hier im Oberland wohl half.

Das Gold war schwerer, als er angenommen hatte. Er sah genau hin. Sah den Springbock, las das Burenwort ›Sudafrika‹. Jede Münze hatte ein Gewicht von zwei Unzen. Quercher verteilte die Münzen auf dem Tisch, trank einen Schluck Wein, schloss kurz die Augen und strich über das Gold. Er hatte in seiner Karriere als LKA-Polizist Drogen, Diamanten und haufenweise Devisen gesehen. Aber seltsamerweise hatte er nie Gold in seinen Händen gehabt. Gold in dieser Menge und dieser Form war für einen Mann aus seiner Schicht nur ein entfernter Wert. Etwas, was man in Filmen sah. Knapp hunderttausend Euro lagen vor ihm. Mindestens.

Quercher atmete tief ein. Fast hektisch schob er die Münzen in den Rucksack zurück. Für einen Moment glaubte er, einen unangenehmen Geruch wahrgenommen zu haben. Zudem schien jemand hinter ihm vor dem Fenster zu sein. Er drehte sich schnell um, sah hinaus. Aber da war nur Nacht. Er atmete ein weiteres Mal tief ein und aus.

Er würde sich und seine Sicht auf das Leben ändern müssen. Als Hilfsschreiner hatte er keine Zukunft, ebenso wenig wie als Frührentner. Regina war ihm eine tolle Freundin. Er liebte sie. Daran hatte er keinen Zweifel. Aber Mittellosigkeit war auf Dauer sehr unsexy, speziell an einem Ort, den man im Volksmund als ›Lago di Bonzo‹ bezeichnete.

Das Geld stand zwischen ihnen. Aber das war nicht Reginas Schuld. Quercher krabbelten die Selbstzweifel wie kleine Kobolde den Nacken hinauf, saßen dort und mahnten. Er musste den Job der von Schevens annehmen, Erfolge erzielen und irgendwie wieder auf die Beine kommen. Und auch sein Verhältnis zu Regina musste er angehen. Seit geraumer Zeit spielte er tatsächlich mit dem Gedanken, sie zu heiraten und anschließend wieder in die Stadt zurückzuziehen. Bei dem Gedanken, ihr einen Antrag zu machen, schüttelte es ihn allerdings. In dieser Hinsicht würde er sich irgendetwas anderes einfallen lassen müssen.

Quercher horchte auf.

Draußen schien jemand zu jammern.

Er suchte unter dem Tisch nach Lumpi, bis ihm einfiel, dass sie noch im Freien herumstromerte. Er erhob sich und öffnete mühsam die quietschende Terrassentür. Ein stürmischer Sommerregen, viel zu kalt für die Saison, empfing ihn. Quercher kniff die Augen zusammen. Im milchigen Licht der Straßenlaternen war nicht viel zu erkennen. Er pfiff zweimal. Normalerweise genügte das, um Lumpi zur Rückkehr zu bewegen. Aber das vertraute Tapsen der Hundepfoten war nirgendwo zu hören.

Quercher ging in den Garten. In den Häusern ringsum sah er das blaue Licht der Fernseher. Er schritt über die nassen Steinplatten, die er längst schon mit einem Dampfstrahler hätte reinigen müssen. Einige von ihnen wackelten in dem vom Regen aufgeweichten, schlammigen Untergrund.

In diesem Moment sah er die ersten kleinen Kugeln. Er beugte sich hinunter. Sie lagen symmetrisch angeordnet in dem nassen Rasen und bildeten ein Rechteck, das aus Linien bestand. Quercher hob eine der Kugeln vorsichtig hoch und hielt sie sich dicht vors Gesicht. Es waren Hackfleischbällchen, aber es roch nicht nur nach Fleisch. Etwas stechend Scharfes drang in seine Nase.

Er verstand nur langsam, und das auch erst, als er das Walkie-Talkie sah, das nur wenige Zentimeter von der zweiten Fleischklopsreihe entfernt in einer Plastiktüte lag.

Jemand hatte Lumpi und ihn in eine Falle gelockt.

Das Display des Funkgeräts leuchtete auf. Quercher griff nach der Tüte, riss den Verschluss auf und pfiff zeitgleich nach Lumpi, die aber immer noch nicht reagierte.

Jeder Mensch, der mit einem Hund zusammenlebte, hatte bei Fleischklopsen in freier Natur nur einen Gedanken: Gift! Panik ergriff ihn. Quercher rief laut nach Lumpi, während er das Walkie-Talkie umklammerte.

Plötzlich drang Poschners Stimme durch den kleinen Lautsprecher des Funks in die Einsamkeit des Gartens. »Leg dich auf den Boden, schau in den Regen. Dann bekommst du deinen Hund zurück.«

Quercher schrie und fluchte, als er Lumpis leises Wimmern und ihr zittriges Fiepen hörte. So reagierte sie nur, wenn sie Angst und Schmerzen hatte. Vermutlich hielt Poschner ihr das Walkie-Talkie unmittelbar vors Maul.

»Poschner, komm nicht auf die Idee, dem Hund etwas anzutun! Ich garantiere dir – ich kriege dich und mache dich fertig! Und es wird sehr, sehr wehtun! Ich …«

»Halt's Maul, Quercher, und hör gefälligst zu. Du bist nicht in der Lage, Forderungen zu stellen. Du bist mir ausgeliefert. Ich habe dich in der Hand.«

Dann war aus dem Gerät nur noch ein Rauschen zu vernehmen.

Im Nachbarhaus wurde die Haustür geöffnet. Quercher wollte rufen und hob seinen Kopf.

»Ich sage es dir nur noch ein einziges Mal«, meldete sich Poschner wieder zu Wort. »Leg dich auf den Rasen, Beine und Arme ausgestreckt. Und bette deinen Kopf auf das Walkie-Talkie.«

Lumpi fiepte erneut.

Quercher legte sich auf den durchweichten Rasen. Er sah dabei verzweifelt zu dem Nachbarn, einem betagten, zugezogenen Herren, mit dem er selten mehr als ein Kopfnicken ausgetauscht hatte. Doch im Augenblick war er seine einzige Hilfe. Der Mann rauchte, sah dumpf in den Regen, aber schaute nicht zu ihm herüber.

Wo saß Poschner?

Quercher drehte ganz leicht den Kopf, konnte aber weder Poschner noch Lumpi irgendwo entdecken.

Der Nachbar schnippte seine Kippe über die Thujenhecke und ging zurück in sein Haus.

Quercher spürte, wie die Kälte in ihm hochkroch, und musste sich unwillkürlich schütteln bei dem Gedanken, dass nicht weit von ihm entfernt Poschner war und ihn quälen und töten wollte. »Lass den Hund gehen«, rief er in die Dunkelheit. »Bitte, Jan!«

»Dein Hund ist sediert. Der ist friedlich. Aber …«

Quercher hörte, wie ein Messer aufschnappte. Poschner war tatsächlich bewaffnet.

»Jetzt wäre es leicht, ihm einfach die Kehle durchzuschneiden oder den Bauch aufzuschlitzen. Aber ich bin nicht wegen deiner Töle hier. Ich hatte selbst einen Hund. Weißt du ja. Der ist auch im Hundehimmel.«

Querchers Hände krallten sich in den Rasen, rissen Stücke heraus. Hatte dieses Schwein Lumpi schon getötet?

»Aber ich bin nur hier, um dir Angst zu machen. Die wird von jetzt an dein Begleiter sein, Quercher. Keiner der Nachbarn hilft dir. Dein Gott Pollinger stirbt vor sich hin. Deine Freundin verreist. Und du wirst auch nicht deine alten Polizeikollegen alarmieren. Denn dann müsstest du ihnen ja die Wahrheit erzählen von der Nacht auf dem Schiff ... Wie du einen Menschen einfach über Bord geworfen hast. Wobei das vermutlich allen wurscht wäre. Ein Frauenmörder weniger – ist doch prima. Aber, Moment, da war ja noch was. Mein Rucksack! Wie ich dich kenne, hast du den nicht liegen lassen. So einer wie du, der Vater ein Schuster, nie viel Geld. Reiche Freundin. Aber selbst nur Beamter. Der schaut nach, was sich in dem Rucksack befand. Und siehe da, was entdeckt er? Hundert Goldmünzen, Krügerrand. Habe ich von meinem Schwiegervater. Genauer, aus seinem heimlichen Schwarzgeldversteck in seiner Jagdhütte oben in der Sutten. Hat er bestimmt nicht beim Finanzamt angegeben ... Ja, und das hast jetzt du. Das wird bei den ehemaligen Kollegen nicht gut ankommen. Du magst zwar ein Bulle sein und eine reiche Freundin und einflussreiche Bekannte haben. Aber vergiss nicht: Nichts ist schlimmer als ein Gegner, der nichts mehr zu verlieren hat.«

Quercher hätte kotzen können. In ihm tobten Wut und Panik – keine gute Kombination.

Am liebsten wäre er aufgesprungen und hätte sich dieses Drecksschwein gekrallt. Stattdessen blieb er paralysiert im Gras liegen, spürte, wie seine Kleidung sich mit Regenwasser vollsog, und lauschte weiter Poschners selbstgefälligem Monolog.

»Also, Quercher, sieh dich von jetzt an immer um. Schau stets vor dem Einsteigen unter dein Auto. Ich bin da. Aber du weißt nicht, wo. Aber irgendwann, wenn du schon denkst, ich sei wieder verschwunden, trifft es dich. Vielleicht morgen, vielleicht in einer Woche, vielleicht auch noch heute Abend. Oder jetzt.«

Schweigen.

Kleine Wasserströme liefen über Querchers Gesicht. Die nasse Erde roch nach Verwesung. Er erwartete einen Schlag oder einen Schuss. Aber nichts passierte. Um ihn herum nur Regenprasseln und Wind.

»Dir noch einen schönen Abend«, kam es im selben Moment unvermittelt aus dem Walkie-Talkie.

Dann hörte er das Bellen. Lumpi lebte!

Quercher drehte sich auf den Rücken und Sekunden später leckte ihm die Hundedame über sein Gesicht.

Kapitel 8

Rottach-Egern

Das Tegernseer Tal kannte vielfältige Versionen des Wartens. Da wären zum Beispiel jene, die ihre umfangreiche Tagesfreizeit in einer Rottacher Tagesbar verbrachten. Dazu zählte auch der Mann, der auf August Leitners Frau einredete.

Sie waren zu viert. Yvonne war Leitners zweite Ehefrau. Die erste hatte er in einem Krefelder Bungalow, der architektonisch schamlos den örtlichen Stil von Mies van der Rohes *Haus Esters* und *Haus Lange* zitierte, mit mehreren Millionen Apanage zurückgelassen. Zu häufig Bratkartoffeln auf dem Teller und zu wenig Aktion im Bett. Auf einer Rüstungsshow in Abu Dhabi hatte er Yvonne kennengelernt. Sie hatte als Pressesprecherin eines Flugzeugbauvorstands gearbeitet, war jenseits der vierzig und somit nicht mehr akut schwangerschaftsgefährdet. Leitner hatte zwei Kinder, eines debiler als das andere. Bei beiden war ganz die mütterliche Seite durchgeschlagen. Er hatte seinen talentfreien Sohn in einer nicht weit von Rottach entfernt gelegenen Diätklinik im Marketing untergebracht und die Tochter an einen Investmentbanker verheiratet. Sie war tablettenabhängig, ein gleichmäßiger Reigen aus Uppern und Downern, aber immerhin finanziell versorgt.

Jetzt also hatte er Yvonne. Anfangs lief es sehr gut. Sie machten gemeinsam Sport, schwammen, radelten um die Wette und sogar Yoga hatte er durch sie für sich entdeckt. Aber irgendwann begriff auch der Einundsiebzigjährige, dass über zwanzig Jahre Altersunterschied das Leben nicht immer schöner machen. So wie jetzt.

Leitner hörte den langatmigen Ausführungen eines Bürgermeisters zu, der ihm eine Spende für irgendeinen Sportplatz aus den Rippen leiern wollte. Er nickte abwesend und sinnierte über sein Leben. Ihm standen seine letzten Jahre bevor. Geld war genug da. Aber keiner wollte ihn mehr. Er war alt. Und müde. Gerade jetzt. Denn neben ihm saß Steve. Yvonne hatte diesen Kerl aufgetrieben.

Der ehemalige Manager Leitner kannte diesen Typ Mann sehr genau. Er nannte sich Steve, hieß aber Stefan und war vor ein paar Jahren im Zuge der Immobilienwelle von München oder Hamburg ins Tal geschwemmt worden. Leitner verfolgte mit einem Ohr sein Gesäusel.

»Wissen Sie, Frau Leitner, auf Sylt war nichts mehr zu holen. Da war alles verkauft und der Nebel im Winter geht in die Knochen.«

Steve war dauerhaft im Tal geblieben und hoffte nun dort auf doofe Kundschaft – oder auf eine reiche Witwe, fügte

Leitner in Gedanken hinzu, lächelte aber nur fein. »Das beste Schnitzel? Das macht der Schröter Michi drüben im Wiesseer Golfclub.« Leitner sah ihn immer noch vergnügt-mitleidig an. Inzwischen hatte er sowohl neureichen Fußballern mit Sprachfehlern als auch Schraubenfabrikanten aus Nordhessen zu einem Grundstück am See verholfen. Er kannte sich in der Gegend gut aus und war eng mit den üblichen Talarchitekten. Außerdem machte er viel Sport und hätte auch Skilehrer oder Personal Trainer sein können. Ganz anders als Leitner, dessen Hände zwar manikürt, aber faltig und mit Altersflecken übersät waren. Leitner trug die Haare hinten lang, vorn jedoch recht ausgedünnt. Die Menükarte hielt er so weit weg, wie der Arm reichte. Aber es half nichts, der Text blieb verschwommen. Eine Überbrückungshilfe gab es allerdings: Mode und Farbe waren die Stichwörter. Irgendwann hatte Yvonne ihm zu verstehen gegeben, dass eine knallige Hose entschieden jugendlicher wirke als eine bis zum Bauchnabel reichende Bundfaltenhose, und Leitner war mehr als gewillt, auf seine Gattin zu hören. Die rote Röhre, die daraufhin Eingang in seinen Kleiderschrank fand, war zwar eine Spur zu eng im Schritt, aber das war egal. Dazu trug Leitner das knallgrüne Steppjäckchen und das Hermès-Halstuch verdeckte seinen faltigen Hals.

Er war eleganter und reicher – aber Stevie-Steve war jünger.

Steve saß in Tagesbars und trank den lieben langen Tag – meist einen *Hugo* oder *Spritz* oder Cappuccino mit Schuss – und hoffte auf Opfer. Und die ließen nicht lange auf sich warten: Eines davon wurde Leitners jüngere Frau, mit der Steve bereits seit Monaten eine Affäre hatte.

August Leitner wusste davon und war irgendwie erleichtert. Yvonne war also auch versorgt. Ab und an, wenn es die Resthormone zuließen, konnte er trotzdem noch einmal zugreifen. Danach, wenn er dann keuchend neben ihr lag, träumte er, wie er einen schweren Kristallaschenbecher auf Stevie-Steves Kopf drosch.

Leitner sah auf seine Uhr. Er hatte schon zu lange auf diesem unbequemen Barhocker gesessen, langsam zog es im Kreuz. Er hob leicht die Hand, um den redseligen Bürgermeister zu stoppen, der hartnäckig die Spende für sein Projekt einforderte. »Christoph, ich habe es verstanden. Du bekommst die Summe. Aber der Eisplatz wird meinen Namen tragen. Klär das mit deinem Gemeinderat.«

Der Bürgermeister nickte eilfertig, tat jovial und machte noch eine Verbeugung. Leitner verabschiedete sich flüchtig von ihm, rutschte mühsam von seinem Hocker und strich seiner Frau im Vorbeigehen über die Beine, bis er den Saum ihres knappen Kleids berührte. Der Bürgermeister bemerkte die unpassende Geste, ignorierte sie jedoch geflissentlich und sah stattdessen der Bedienung hinterher.

»Macht es euch noch hübsch. Der Papa muss jetzt ein paar Geschäfte erledigen«, sagte Leitner und der eifrige Steve protestierte halb gar. Leitner drückte seinen Rücken durch.

»Gell, August«, versuchte sich Stevie-Steve in Leutseligkeit, »wenn's hinten zwickt, hört man vorn besser auf … haha!«

Yvonne sah ihn peinlich berührt an. Sofort senkte Stevie-Steve den Kopf.

Leitner warf ihm einen mitleidigen Blick zu und lächelte nur, bevor er sich abwandte und ging.

Als Leitner zu seinem Bentley schritt, der in der Seestraße auf einem Behindertenparkplatz stand, sah er seinen Mann bereits von Weitem neben dem Wagen stehen. Er drückte auf den Türöffner und der Mann stieg rechts hinten ein.

Der Bentley wirkte im Innenraum wie das fahrende Wohnzimmer eines amerikanischen Gangsterrappers. Cremefarbene Ledersitze, viel Bewegungsfreiheit, eine Minibar und von Fahrgeräuschen kaum eine Spur. Während Leitner durch Rottach-Egern steuerte, um im Schatten des Wallbergs Richtung Osten zu fahren, erstattete ihm sein Mann Bericht.

»Die von Schevens wollen es wissen. Sie haben einen ehemaligen LKA-Mann, Max Quercher, auf den Fall von damals angesetzt. Mir ist bei dem nicht klar, zu welcher Mannschaft er gehört. Aber er hat über eine alte Kollegin Informationen über unseren Freund Holger Müller angefordert. Die von Schevens haben Quercher viel Geld in Aussicht gestellt. Das braucht er auch. Das Finanzamt in Miesbach hängt ihm wegen einer größeren Summe im Nacken. Es geht da um einen Hausverkauf in Italien. Er wird den Job annehmen. Uns ist nicht ganz wohl bei der Sache. Dieser Quercher ist nicht dafür bekannt, dass er halbe Sachen macht. Und er ist nicht leicht einzuschüchtern. Zudem ist er der Nachbar von Pollinger.«

Leitner nickte. »Aber der Ferdi liegt in der Frischzellenklinik und stirbt. Er ist der Einzige, der von den *Mangfall-Manderln* überhaupt noch etwas weiß« , beschwichtigte er.

»Uns passt das trotzdem nicht. Dieses Attentat von damals sollte bei den Spinnern und Verschwörungstheoretikern bleiben. Die RAF hat von Scheven auf dem Gewissen. Punkt. Aus. Ende. Ich will damit nicht mehr konfrontiert werden. Wir sind nicht an weiteren Aufklärungsversuchen von Frühpensionären des LKAs interessiert. Sagen Sie das Ihren Verbindungsleuten. Die RAF gehört ins Museum, nicht auf die Titelblätter.«

»Was ist mit der Mutter dieses Holger Müller? Sind Sie da dran?«

»Das lassen Sie mal unsere Sorge sein. Ich will da nicht viele Kräfte bündeln. Wir haben andere Feinde. Wir haben Müllers Unterlagen jedenfalls gesichert. Diese LKA-Ratte, die Quercher mit Informationen versorgt, haben wir heute Morgen bereits kaltgestellt. Also wäre es schön, wenn Sie sich um den Herrn hier im Tal kümmern würden. Dann bestünde die Chance, den Fall endgültig für unser Land abzuschließen. Sie tragen da eine große Verantwortung, Dr. Leitner.« Der Mann griff von hinten nach Leitners Schulter und drückte leicht zu. »Sie sollten die Büchse der Pandora schließen. Sie haben sie auch ja geöffnet.«

Leitner fühlte sich plötzlich unwohl. Wollte sich erklären. »Er war in Gomera unter unserer Kontrolle. Wir konnten nicht ahnen, dass er nach Deutschland zurückkommt. Scheinmetz ist kein Risiko mehr.«

»Woher wissen Sie das?«, kam es von hinten.

»Wir haben ihn jahrelang observiert. Er lebte als Yogalehrer auf Gomera, seine Mails und seine Kontaktaufnahmen waren alle mit unverdächtigen Personen getätigt worden. Scheinmetz weiß nichts, was wir nicht auch wissen. Er hat keinerlei Kontakt zu den alten Strukturen. Das weiß das Amt auch – und Sie doch erst recht! Er ist vollends abgeschöpft worden.«

»Dr. Leitner, wir suchen noch immer vier Täter der RAF. Scheinmetz kannte alle von ihnen. Seit einem Jahr ist er nicht mehr unter Ihrer Kontrolle. Sein etwas komplexer Abgang von Gomera war für uns überraschend.«

Leitner wusste von drei Toten. Das war üppig und kostenintensiv in der Versorgung der Hinterbliebenen. Aussteigerprogramme gehörten deshalb nicht zum Kerngebiet des Bundeskriminalamts, man hatte sie bewusst an halb staatliche Firmen ausgelagert. Denn manchmal wurde es eben teuer. Aber besser teuer als ein Untersuchungsausschuss im Landtag – das hatte Leitner immer gern und häufig erklärt, wenn es um die Beauftragung solcher langwierigen Fälle seitens der Staatsorgane ging.

Scheinmetz war seit 1995 still gewesen. Hatte brav auf Gomera seine Yogaschule geführt – um dann mit sechzig Jahren seine Liebe für Deutschland neu zu entdecken? Er musste gefunden werden, das stand außer Frage. Denn sonst war Leitner einer extremen Gefahr ausgesetzt. Ein flüchtiger Terrorist und ein BKA, das diese Tatsache gern nicht in der Öffentlichkeit sah.

»Wir hatten einen Deal. Der bayerische Staat kümmert sich um alle Fragen der Justiz und des Verfassungsschutzes. Sie und Ihre Kräfte sichern den Informanten. Dieser Deal ist von Ihrer Seite einseitig aufgekündigt worden. Finden Sie Scheinmetz und alles ist gut. Finden Sie ihn vor allem, bevor dieser Quercher ihn findet. Andernfalls sehen wir uns gezwungen, uns frühzeitig von Ihrer alten Männertruppe *Mangfall Manderl* zu distanzieren. Sie wissen hoffentlich noch, was es heißt, wenn wir uns distanzieren?«

Leitner sah hinaus in die sommerliche Idylle des Tals. Hier im Wageninnern seines Bentleys war die Eiszeit eingetreten. Dennoch schwitzte er, sein Herz begann aus dem Rhythmus zu laufen. Er brauchte seine Pillen. Yvonne hatte sie. Yvonne, die jetzt von Stevie-Steve angefasst wurde.

Leitner schnaufte. »Ich … also … Sie gehören doch auch dazu … also …«

»Halten Sie da.«

Kaum hatte Leitner den Wagen gestoppt, war sein Kontaktmann aus dem Auto gestiegen und verschwunden. Er ließ Leitner schwitzend und ängstlich zurück.

Er brauchte seine Herztabletten. Dringend. Leitner gab Gas und fuhr auf der Valepper Straße in den kleinen Rottacher Ortsteil Kühzagl. Hier hatte er sein Anwesen – im Schatten des Wallbergs, des höchsten Bergs hier im Tal, der wie ein dicker, schlafender Bär im Süden lag und einige Stunden am Tag mit seiner Masse die Sonne von seinem Anwesen fernhielt.

Leitner parkte sein Auto auf dem Kiesweg, der zum Haus führte. Sein Telefon klingelte, als er durch das Garagenfenster den schwarzen Landrover seiner Frau sah.

Und nicht nur das. Er sah einen sich auf und ab bewegenden Hinterkopf. Einen blonden Pferdeschwanz. Das war Yvonne. Auf dem Beifahrersitz, den Kopf entspannt nach hinten an die Stütze gelehnt, die Augen geschlossen, saß Stevie-Steve.

Leitner ignorierte den Anrufer, den er nach einem kurzen Blick auf das Display als seinen Informanten bei der Miesbacher Kripo ausgemacht hatte. Stattdessen wartete er einen Augenblick, öffnete dann die Seitentür zur Garage, griff nach einer kleinen Gartenharke, die an der Wand hing, und riss die Beifahrertür des Landrovers auf.

Der Immobilienclown erstarrte.

Yvonne sah erschrocken nach oben und wischte sich über den Mund.

Leitner blieb cool. »Wir haben sonst gerne Gäste, aber heute passt es uns gar nicht.« Dann erst schlug er die Harke in Stevie-Steves Zähne.

Kurz darauf, während seine Frau bitterlich weinend in der Küche saß und ihrem schwer lädierten Liebhaber nachtrauerte, rief Leitner vor dem Haus seinen Kontakt bei der Kripo zurück.

»Die Kollegen einer Streife haben in Birkenstein eine Person aufgegriffen. Die Beschreibung passt auf euren Mann.«

»Hat er schon was gesagt?«, fragte Leitner, während er das Blut an der Gartenharke unter einem Wasserhahn im Garten abwusch. Er würde im Anschluss auch noch den Beifahrersitz mit einem Ledermittel behandeln müssen. Außerdem klebte Stevie-Steves mittlerweile angetrocknetes Sperma am Handschuhfach.

»Dr. Leitner, der Mann spricht nicht mehr.«

»Ist er bewusstlos?«

»Nein, der Notarzt sagt, er sei zwar bei Bewusstsein, aber er habe keins mehr. Man habe ihn ausgeschaltet. Eine sogenannte Lobotomie.«

»Eine was?«

»Eine medizinische Behandlung. Eine Lobotomie. Verstehen Sie? Jemand hat eine Nadel durch sein Auge ins Hirn gestoßen ...«

Jetzt verstand Leitner und ging zurück ins Haus.

Die Entwicklung des Ganzen war einerseits gut. Und sie war andererseits schlecht. Scheinmetz war nicht länger ein Problem, wenn es stimmte, was sein Informant sagte. Aber die Frage war: Wer hatte das getan? Und warum? Hatte Scheinmetz alte Kontakte aufgemacht? Kontakte, die keiner kannte?

Leitner war ein strukturierter Mensch. Was also stand nun als Erstes an?

Er musste das Amt informieren. Vielleicht war sein Kontaktmann noch im Tal. Scheinmetz wiederum lag im Krankenhaus und musste da weg. Das war für den Moment das Wichtigste.

Leitner fühlte sich nicht mehr müde. Er betrat die Küche, ging auf Yvonne zu und lächelte sie kalt an.

Sein Lächeln machte ihr Angst.

Kapitel 9

München

Als Regina in seinen mokkafarbenen Granada stieg, Lumpi begrüßte und ihn auffordernd ansah, fragte sich Max Quercher, ob er ihr direkt auf der Fahrt zum Flughafen ganz unspektakulär einen Heiratsantrag machen sollte.

Aber schon bis zur Autobahn in Holzkirchen war die Stimmung gekippt. Regina hatte, kaum dass sie das Tal verlassen hatten, nach seinen Rechercheaktivitäten gefragt. Sie wollte, dass er sich ›committed‹. Ihre Managersprache brachte ihn sofort auf die Palme – schließlich war er nicht ihr verdammter Mitarbeiter!

»Ich übernehme den Von-Scheven-Fall. Das habe ich bereits zugesagt. Aber ich muss jetzt nicht noch permanent von dir daran erinnert zu werden. Ich weiß selbst, dass ich die Kohle brauche«, fauchte er, als sie Warngau erreicht hatten.

Ihr Telefon brummte. Hektisch stellte sie den Ton ab. »Das habe ich doch gar nicht gemeint. Ich denke, dass dir diese Aufgabe, frei von ...«

»Regina! Ich weiß doch, dass du mit Ferdi hinter meinem Rücken über meine Finanzen gesprochen hast. Aber ich komme schon klar.«

Bis zum Flughafen schwiegen sie. Ab und an sah er, wie das Display ihres Smartphones aufleuchtete und sie nervös versuchte, nicht nachzuschauen, wer ihr schrieb. Als sie schließlich auf dem Parkplatz im Abflugbereich angekommen waren, gab Regina nur Lumpi einen Abschiedskuss.

Es war nur ein Instinkt.

Statt aus der Parkbucht zu rollen und wieder nach Hause zu fahren, folgte er Regina diskret bis zur Sicherheitskontrolle der First Class. Er blieb an dem Schaufenster eines Geschäfts stehen und sah in der Spiegelung der Scheibe, wie Regina von einem Mann erwartet wurde, wie er sie umarmte – und wie er sie küsste.

Quercher blieb keine Möglichkeit, die beiden zur Rede zu stellen. Sie verschwanden hinter der Sicherheitskontrolle und er sah noch, wie Regina ihren Kopf auf die Schulter dieses Typen legte. Nach einer gefühlten Ewigkeit ging er schließlich zurück zu seinem Auto.

Minutenlang starrte er nach draußen auf die Menschen, sah ihre Hektik, ihre Abschiedsküsse, ihre Angst vor dem Fliegen. Lumpi lag auf dem Beifahrersitz und hatte den Kopf in seinen Schoß gelegt. Quercher dachte nach.

Regina hatte also eine Affäre. Mit einem Lackel. Einem Anzugträger. Jünger als er – natürlich. Jurist, Berater oder Banker – Gschwerl halt.

Toll.

Er war aufgrund seiner eigenen betthüpfenden Vergangenheit nicht in der Lage, Regina rundweg zu verdammen. Aber es schmerzte. Es traf ihn dort, wo er Angst hatte, getroffen zu werden: in seinem ohnehin schwach ausgeprägten Vertrauen zu seinen Mitmenschen. Aber vor allem in seinem eigentlich schwachen Selbstwertgefühl, das er allzeit mit Ruppigkeit und lauten Tönen zu kaschieren versuchte.

Vorhin wollte er Regina noch einen Heiratsantrag machen. Jetzt würde sie aus seinem Leben verschwinden.

Ihn überkam Wut. Sollte sie doch selbst zusehen, wer den ganzen RAF-Scheiß für ihre reichen Freunde in die Hände nähme! Er jedenfalls wäre ab sofort raus aus dieser Nummer, würde Poschner zur Strecke bringen und anschließend mit seinem Gold etwas Neues anfangen. Irgendetwas. Aber garantiert nicht mehr für Regina und ihre elitären Kreise zur Verfügung stehen.

Das Klingeln seines Telefons riss ihn aus dem Meer des Selbstmitleids.

»Hier ist deine Stimme des Glücks.«

Arzu Hilali, seine Exkollegin. Die fehlte Quercher gerade noch. »Ist im Augenblick unpassend«, murmelte er.

»Ja, ja, Mutti hat dich verlassen. Ich weiß. Sie fliegt in die USA.«

»Arzu!«, brach es orkanartig aus ihm heraus. »Regina hat einen anderen! Mit dem fliegt sie gerade ins Glück. Also komm mir hier nicht mit guter Laune. Und erzähl mir schon gar nicht, dass es auch meine eigene Schuld sei.«

Quercher konnte gar nicht glauben, was da soeben aus ihm herauspolterte. Er mochte Arzu, keine Frage. Dennoch war sie nicht diejenige, der er jetzt sein Elend anvertrauen wollte.

Während er ihr trotzdem von seiner Beobachtung am First-Class-Schalter erzählte, wurde ihm bewusst, dass er bis auf Pollinger, Arzu und Picker nie einen Menschen wirklich an sich herangelassen hatte. Und einer von den dreien lag inzwischen sterbend im Krankenhaus.

Sonst war da nur noch Regina. Die er heiraten wollte! Und die jetzt Champagner trinkend in der First-Class-Lounge mit einem Business-Lackel saß.

Es wurde offensichtlich eng für ihn.

Arzu hatte still zugehört und ihn kein einziges Mal unterbrochen. Sie schien sich nach ihrer Trennung von Ferdi verändert zu haben.

»So, das ist also die ganze Story«, beendete Quercher seinen Monolog.

»Du wolltest Regina von Valepp auf der Autobahn, irgendwo zwischen Ottobrunn und Unterschleißheim, einen Heiratsantrag machen?«, fragte Arzu ungläubig.

»Ja. Was ist dabei? Es geht doch um die Sache selbst. Soll ich auf die Knie fallen? Ist doch jetzt auch egal.«

»Du hast recht. Es geht um euch. Also, Madame hat deiner Meinung nach einen Typen am Start. Das ist zugegebenermaßen nicht schön. Aber ich spreche ja gerade auch nicht mit dem glühenden Vertreter der ewigen Treue, richtig?« Sie wartete seine Antwort gar nicht erst nicht ab. »Also, lass sie in die USA reisen. Wenn sie wiederkommt, redet ihr. Bis dahin wirst du brav an deinem Fall arbeiten.«

»Kommt überhaupt nicht infrage!«

Arzu stöhnte. »Ich habe die meiste Arbeit für dich schon erledigt. Du musst also nur deine müden Knochen zu möglichen Informanten schleppen. Der Fall von Scheven ist nämlich noch heiß. Aber das erzähle ich dir nur, wenn du versprichst, weiterzumachen, anstatt dich, was du vermutlich schon in Erwägung gezogen hattest, in irgendeiner verschimmelten Kneipe zuzuschütten und erfolglos eine jüngere Trulla abzuschleppen.«

Quercher wollte widersprechen, brachte aber nur ein lahmes »Wieso erfolglos?« hervor.

»Bist du aufnahmefähig oder suhlst du dich gerade in Betrogenenschmerz?«, fragte sie böse.

Quercher war beinahe erleichtert und musste grinsen: Arzu hatte sich doch nicht verändert.

»Du weißt ja: Ich helfe dir gern bei deinen ersten Schritten in die Privatwirtschaft«, begann sie. »Ich bin vorgestern bei meiner Recherche hier im Haus auf eine alte Notiz zu dem Von-Scheven-Fall gestoßen. Der gesamte Vorgang, also alles, was die Kollegen 1986 in den ersten vierundzwanzig Stunden rund um den Tatort an Meldungen gesammelt haben, ist nicht direkt zum BKA nach Wiesbaden geschickt worden. Es hat den Umweg über den Verfassungsschutz gemacht. Und der wiederum hat etwas Kosmetik betrieben. Zwei Zeugenaussagen, die damals bei den örtlichen Polizeidienststellen im Oberland eingegangen sind, wurden gelöscht, aber bei uns vermerkt. Das war jedoch gar nicht so sehr entscheidend. Vielmehr ist von LKA-Seite ohne Kenntnis der BKA-Kollegen damals eine Hausdurchsuchung in München durchgeführt worden. Bei einer jungen Anwältin. Ohne richterlichen Beschluss.«

»Ja, bei RAF-Angelegenheiten war man schnell und gern etwas übereifrig. Na und?«

»Die Anwältin heißt Elfinger.«

»Aha. Ungewöhnlicher Name«, stichelte Quercher, der nicht wusste, was Arzu eigentlich wollte. Sie neigte zu Ausschweifungen. Allerdings hatte er das Gefühl, dass ihm der Name etwas sagte.

»Zenzl Elfinger ist die Mutter von Holger … na? – Genau: Müller. Der junge Mann, der bei euch am See in seinem Auto verbrannt ist.«

»Ich verstehe nicht.« Quercher stand auf der Leitung. Dafür kroch ihm eine Erinnerung aus sehr alten Zeiten ins Bewusstsein. »Kreszentia Elfinger, von allen nur ›die rote Zenzl‹ genannt. Sie war in einem Anwaltskollektiv, das für die *Schwarze Hilfe*, also diese linksextreme Unterstützergruppe für politische Gefangene, arbeitete.«

»Ja, genau. Holger Müller war ihr Stiefsohn. Aber das Beste kommt noch. Ich habe heute mit ihr telefoniert und ihr von dir erzählt. Sie kennt dich wohl.«

»Ja, stimmt.« Inzwischen hatte Quercher ein klares Bild von damals vor Augen. »Was hat sie zum Tod ihres Sohnes gesagt?«

»Sie will mit dir persönlich reden. Außerdem glaubt sie, dass seit Holgers Tod der Verfassungsschutz vor ihrer Tür lauert. Also sei schön vorsichtig, damit du nicht womöglich alten Kollegen auf den Füßen herumtrampelst. Ich gebe dir ihre Nummer.«

»Naa, passt scho. Ich weiß, wo die Dame wohnt, und werde bei ihr vorbeifahren.«

Er grinste breit. Das erste Mal hatte er Zenzl Elfinger im Jahr 1992 auf dem G7-Gipfel in München erlebt. Er hatte in der Staatsschutzabteilung des LKA die Demonstration gegen die Politiker der damals reichsten und mächtigsten Länder begleitet. Die Kollegen hatten, als es zu kleineren Ausschreitungen gekommen war, Hunderte von Demonstranten hinter dem Neuen Rathaus in München eingekesselt – für Stunden. Es wurde getreten und geschlagen. Quercher bekam es mit. Er hatte eine korpulente Frau mit hennagefärbten Haaren gesehen, der in die Nieren geschlagen wurde, war dazwischengegangen und hatte sie aus dem Kessel gezogen. Als Dank hatte sie ihn mit zornigem Blick angespuckt.

Zwei Tage später war der Politikertross an den Tegernsee gezogen. Der schönen Bilder wegen: Bootsfahrt, Blasmusik und blauer Himmel. Quercher war von seinem damaligen Chef auf eine Gruppe Linksextremer angesetzt worden. Sie sollten auf keinen Fall in das Tal gelangen. Quercher hatte die drei Herren und Zenzl hinter Warngau angehalten und sie vor zwei Alternativen gestellt: Entweder man finde einen kurzfristigen Arrestgrund oder man fahre entspannt mit ihm auf die Neureuth, einen Berg oberhalb des Tals. Er lade ein.

Die drei Herren blieben, Quercher und Zenzl waren losgefahren, hatten am Mittag bei schönstem Wetter, vor sich Obatzda und zwei Helle, auf das Tal geschaut, die ein- und ausfliegenden Hubschrauber, mit denen die Prominenz einschwebte, unterschiedlich kommentiert, um später wieder nach München zurückzufahren. »Das war meine ganz persönliche bayerische Linie«, hatte er ihr zum Abschied gesagt.

Zenzl Elfinger war Oberbayerin und lange Jahre die juristische Ikone aller im Freistaat ungerecht Behandelten gewesen. Ob Demonstranten, Schwule, Flüchtlinge oder Cannabiskonsumenten – Zenzl vertrat alle, die nicht dem trauten Bayernbild entsprachen. Ein Vermögen hatte sie damit nicht machen können. Aber für den alten Bauernhof hatte es gereicht. Quercher hatte sie über die Jahre aus den Augen verloren. Sie schien seit einiger Zeit aus der Öffentlichkeit verschwunden zu sein. Aber wenn er ins Tal fuhr und die Bundesstraße mit den üblichen Tagestouristen gestaut war, nahm er immer absichtlich einen Schleichweg, der ihn an ihrem alten Bauernhaus vorbeiführte.

Er parkte seinen Wagen an der schmalen Straße, die durch Piesenkam führte, und ließ Lumpi aus dem Wagen springen. Sie bellte zweimal, ging einige Schritte und pinkelte an den alten, verwitterten Zaun.

»Begrüßt man Menschen so?«, fragte er die Hundedame, die ihn nur mit großen Augen ansah.

Der Vorgarten wirkte verwildert und mit den absonderlichsten Pflanzen bewachsen, fern der sonst in dieser Gegend üblichen Geranienkästen. Statt eines Heiligenbildes prangte über dem Eingang der alten Bauerntür das Schwarzweißbild von Erich Mühsam, einem anarchistischen deutschen Schriftsteller des letzten Jahrhunderts, der als politischer Aktivist maßgeblich an der Ausrufung der Münchner Räterepublik beteiligt gewesen war. Die Tür stand offen. Von irgendwoher hörte er leise die Stimme von Kreszentia Elfinger.

»Zenzl? Hallo? Ich bin's, der Max.«

Schweigen.

Quercher ging durch den engen Flur mit den alten Holzdielen und schaute in die kleine Küche. Auf dem Tisch standen verschiedene Medikamente, Pflaster und Kochsalzlösungen. Für einen Moment glaubte er, den typischen Geruch eines Krankenhauses wahrzunehmen.

»Ich bin hier oben«, vernahm er ihre schwache Stimme.

Zenzl Elfinger lag im Bett und starb. Das erkannte er sofort. Ihr Gesicht war grau, eingefallen und mit Flecken übersät. Sie hatte die Decke zur Seite geschlagen und trug ein Nachthemd, das wie bei einem Gespenst an ihr herunterhing. Sie schien kaum mehr als vierzig Kilo zu wiegen. Auf dem Kopf trug sie einen goldenen Turban.

Er nahm ihre Hand, die knochig und schwach in seiner lag, und drückte sie sacht. Ihre Augen lagen in dunklen

Höhlen. Einst waren sie stechend grün. Doch jetzt sah er keine Farbe mehr.

»Meine Pflege von der Caritas kommt in einer halben Stunde vorbei. Sie hatte heute Morgen die Morphiumpflaster vergessen. Also durchsuche ich das Haus nach den letzten Resten Cannabis. Aber ich finde nichts.« Sie hatte sich aus dem Bett gequält und tapste schwankend durch das Schlafzimmer.

»Wenn du kurz auf die Dame hier aufpasst, komme ich sofort mit Hilfe zurück.« Quercher ließ Lumpi bei Zenzl und lief zum Auto, um seine Dose mit dem Gras zu holen. Dabei fiel ihm schräg gegenüber, zwischen einer großen Kastanie und einer Reihe Garagen für Traktoren, ein schwarzer Bulli mit Rosenheimer Kennzeichen auf, der eben noch nicht da gewesen war. Doch da Zenzl auf ihn wartete, kümmerte er sich nicht weiter darum, sondern ging ins Haus zurück und eilte die Treppen wieder hoch.

»Krebs, mein Lieber. Bald ist es vorbei.«

Er hob an, etwas dazu zu sagen, doch sie machte eine wegwerfende Handbewegung.

»Max, ich übergebe mich zwei- bis dreimal am Tag. Ich glaube ständig, dass ich ersticke. Der Krebs macht mich fertig. Deswegen will ich jetzt auch kein weiteres Wort mehr darüber verlieren. Erzähl mir lieber, was dich hertreibt. Deine sehr sympathische Kollegin hat mir ja schon einiges erzählt.«

Sie saßen zwischenzeitlich auf dem alten Balkon, der Richtung Süden gebaut war, und rauchten. Ein dichter Regen zog über das Land. Von den nahen Bergen war keine Spur zu sehen.

In wenigen Worten berichtete Quercher ihr, was er herausfinden sollte, warum er es tat und was er sich davon versprach – nämlich nichts.

»So, du wirst also von der Familie von Scheven bezahlt für etwas, was eigentlich Aufgabe des Staates wäre.«

Zenzl Elfinger war sterbenskrank. Aber sie würde ihre Systemkritik nie aufgeben. Das rang ihm Respekt ab. Für einen Augenblick fragte sich Quercher, was ihm selbst wohl kurz vor dem Tod Halt geben würde. Dieser Gedanke machte ihm schlechte Laune. Seine berufliche Professionalität hatte ihn in solchen Momenten immer fokussiert und frei von Gefühlen werden lassen. Aber bei Zenzl lag der Fall ein wenig anders. Sie war eine aufrechte Linke, eine, die sich ihr Leben lang im tiefschwarzen Bayern gegen die Mächtigen aufgelehnt hatte. Allerdings gab es damals auch noch ernst zu nehmende Feinde. Jetzt war nur noch das Mittelmaß da – auf allen Seiten. Zenzls Zeit war vorbei, in jeder Hinsicht. Denn wer interessierte sich heutzutage noch für die RAF? Die Antiatomkraftbewegung? Worte aus dem Keller der Geschichte …

Zenzl war ihr politischer und persönlicher Kampf anzusehen. Quercher wusste, dass sie einst zum Unterstützerkreis der RAF gehört hatte. Aber sie jetzt, mit nicht einmal sechzig Jahren, hier sterben zu sehen, tat ihm weh. Für Menschen von außerhalb bestand Bayern in der Regel nur aus landschaftlicher Idylle, einem guten Bildungssystem, der Wiesn und schwitzenden CSU-Politikern. Aber wer in diesem Bundesland aufwuchs, wusste auch von den kleinen Widerständlern, jenen, die dem üblichen Blasmusikkanon nicht folgten. Menschen, die alternative Lebensformen suchten, waren hier mehr Widerständen als anderswo ausgesetzt. Es erforderte Mut, für seine Überzeugungen einzustehen. Deswegen traten sie oftmals nicht deutlich in Erscheinung. Aber es gab sie. Zenzl war so eine.

»Willst du was zu den alten Genossen wissen? Kannst du vergessen.«

Quercher schüttelte den Kopf. »Es geht mir um deinen Sohn. Er ist ja …«

Ihm wurde in diesem Moment klar, wie pietätlos er sich soeben verhielt: Er wollte von einer Mutter, die im Sterben lag, Informationen über ihren gerade verstorbenen Sohn haben.

»Du musst nicht rücksichtsvoll sein. Holger ist schon seit vielen Jahren nicht mehr hier gewesen. Er ist tot. Das weiß ich. Die Bullen waren hier. Aber für Holger bin ich schon vor Jahren gestorben.«

Quercher schloss die Augen, genoss den leichten Cannabisrausch. Obwohl der Tod hier bereits saß, ignorierte er das Gefühl von Resignation.

»Holger war nicht mein leibliches Kind.«

»Das wusste ich nicht.«

»Er war das Kind einer Genossin, die in den Untergrund ging. Holger wäre sonst zu seinen Großeltern nach Traunstein gekommen. Altnazis. Also habe ich ihn zu mir genommen.« Sie hustete.

»Soll ich dir vielleicht ein Glas Wasser bringen?«, fragte er leise.

Sie nickte.

In ihrer Küche standen mehrere Becher mit Strohhalmen. Quercher spülte sie aus und kam zurück. Zenzl hatte sich zwischenzeitlich wieder in ihr Bett gelegt, ihr Arm streckte sich ihm entgegen. Sie wollte den Becher umfassen, aber die Hand gehorchte nicht. Aus ihren schwarz umränderten Augen sah sie Quercher traurig an.

»Ich helfe dir«, sagte er fürsorglich, hielt ihren zerbrechlichen Körper fest und führte mit der anderen Hand den Becher zu ihrem Mund. Da er fürchtete, die Sonde, die durch ihre Nase gelegt worden war, zu treffen, war er besonders vorsichtig.

Er ließ ihr Zeit. Mit schmerzverzerrtem Gesicht legte sie sich, nachdem sie fertiggetrunken hatte, zurück auf ihr Kissen und wollte erzählen.

»Holger hatte mich nie akzeptiert. Er wollte schon früh wissen, wer seine leibliche Mutter war. Er schaffte nur mit Müh und Not sein Abi nach einer Odyssee durch diverse Schulformen. Ab und an lebte er hier, dann in WGs in München, später auf einem Bauernhof in der Oberpfalz. Mit Mitte zwanzig war er für abseitige Verschwörungstheorien empfänglich. Zu diesem Zeitpunkt war er bei einer Sekte in Unterfranken untergekommen. Fliegende Yogis und so ein Kram. Da war alles dabei: Ufos, Aliens, die Erde ist flach. Was weiß ich. Dann, vor vier Jahren, wollte er endgültig alles über seine leibliche Mutter erfahren. Ich sagte ihm, dass sie zu den Kurden der PKK gegangen sei und dort bei einem Angriff der türkischen Armee getötet worden war. Daraufhin wollte er unbedingt ihren Leichnam sehen. Er reiste nach Anatolien, wurde von der Polizei festgehalten und kam nur mithilfe meiner Freunde bei der Botschaft in Ankara wieder frei. Seine letzte große Verschwörung, die ihn endgültig von mir entfernte, war die Atomnummer. Tschernobyl sei eine geheime Attacke des CIA und der Fallout damals beabsichtigt gewesen. Er habe jemanden getroffen, eine Frau, die ihn mit Unterlagen versorgt habe. Und das wiederum führte ihn schließlich zur RAF. Gedanklich kam er also wieder bei mir an. Letztlich ging es ihm aber immer nur darum zu beweisen, dass seine Mutter unschuldig gewesen war.«

Sie lachte bitter auf, hustete, trank erneut einen Schluck Wasser und fuhr dann fort.

»Er schien einiges Material gesammelt zu haben. Ich habe es nie in Gänze gesehen. Er war sich jedenfalls sicher, dass der Anschlag auf den Mann deiner Auftraggeberin nicht von der RAF verübt worden sei. Ich habe die in diesem Zusammenhang relevanten Unterlagen nur einmal kurz zu Gesicht bekommen, als er mal hier war, weil er eine Unterschrift brauchte ...«

»Und glaubst du, dass das alles völliger Unsinn ist?«

Sie seufzte und sah ihn müde an. »Max, nicht die Unterlagen sind das das eigentliche Problem. Das war Material von irgendwelchen staatlichen Stellen, unzusammenhängendes, sicher auch relevantes Zeug. Drei Fragen sind jedoch entscheidend. Erstens: Wer hat es ihm gegeben? Es ging um den Anschlag auf von Scheven, klar. Aber wer auch immer es Holger hat zukommen lassen, wollte etwas damit bezwecken.«

»Na ja, Holger sollte klären, was daran wahr ist und was nicht. Deswegen ist er ja auch bei dem jungen von Scheven aufgelaufen«, erklärte Quercher.

»Richtig. Aber er ist auch zu mir gekommen. Ausgerechnet. Zu mir, die jahrzehntelang im Umfeld der RAF aktiv war und verdächtigt wurde, Kontakte zu den alten Genossen zu haben. Das ist kein Zufall. Wie es auch kein Zufall ist, dass vor meinem Haus seit zwei Wochen ein Bulli mit verklebten Scheiben an den Garagen steht.«

»Wer soll das denn sein?«

»Vermutlich deine alten Kollegen, Max. Die denken, dass die alte Linke kurz vorm Abkratzen noch einmal auspackt. Die wussten, dass Holger Material hatte. Die haben seinen Tod auch schnell zu einem Unfall werden lassen. Die haben uns nie verstanden.«

»Also, Holger bekam die Unterlagen von wem auch immer und ist dann damit losgezogen?«

Sie nickte.

»Holger hat dem jungen von Scheven die Unterlagen gezeigt. Und mir ebenfalls. Danach war Holger für den, der ihm die Unterlagen gegeben hatte, wertlos. Kurz darauf starb er, genauer gesagt: Er wurde getötet. Verbrannt in seinem Auto.« Sie wollte nicht weinen, aber die Tränen liefen bereits über ihr graues Gesicht. Mochte sich Holger über die Jahre auch von ihr entfernt haben, sie hatte ihn als Sohn angenommen. Die Vorstellung, dass er in einem Krankenhaus allein gestorben war und sie ihn nicht mehr hatte sehen können, war grauenhaft. Ein nicht heilbarer Schmerz.

»Du glaubst also, es war kein Unfall, sondern ein gezielter Mord an Holger?«

Sie deutete auf ein Foto, das auf dem Fenstersims stand. »Reich es mir herüber«, bat sie.

Quercher griff nach dem Bild und sah einen kleinen, traurig dreinblickenden Jungen, kaum älter als sechs Jahre alt.

»Ich hatte Holger mehrfach erklärt, nicht mit Spiritus zu spielen. Hatte er aber trotzdem getan. Er hatte Ameisen angezündet. Dabei kam es einmal zu einer Verpuffung. Der Inhalt der Flasche ergoss sich über seine Hände. Er erlitt Verbrennungen zweiten Grades. Seitdem hatte Holger vor jeglicher Form von entzündlicher Flüssigkeit rasende Angst. Jede Tankstelle war der reinste Horror für ihn. Und ausgerechnet dieser Holger packt seinen Wagen mit Benzinkanistern voll? Niemals! Glaube ich einfach nicht. Aber ich bin nicht mehr in der Lage, dem nachzugehen … Nichtsdestotrotz drängt sich hier die zweite Frage auf: Wer hat Holger getötet?«

Quercher stellte das Bild zurück.

»Und die dritte Frage, die sich daraus ergibt? Du hast von drei Fragen gesprochen.«

Sie atmete tief ein. Ein Rasseln war zu hören. »In den 1980ern gab es in der RAF Diskussionen über einen kontrollierten Ausstieg, über ein Aufgeben des militärischen Angriffs – ähnlich, wie es die Iren mit der IRA vorhatten. Jemand, der dem engsten Kreis sehr nahe stand, sollte, so hieß es, ziemlich alle Personen und Pläne skizziert haben. Nachdem bei jeder Festnahme eines Genossen Notizen, Tagebücher oder Tonbänder gefunden worden waren, gab es das ›Archiv auf zwei Beinen‹. Ein Typ mit einem fotografischen Gedächtnis. Er hatte den Bauplan der Gruppe in seinem Kopf, erzählte man sich. War vielleicht auch nur eine Finte dem System gegenüber. Es ging aber quasi um eine detaillierte Innensicht des ganzen Konstrukts. Zumindest behaupteten das einige, die den Typen kannten. Ich weiß nicht, wer er war. Habe ihn nie getroffen. Aber sein Wissen schien so umfangreich zu sein, dass er sehr schnell von der Bildfläche verschwand. Jetzt kommt Holger wieder ins Spiel. Er glaubte nämlich, dass er mit diesem Bauplan die Unschuld seiner leiblichen Mutter beweisen und den Staat als eigentlichen Drahtzieher hätte überführen können. Letztlich wäre dieses Wissen der Schlüssel zu allem! Vermutlich kam er dabei einigen Leuten in die Quere und musste deswegen sterben.«

»Also glaubst du, dass der Mord an von Scheven, der Tod von Holger und dieser Bauplan zusammenhängen?«, fragte Quercher.

Doch Zenzl antwortete nicht mehr, sie musste eine Pause machen.

Quercher sah aus dem Fenster, während Lumpi ihren alten grauen Kopf auf Zenzls Arm legte und schnaufte. Diese zärtliche Geste schien eine beruhigende Wirkung auf die Stimmung im Raum zu haben. Zenzl kraulte mit ihrer schwachen Hand das kurze Fell der Hundedame und lächelte dabei.

Saß man mit Sterbenden zusammen, verkleinerten sich unmittelbar alle anderen Sorgen. Querchers Stress mit Regina war plötzlich unwichtig. Es musste doch nicht immer alles Drama sein, wenn die Beziehung endete.

Hier war der Tod. Da wurde alles andere so bedeutungslos. Querchers Gedanken wollten abschweifen. Zu seinem Vater, der vor vielen Jahren mit einem Stein an den Füßen in den Tegernsee gesprungen war und von dem er sich nie hatte verabschieden können. Doch er versuchte, sich zu fokussieren. Denn Zenzl war seine erste und vielleicht einzige Quelle in diesem Von-Scheven-Fall und er musste seine Chance nutzen.

»Punkt eins«, hob Quercher erneut an. »Du meinst, es steckt jemand hinter diesen Papieren, der von dir eine Reaktion erwartete. Nach dem Motto: Du erhältst die Unterlagen, informierst die alten RAF-Freunde und so bekommt derjenige, der dir die Dokumente zuspielte, eine Spur zu den Tätern beziehungsweise zu diesem ominösen Bauplan. So vielleicht?«

»Vielleicht. Ich bin in meinem Leben abgehört, beobachtet und verhört worden. Die Bullen wollten auf jedem erdenklichen Weg etwas über die RAF wissen. Ich kann die Familien der Opfer verstehen, glaub mir. Ich bin nicht verbohrt. Der Tod an von Scheven war eine widerliche Hinrichtung. Ich sage das auch sehr selbstkritisch. Wir haben das Falsche lange, viel zu lange verteidigt. Aber dieser Mord geht nicht auf das Konto der Genossen und auch nicht auf das von Holgers Mutter. Niemals.«

»Gut, aber wer hat deinem Pflegesohn die Unterlagen gegeben?«

»Heb mich bitte hoch«, bat sie.

Er griff unter ihre dürren Arme, verscheuchte die vor ihnen liegende Lumpi, die sich ebenfalls nur langsam erhob, und stützte Zenzl bis zu ihrem Schreibtisch.

»Zieh die Jalousien herunter, bitte.«

Der altlinke Verfolgungswahn, dachte Quercher, kam ihrem Wunsch aber kommentarlos nach.

Sie setzte sich auf den Stuhl, der mit einem Kissen ausgelegt war, knipste eine mit diversen Parolen beklebte Lampe an und zog die Schublade auf. Mit langsamen Bewegungen legte sie mehrere Papiere auf die linke Seite des Tisches. »Die hat mir Holger gegeben. Er hat das Material eigenständig gesammelt. Das ist ein Teil dessen, was er von Schevens Sohn gezeigt hat.«

Sie breitete einen Stapel Zeitungsauschnitte aus. Sie alle waren bebildert und zeigten ein und denselben Mann, jedoch in verschiedenen Situationen und Zeiten. Quercher ließ seinen Blick über die Fotos wandern. Zuerst sah er den Typen in Schwarz-Weiß mit langen Koteletten und großer Sonnenbrille. Auf einem anderen Bild stand er im Hintergrund, leicht abgewandt, bei einem Treffen europäischer Politiker, die mittlerweile längst tot waren. Dem Modestil nach zu urteilen, war das in den 1980ern.

»Das ist Dr. August Leitner«, erklärte ihm Zenzl. »Jetzt einundsiebzig Jahre alt. Lobbyist der Rüstungsindustrie, davor für mehrere Atomkonzerne in Europa tätig. Er lebt in Rottach-Egern mit einer deutlich jüngeren Frau. Hier ist sie.« Zenzl zeigte mit den knochigen Fingern auf ein Bild, das offensichtlich aus einem Klatschmagazin stammte.

»Wer ist da wer? Ich sehe einen alten Sack und zwei junge Frauen.«

»Links ist seine Frau, rechts seine Tochter. Beide sind fast derselbe Jahrgang. Macht man bei euch am See doch so, wenn man Geld hat. Dann kauft man sich was Jüngeres. Erst zum Vögeln, dann zum Sichpflegenlassen.«

Quercher zuckte nur mit den Schultern. Das war zwar zugespitzt formuliert, aber in der Sache nicht gänzlich falsch.

»Bevor du fragst«, fuhr Zenzl fort, »August Leitner war 1986 die graue Eminenz hinter dem Aufbau von Wiederaufbereitungsanlagen in ganz Europa. Während wir – also genauer: meine Freunde und ich, du ja eher nicht so – während wir also demonstrierten, trieb er Projekte wie Wackersdorf und Gorleben voran. Aber das geschah nie in der Öffentlichkeit. Er brachte Menschen zusammen. So hat er das mal selbst jemandem gegenüber formuliert, den ich zu ihm befragt habe. Als sein Lieblingsprojekt Wackersdorf zu scheitern drohte, mussten andere Mittel her. Da reichten pure Bestechung und Drohungen nicht mehr. Die Anti-AKW-Bewegung sollte unterwandert und in der Öffentlichkeit bloßgestellt werden. Mit den Schüssen auf die Bullen an der Startbahn West war das schon mal ganz gut gelaufen. Dann kamen unsere Proteste 1986, Pfingsten und so. Zu diesem Zeitpunkt war Leitner jedenfalls der Mann im Hintergrund, der wirklich alles tat, um die Atomindustrie in Deutschland zu schützen.«

»Das Attentat auf von Scheven – war ihm das recht, weil der Mann nicht mehr auf Leitners Seite spielte?«

»Von Scheven und Leitner waren Freunde, soweit ich das weiß. Wir hatten damals ja ein recht umfangreiches Archiv über alle wichtigen Funktionsträger in der Atomlobby angelegt. Leider wurde es bei einer Hausdurchsuchung 1985 in München hochgenommen und beiseitegeschafft. Man warf uns vor, wir würden für die RAF Informationen sammeln. Sie konnten uns nichts beweisen. Aber das Archiv blieb verschwunden. Das war vor dem Internetzeitalter. Zumindest vor dem Internet für alle. Wir standen also wieder mit leeren Händen da. Aber dass Leitner und von Scheven sich gut kannten, weiß ich noch.«

»Und kurz darauf wird von Scheven von deinen RAF-Freunden abgeknallt.«

»Ich sagte es bereits: Glaub ich bis heute nicht. Der war kein originäres Ziel der RAF. Die Genossen waren auf

Atommanager aus, ja. Einer wie Leitner war da viel interessanter. Aber 1986 war sowieso ein komisches Jahr. In der Szene wurde immer wieder von Spitzeln gemunkelt. Dann kam das Ausstiegsszenario dazu. Ein Teil wollte weiter militärisch wirken, mit Attentaten und so. Das waren die Jüngeren. Die Älteren wollten raus aus der Illegalität, waren müde geworden.«

»Bomben-Burn-out sozusagen«, stichelte Quercher.

Aber Zenzl ließ sich nicht beirren. »Wir waren alle total paranoid, dass Freunde oder Partner auf der Gehaltsliste des Staates standen. Es gab richtige Tribunale in der Szene. Einigen wurde das zu viel. Die sind dann tatsächlich ausgestiegen, ganz aus Deutschland raus. Holgers Mutter zum Beispiel. Einige haben sich dem bewaffneten Kampf irgendwo im Ausland angeschlossen, andere sind in irgendwelche Aschrams oder Kommunen nach Goa oder Thailand abgehauen. Dann kam der Mauerfall und ab da wurden die Karten eh neu gemischt. Die alten Genossen flogen reihenweise auf. Kein Schwein hat sich mehr für Atomstrom interessiert. Deutschland war geil auf Einheit. Die Attentate, die dann noch folgten, waren, wenn überhaupt, nur von einem sehr kleinen Splitter der Bewegung verübt worden. Leitner wurde schließlich von der rot-grünen Regierung kaltgestellt, ging in Rente und beriet fortan nur noch dezent im Hintergrund ein paar Großkonzerne. Einige meiner Quellen meinten, dass er eine Truppe Expolizisten und Bundeswehroffiziere hinter sich hat. Aber das ist vielleicht auch nur ein Mythos.«

Quercher nickte nachdenklich.

Zenzl griff zum nächsten Stapel. Ein vergilbtes Foto zeigte eine Gruppe langhaariger junger Menschen auf Campingstühlen. »Das sind meine Freunde aus der Wackersdorfzeit. Wir kannten uns alle von der Uni. Einige waren als Studenten bei *Ärzte gegen den Atomkrieg* engagiert, andere bei *Pharma-*

Watch aktiv. Mein damaliger Freund und ich kamen von der marxistischen Gruppe der Uni Passau.«

»Passau hatte eine marxistische Gruppe? Irre. Wo trafen die sich? In einer Telefonzelle?«, frotzelte Quercher.

Zenzl lachte heiser. »Ja, so in etwa. Wir haben sogar Pornos aus Holland nach Deutschland geholt. Offiziell, um den Leuten den verrotteten und frauenverachtenden Kapitalismus zu zeigen. Inoffiziell, um Mitglieder zu ködern. Sex zog schon damals.«

Quercher schmunzelte.

Sie deutete auf eine ernst blickende Frau. »Das ist Doris Sarrazin. Kennst du sie?«

Quercher starrte auf das Foto. Irgendwie hatte er das Gefühl, das Gesicht der Frau schon einmal irgendwo gesehen zu haben, aber ihm wollte partout kein Name einfallen.

»Sie hatte in München Medizin studiert. War sehr klug und belesen, aber an Politik nicht sonderlich interessiert. Wir haben sie mit nach Wackersdorf genommen, der Ferdi, mein damaliger Freund, und ich. In unserem Bulli. Das war Pfingsten. Sie war total verknallt in einen Mann. Hat uns aber nicht gesagt, wer das war. Nach Pfingsten brach der Kontakt zu ihr von einem Tag auf den anderen ab. Ich habe sie erst sieben Jahre später wieder getroffen. Zufällig. Sie war niedergelassene Ärztin in München und völlig verändert. Ihre Praxis war eine der ersten, die ganzheitliche Therapien, aber auch Schönheitsoperationen anboten. Zu diesem Zeitpunkt hieß sie allerdings nicht mehr Doris Sarrazin, sondern …«

Quercher fiel es in diesem Moment wie Schuppen von den Augen. »Lilit Ilmberger!«, rief er aus.

»Genau, du kennst sie?«

Er nickte. Das war die Ärztin, die Ferdi quasi als Geisel genommen hatte. Er erinnerte sich jetzt zudem daran, dass er auch Leitner schon einmal gesehen hatte. Das war der Typ in der Jodeltracht, der auf Pollingers Terrasse gesessen hatte. Quercher merkte, wie es in ihm zu arbeiten begann, ohne dass es ihm jedoch gelang zu durchschauen, worum es in dieser Geschichte tatsächlich gehen könnte. Was hatte das alles mit Holger und der RAF zu tun? Was hatte es mit diesem ominösen ›Bauplan‹ auf sich, von dem Zenzl ihm erzählt hatte?

»Leitner und Ilmberger. Beide sind jeweils auf ihre Weise gefährlich, bestens vernetzt. Wenn du dich ihnen in den Weg stellst, stell dich auf echte Feinde ein. Feinde, die über Leichen gehen, wie man so hübsch sagt. Holger wusste das eigentlich, hat es aber nicht verstanden.«

»Was hatte Holger denn mit den beiden zu tun?«, fragte Quercher.

»Er hatte Material über das Attentat und wollte Lilit Ilmberger damit etwas in die Hand geben. Ich weiß nicht, warum. Es gibt eine Verbindung zwischen Leitner und Ilmberger, hat er gesagt. Aber nur er schien die Hintergründe zu kennen. So wie ich es verstanden habe, ist Leitner einer der letzten Paten des alten westdeutschen Industrienetzwerks.«

»Schön. Eigentlich sagt ihr linken Vögel doch eher ›militärisch-industrieller Komplex‹, oder?«

Sie ging auf seine Stichelei nicht ein. »All die mit Bundesverdienstkreuz und Leichen im Keller, du weißt schon. Die meisten sind tot. Lilit Ilmberger hingegen wird von den aktuell Mächtigen gestützt. Sie behandelt diverse Großkopferte mit ihrer Heilmethode. Einige sind ihr nahezu hörig, sagte Holger. Sie scheint wirklich Erfolg zu haben, selbst bei schon weit fortgeschrittenen Krebserkrankungen. Vielleicht wäre sie meine Rettung gewesen.« Sie lächelte bitter.

»Aber wenn du sie kennst, warum hast du nicht um Hilfe gebeten?«

»Max, sie hasst alles Linke. Sie war mal auf unserer Seite, aber irgendetwas hat sie verändert in den vergangenen Jahren. Vielleicht das Geld, das sie scheffeln konnte. Sie ist Ärztin, hatte viele Freunde in unserer Szene. Aber irgendwann drehte das. Weißt du doch besser als ich. Die, die einst ganz links standen, sind heute auf der anderen Seite des Spektrums angekommen. Lilit wollte wohl mehr zu den Hintergründen der RAF-Anschläge hier in Bayern wissen. Anscheinend gab sie Holger im Gegenzug für Informationen irgendetwas. Aber ich kenne die Hintergründe nicht. Da ich allerdings sowieso nicht vorhabe, noch irgendetwas zur Aufklärung dieser Geschichten beizutragen, würde ich von dieser ganzen Sache einfach die Finger lassen. Es ist vorbei. Für uns, für mich und auch für all die Spinner da draußen.«

Quercher schaute sie verständnislos an. »Noch mal für mich Doofen: 1986 erschießt man den Atommanager von Scheven. War es die RAF oder nicht? Man weiß es nicht genau. Du sagst, es ist unwahrscheinlich. Von Scheven wollte schon damals den Atomausstieg, womit er nicht nur seiner Zeit weit voraus war, sondern auch so manchen Manager und Politiker brüskierte. Diese Tatsache wiederum lenkt den Verdacht auf jemanden wie Leitner, der eine große Nummer in der Atomlobby war. Er und seine Freunde in den Konzernen und Staatskanzleien wollten weiterhin mit der Atomkraft verdienen. So weit die linke Legende. Würde ja auch alles gut zusammenpassen. Dein Sohn seinerseits zieht in dem ganzen undurchsichtigen Dickicht eine Verbindung zu einer ehemals linken Ärztin, Lilit Ilmberger, die einst mit dir im Wald von Wackersdorf irgendwelche Dörfer gebaut hat. Diesen Zusammenhang verstehe ich allerdings nicht. Was hat eine Wunderheilärztin mit Leitner zu tun?«

Zenzl atmete schwer aus. Sie hatte nicht mehr viel Kraft, das spürte auch Quercher. Er wollte ihr nicht in ihren letzten Tagen noch so viel Stress bereiten. Aber mit diesen Informationen schienen die Ermittlungen in dem Von-Scheven-Fall erst richtig interessant zu werden.

»1986 gab es für den Staat drei große Feinde: die RAF, die Antiatomkraftbewegung und die DDR. Einer wie Leitner hatte großes Interesse daran, zwischen diesen drei Feinden eine Verbindungslinie herzustellen. So würde ich mir das zusammenreimen. Ilmberger weiß jedenfalls etwas. Sie wäre mein nächster Anlaufpunkt, wenn ich nicht voll von Karzinomen wäre und sehnlichst auf mein Morphium warten würde.« Während sie sprach, griff sie noch einmal in die Schreibtischschublade und zog einen Schlüssel hervor, drückte ihn in Querchers Hand und umschloss sie.

Er sah ein letztes Flackern in ihren Augen und hörte, wie im Erdgeschoss jemand das Haus betrat.

»Das ist mein Pfleger von der Caritas. Etwas früh. Aber Morphium kann man nicht früh genug bekommen, nicht wahr?«

Er lächelte.

»Trägst du mich ins Bett zurück?«, fragte sie.

Sie war leicht wie ein Federkissen. Quercher wollte sie behutsam anfassen, aber an wirklich jeder Stelle schien ein Knochen hervorzustechen. Langsam legte er sie in die Kissen. Sie schien fürchterliche Schmerzen zu haben. Aber sie ertrug sie stumm.

»Hallo, ich bin's, der Schorsch«, ertönte eine Männerstimme von der Tür her. »Ich vertrete den Kurt. Der muss noch einen anderen Patienten versorgen. Er bat mich, Ihnen Ihre Pflaster vorbeizubringen.« Er trug einen Kittel und wirkte wie viele der Pfleger, die hier ins Tal kamen und sich um die Alten und Kranken kümmerten – robust und doch freundlich.

Zenzl nickte ihm zu.

»Möchten Sie dabei zusehen?«, wandte sich der Pfleger an Quercher.

Er schüttelte den Kopf, nahm Zenzls dürre Hand und strich über ihren Arm. »Ich werde dann mal gehen«, verabschiedete er sich. Den Schlüssel in seiner Hand ließ er dabei unauffällig in seine Hosentasche gleiten und pfiff leise nach Lumpi, die sich müde vom Boden erhob und zu ihm trottete.

»Pass auf dich auf, Maximilian Quercher. Es ist kein Spiel. Und du hast keine Deckung mehr. Geh nicht zu früh auf die Lichtung, mein Lieber.«

Er lächelte und nickte. »Venceremos, Zenzl.«

»No pasaran, Max.«

Als er hinaus in den Regen trat, atmete er tief ein und aus. Es war, als wolle er den Tod abstreifen. Quercher genoss die Nässe, während Lumpi neben ihm den Schwanz einzog und den Kopf senkte.

Der dunkle Bulli stand noch immer direkt neben den Garagen. Quercher überquerte die Straße, pfiff erneut nach Lumpi und ging auf den Wagen zu. In diesem Moment wurde der Motor angelassen. Quercher konnte den Fahrer nicht sehen, nur das mit Folie verklebte Heckfenster. Das Auto hatte ein Münchener Kennzeichen. Quercher erhöhte sein Tempo, aber der Wagen bog bereits um die Garagen und war aus seinem Sichtfeld verschwunden.

Er rannte zu seinem Ford, ließ Lumpi hineinspringen und setzte auf die Straße zurück. Er sah noch, wie der Bulli Richtung Osten nach Warngau fuhr, und er trat aufs Gas.

Es war Instinkt. Etwas stimmte nicht. Der Bulli beschleunigte jedoch nicht, sondern rollte gemächlich über die Straße, die jetzt in einen Wald führte. Quercher sah, wie der Wagen nicht einmal hundert Meter vor ihm in einen Forstweg bog, und fuhr ihm hinterher. In seinem Eifer bemerkte er weder die Schranke noch den Mann, die er passierte, und sah erst bei einem Blick in den Rückspiegel, wie ein Typ im Trainingsanzug hinter einem Baum hervortrat und die Schranke schloss.

Blöder konnte man nicht in eine Falle fahren. Das war ein Anfängerfehler, ärgerte er sich.

Noch war der Waldweg breit genug, um überraschend mit Vollgas an dem Bulli vorbeizufahren. Er wählte diese Variante, ahnte jedoch auf Höhe des VW-Busses, dass dies die falsche Option gewesen war. Der Bulli drückte mit einem kurzen Schlenker gegen den Ford und schob ihn nahezu gemächlich in den Wald, wo er auf einen Baumstamm aufsetzte.

Dann ging alles sehr schnell. Querchers Fahrertür wurde aufgerissen, ein Faustschlag, den er nicht kommen sah, setzte ihn außer Gefecht – und irgendwann wachte er mit einem schlimmen Schmerz wieder auf.

Er lehnte an einem Baum, seine Hände waren mit einem Kabelbinder fixiert. Neben ihm japste Lumpi. Jemand hatte ihr einen Strick um den Hals gezogen, sodass die Hundedame kaum noch Luft bekam.

Querchers Wut war grenzenlos.

Kapitel 10

Bad Wiessee

Am Tegernsee hatte die Waldfestsaison begonnen. Selten gab es für die Insassen wie auch für die Zugezogenen bessere Anlässe, ihre Trachten aus dem Schrank zu holen und das Kostümspiel aufzuführen. Die Wiesn in München – das war internationales Saufen und Erbrechen unter staatlicher Aufsicht. Die Waldfeste hingegen boten noch Restspuren alter Traditionen und wurden von einigen Vereinen bereits seit hundertzwanzig Jahren gefeiert. Etwa ein Dutzend davon wurden im Sommer um den Tegernsee herum veranstaltet. Jede Woche lud ein anderer Verein zu seiner Hütte und drei- bis fünftausend Menschen strömten herbei, um bei Blasmusik, Hendln und Bier die Sonne zu genießen.

In Bad Wiessee fand das Waldfest unterhalb eines steilen Hangs statt, der im Winter als Skiabfahrt genutzt wurde. Um diese Jahreszeit war dort eine saftige Wiese, auf der Kinder in Tracht spielten, während ihre Eltern entweder als Gast an den Tischen saßen oder freiwillig arbeiteten. Jedes Mitglied des örtlichen Skiklubs war aufgefordert mitzuhelfen. Schreiner und Zimmerer bauten Buden und Tanzflächen für die Trachtler auf, Mütter backten Kuchen, Väter brieten Würstchen. Es hätte eine schöne Form dörflicher Gemeinschaft sein können. Aber in jüngster Zeit kamen zu den üblichen Gästen von fern auch Busladungen mit feierwilligen Schadmünchnern ins Tal. Und so dauerte es nicht lange, bis die ersten schwankenden Jugendlichen Ärger suchten.

Etwas entfernt saßen August Leitner und seine Frau neben einem ehemaligen Landrat, einem Exsparkassenchef und Wirtschaftsgrößen aus früheren Zeiten. Leitner war mit den Gästen am Tisch unzufrieden. Es handelte sich eben nur um politische B-Ware. Dabei waren diese Waldfeste für ihn als alten Netzwerker früher sehr wichtig gewesen. Man demonstrierte Geschlossenheit und Zugehörigkeit. Stattdessen saß er nun hier am Abstellgleistisch und hörte den schalen Witzen von Altfunktionären mit Hang zur Korruption zu.

Leitner hatte seiner jungen Frau im Auto noch einmal in deutlichen Worten ihre Aufgabe für den Abend und ihre Position in ihrer Ehe erklärt. »Lächle, lass dich anfassen und rede keinen Unsinn. Das dürfte ja nicht so schwierig sein.«

Yvonne hatte in den Jahren verstanden, dass Streit mit Leitner sinnlos war. Sie ertrug, schluckte herunter. Aber die Wut wuchs. Still. Unbemerkt von Leitner.

Yvonne beugte sich just in diesem Moment zu ihm herüber und flüsterte in sein Ohr. »Wollen wir uns nicht vielleicht da rübersetzen, zu der Ministerin und dem Schlonders von Air ...«

Leitner schüttelte den Kopf. Da saß das neue konservative Bayern und ihn hatte man nicht dazu eingeladen. Die Frau eines Verlegers, das Vorstandsmitglied eines Telekommunikationsunternehmens, der offen schwule Chef eines Fernsehsenders. Daneben saß der aktuelle Landrat, der schon zwei Weißbier zu viel auf der Uhr hatte, aber noch munter mitschwadronierte. Für einen Grünen, denn zu dieser Partei gehörte er offiziell, war er ausgesprochen verträglich, wie selbst tiefschwarze Apparatschiks zugeben mussten.

Dann kam sie.

Lilit Ilmberger hatte einen königlichen Auftritt. Man kannte sich, küsste sich auf beide Wangen, machte einander Komplimente. Sie zog alle Blicke der umstehenden Menschen auf sich.

Es war nicht wirklich das Gefühl des Neids, das Leitner überkam, während er sie beobachtete. Er hatte in seinem Leben neben einflussreicheren Menschen gesessen. Seine Wichtigkeit definierte sich nicht über das Zusammensein mit Mächtigen. Es galt, Mächtige zu lenken. Und dazu brauchte man weder das Bierglas noch das Bett mit ihnen zu teilen.

Ihm ging es um Lilit Ilmberger an sich. Denn etwas sagte ihm, dass sie im ganzen Tal die einzige Frau war, die ihm das Wasser reichen konnte. In ihrer Klinik wurden nur Prominente und Ultrareiche behandelt. Sie selbst wiederum besaß ein Fachwissen, das ihn ganz persönlich betraf: das Alter.

Denn mochte er auch noch so viel Sport machen und seine Gelenkigkeit mit Yoga bewahren – seine von Altersflecken überwucherte Haut, das welke Fleisch, die nächtlichen Gänge zum Klo sprachen eine deutliche Sprache. Er war einundsiebzig Jahre alt, auch wenn noch so viele sagten, dass dies das neue einundfünfzig war. Er hatte, wenn es rundlief, noch fünf, sechs gute Jahre. Doch dann war der Verfall endgültig da. Er würde Yvonne und sich mit der Schrotflinte ins Jenseits befördern. Das Erste aus einem letzten Spaß heraus, das zweite aus Notwendigkeit. Er würde sie und vor allem sein Vermögen nicht einem windigen, intellektuell überschaubaren Immobilienmakler überlassen. Dann lieber mit einem Knall abtreten.

Dieser Gedanke machte ihn mürrisch. Aber vielleicht half ihm diese Lilit, die verbleibende Zeit noch ein wenig besser zu gestalten.

Er hatte rein prophylaktisch ein Dossier über sie angelegt. Aber ihre Karriere wies keinerlei Brüche auf. Sie war blütenrein. Das reizte ihn.

Sie schien es zu ahnen, und als der schwule Fernsehtyp mit seinem ›Lebenspartner‹, einem Friseur aus Rottach, endlich ging, kam sie zu Leitner herüber, legte ihre Hand auf seine Schulter und fragte ihn und seine Frau: »Herr Dr. Leitner, wir kennen uns doch von der Verabschiedung des Bürgermeisters in Gmund. Wollen Sie und Ihre ausgesprochen attraktive Frau sich nicht zu uns setzen?«

Wie ein warmer Föhnwind im Winter schaffte sie es mit ihrer Ausstrahlung, sowohl ihn als auch Yvonne in wenigen Augenblicken für sich einzunehmen.

Kaum saß Yvonne neben ihr, bemerkte Lilit Ilmberger den Bluterguss unter dem starken Make-up. Mit einem verschwörerischen Lächeln wandte sie sich Leitner zu und flüsterte: »War sie nicht brav?«

Er zuckte unbeholfen mit den Schultern, lachte aber auch.
»Kann ich Sie nicht als Patienten gewinnen, Dr. Leitner?«, fragte sie.
»Finden Sie, dass ich es nötig habe?«, gab er zurück.
»Das ist jetzt aber ein Fischen nach Komplimenten. Nein, natürlich nicht. Aber es geht ja mehr um Vorsorge. Unser Retreat bietet sehr zielgenau für die männlichen *Best Ager* ein umfangreiches Programm. Danach muss Ihre Frau aufpassen, dass sie noch zum Shoppen kommt.«
Leitner war sich sicher, dass sie sich gerade etwas anderes vorstellte als er. »Ein Freund von mir, der Ferdi Pollinger, liegt ja auch bei Ihnen. Gibt es da noch …?«
Sie hob abwehrend die Hand. »Sie wissen, Herr Dr. Leitner, ich habe da mein medizinisches Ethos, das mir verbietet, über meine Patienten zu sprechen. Ich kann Ihnen aber versichern, dass unser Team schon ganz andere, wesentlich schwerwiegendere Fälle nicht aufgegeben und wieder zurück ins Leben geholt hat. Es geht ja bei uns um einen ganzheitlichen Ansatz. Wir sind überzeugt, dass Schönheit – wie auch Gesundheit – aus Harmonie entsteht, dem Gleichklang von Körper, Geist und Seele.«
»Das ist doch sicher sehr teuer, oder?«, quatschte Yvonne vorlaut dazwischen.
Ilmberger lächelte. »Ja, das sind keine Behandlungen für den Durchschnittsbürger mit der fahlbeigen Regenjacke, der von seiner staatlichen Rente leben muss. Für den gibt's ja Alkohol. Macht nicht schöner, lässt aber vergessen.«
Alle lachten und prosteten sich zu.
»Augenblick, da ist mein Hausmeister.«
Ein älterer Herr mit einem Bart wie Kaiser Franz Joseph kam zu Lilit Ilmberger und verneigte sich.
Sie lachte. »Ach, Bertl, das muss doch nicht sein. Aber gut, dass ich dich treffe: Macht deine Frau bei mir morgen

noch sauber? Ich bekomme doch am Montag Gäste. Das wäre schön.«

Der Hausmeister sah sie ein wenig ratlos an. »Wir fahren doch morgen zum Gardasee. Also ... Na ja, ich werd's ihr ausrichten.«

»Ach, das wäre fein. Danke schön.« Sie steckte ihm zwei Biermarken zu, die sie sowieso nicht nutzte, weil sie Alkohol mied, und drehte sich wieder zu ihren Tischnachbarn um. »Ernsthaft, wir haben hier im Tal ja eine ganz andere Klientel. Gesundheit, Schönheit und Lebensaktivität waren, sind und werden immer ein Wesensmerkmal der Privilegierten sein. Da wollen wir die Verhältnisse doch nicht ändern. Wenn sich die unteren Schichten über Jahre schlecht ernähren und den letzten Mist in sich hineinkippen, als seien sie lebende Biotonnen, dann gibt es im letzten Drittel eben die Rechnung dafür. Schauen Sie mal, wer heutzutage noch raucht. Das ist doch nur noch der Pöbel.«

Leitner war überrascht, wie unverblümt Ilmberger hier redete. Denn die Rauchschwaden des Grills neben ihnen wurden deutlich ergänzt durch Zigarettenrauch der örtlichen Handwerker. Man konnte friedliche Menschen sehen, oder man sah wie Leitner rotgesichtige, in Leserhosen gepresste Männer, daneben breithüftige Frauen, deren Köpfe zumeist nahtlos in Oberkörpern mit ballongroßen Brüsten verschwanden. All das bestätigte für ihn Ilmbergers Worte. Betrachtete man seine menschliche Umwelt unter den Gesichtspunkten des ästhetischen Älterwerdens, war das hier ein Desaster. Leitner mochte die Idylle, aber die Menschen hier waren zuweilen eine Zumutung, fand er.

»Aus diesem Grund ist es wichtig, unsere Patienten ganzheitlich und unter Berücksichtigung möglichst vieler Zusammenhänge, vor allem aber auch der seelischen oder, wie Sie sagen würden, psychischen Gegebenheiten zu betrachten.

Anders als in der Schulmedizin: Die lindert die Symptome nur durch Medikamente. Wir legen unseren Schwerpunkt auf eine Ganzheitstherapie und auf die Ursachenbehebung. Menschen wie Ihr Freund Pollinger entgiften bei uns auch ihre Seele, wenn Sie so wollen. Sie sprechen aus, was sie all die Jahre nicht aussprechen durften. Das sind sehr empfindliche Momente. Unsere Patienten, den scheinbar sicheren Tod vor Augen, wollen sich reinigen. Das sollen sie auch tun. Ich höre ihnen zu. Da ist es oft sehr ratsam, Einflüsse von außen, von Freunden und Verwandten, zu vermeiden. Herr Pollinger hat einen sehr engen Freund, der nahezu persistent nach beruflichen Dingen aus der Vergangenheit fragt. Das hält den Heilungsprozess aber nicht nur auf, es verhindert ihn. Aber ich bin da nur Medizinerin, welche Dinge da in seinem Kopf herumspuken, das können Sie am besten erklären, nicht wahr? Sagt Ihnen der Begriff *Mangfall Manderl* etwas? Ist das ein Kegelclub hier am See? Jedenfalls muss das eine größere Bedeutung für Herrn Pollinger haben. Manchmal sind es genau solche kleinen Begebenheiten, die einen Heilungsprozess behindern oder fördern.« Sie seufzte ein wenig resigniert und schob dabei ihr Dirndl-Dekolleté in Leitners Blickrichtung.

Doch Leitner hatte für so etwas gerade keine Augen – stattdessen schrillten seine Alarmglocken.

Sollte der alte Ferdi etwa auf den letzten Metern noch über seine *Mangfall Manderl* reden wollen? Das durfte nicht passieren! Pollinger sollte in Ruhe sterben, ohne vorher noch Dinge aufzuwirbeln, die keinem mehr nützten.

Und dann Quercher! Dieser verdammte Schnüffler ging ihm schon lange auf die Nerven. Es war Zeit, ihm endgültig den Garaus zu machen. Dank seiner guten Kontakte zur örtlichen Sparkasse wusste er von Querchers Zahlungsschwierigkeiten und dem hoch verschuldeten Elternhaus.

Allerdings half ihm das kurzfristig nicht weiter, sondern bedurfte einer gewissen Planung.

Momentan musste er zu viele kleine Brände austreten, bemitleidete Leitner sich selbst. Dieser Scheinmetz war zwar jetzt unter Kontrolle, sein Hirn war Matsch. Dennoch blieb die Frage, auf wessen Konto das ging. Scheinmetz hatte sich wohl kaum selbst eine Nadel durchs Auge gestoßen. Waren es Scheinmetz' alte Genossen von der RAF, die den Verräter endlich kaltgestellt hatten? Unwahrscheinlich. Die waren mehr mit der Privatvorsorge fürs Alter beschäftigt und überfielen Geldtransporter in Norddeutschland.

»Kommen Sie zu uns, gleich am Montag. Dann machen wir einen Termin, Herr Dr. Leitner. Hallo?«

Für einen Augenblick wollte Leitner einfach seinem Reflex nachgeben, aufstehen und zu Pollinger fahren, um ihm endgültig den Rest zu geben. Aber stattdessen kontrollierte er seine Panik, atmete kurz ein und aus, ehe er sich mit einem breiten Grinsen dem fragenden Gesicht der Ärztin zuwandte. »Sie haben recht. Verbleiben wir doch einfach so. Aber es ist sicher auch gut, wenn wir gemeinsam darauf achten, dass Ferdinand Pollinger als ehemaliger Geheimnisträger sorgfältig und vor allem zum Wohle seiner eigenen Person …«

Lilit Ilmberger nickte und legte ihm ihre Hand auf den Arm. »Ich bin sicher, dass Sie das Problem mit diesem engen Freund in die richtige Bahn lenken werden. Sie sind ja ein Meister Ihres Fachs, hörte ich.«

Leitner konnte nicht einordnen, wieso die Ilmberger ihm schmeichelte, wusste aber, dass er sich diesen Quercher tatsächlich vorknöpfen musste. Allerdings hatte das die Ärztin nicht zu interessieren.

Mit einem Nicken blickte er zu Yvonne, die gerade intensiv mit der Verlegergattin über Fernsehkrimis schwatzte. »Auf geht's, Yvonne. Wir müssen los.«

»Jetzt warte doch mal, Gusti. Die Frau Dr. Ilmberger hat da ein ganz tolles Treatment für die Blase. Etwas mit Kürbiskernen, das wäre …«

»Yvonne!«

Als sie im Abendrot den Sonnenbichl hinunterfuhren und Yvonne in Habachtstellung vor sich hin maulte – schließlich kannte sie die unberechenbaren Stimmungsschwankungen ihres Augusts! –, klingelte Leitners Telefon. »Ja?«

»Wir konnten Scheinmetz nicht herauslösen. Er ist nach Haar in die Psychiatrie gekommen. Die Kollegen haben ihn erkennungsdienstlich bearbeitet. Es wird also nicht lange dauern, bis das Amt offiziell von ihm erfährt. Dadurch wird es zusehends heikler, den Kerl zu observieren. Was ist Ihre Ansage?«

Leitner begann wieder zu schwitzen. Er war für solche Dinge zu alt. Er wollte nicht mehr. »Was kann unser Mann denn noch erzählen? Ich denke, der ist irre, weil er eine Nadel im Kopf hatte?«

»Ich bin kein Mediziner. Wir haben mit so was keine Erfahrungen. Aber klar ist, dass Scheinmetz von jemandem bearbeitet worden ist. Der hat sich das Ding wohl kaum selbst in den Kopf gesetzt. Also sollen wir trotz der Risiken nach Haar gehen und ihn holen? Wenn ja, wohin mit ihm? Und wenn er wirklich so matsche im Kopf ist, wie es scheint – was sollen wir mit dem Mann tun? Ihn entsorgen? So etwas machen wir nicht. Das wissen Sie.«

Sie fuhren gerade aus Wiessee hinaus. Vor ihnen zockelte ein Traktor mit einem Hänger, der mit großen Heuballen beladen war. Leitner wollte überholen.

»Also, Dr. Leitner?«, kam es fragend aus seinem Telefon.

»Ich verdreifache unsere vereinbarte Summe, wenn Sie das Problem final lösen.«

Stille am anderen Ende.

Der Traktor schien zu bremsen. Leitner scherte aus und gab Gas. »Also, was ist?«

Auf der anderen Fahrbahn kam ihnen ein Reisebus entgegen. Sie befanden sich gerade auf Höhe des Ringsees. Leitner schätzte die Distanz ab. Es würde nicht klappen.

»Ich denke darüber nach.«

Leitner schaltete runter und gab noch mehr Gas. Der Motor heulte auf.

Yvonne kreischte.

Der Reisebus warnte mit seinem Fernlicht, hupte. Neben Leitners Auto drehten sich die riesigen Traktorreifen. Linker Hand ging es auf direktem Weg in den See.

Der Reisebus ging in die Eisen.

»Machen Sie es, erhalten Sie eine Million. Reicht Ihnen das? Verdammt!«

Yvonne schloss die Augen, wartete auf den Aufprall. Leitners Wagen passte nicht in die Lücke vor dem Traktor, obwohl der abrupt abgebremst hatte. Die Heuballen lösten sich, rollten über den Hänger und über das Fahrerhaus, fielen hinunter auf die Windschutzscheibe von Leitners Auto, der absurderweise die Wischer betätigte.

Leitner bremste nicht, sondern riss stattdessen instinktiv den Wagen nach links. Yvonne schrie, kreischte, zerdrückte ihre Sonnenbrille. Der Reisebus touchierte mit seiner rechten Front das Heck von Leitners Wagen, der sich jetzt wie der Zeiger einer Uhr drehte, im Bruchteil einer Sekunde abhob, noch einmal um die eigene Achse rotierte und mit dem Dach zuerst auf die Oberfläche des Sees prallte.

Yvonne hing schlaff in den Gurten, als das Wasser durch die zersplitterte Windschutzscheibe in das Wageninnere drang, die Luft herauspresste und das Auto nach unten in das Grün des hier nicht sonderlich tiefen Sees riss. Leitner allerdings war noch wach, sah alles: das Wasser, das verbogene Metall, das schnell verschwindende Licht und das drohende Schwarz des Seegrunds.

Leitner war sich dessen nicht bewusst, aber seine Lungen würden noch genug Luft haben, um entweder Yvonne von ihren Gurten zu lösen oder sich selbst an die Oberfläche zu befördern. Es ging um ihn oder sie. Denn das Fahrzeug war auf einem alten Baumstamm gelandet, der schlammüberzogen einigen Fischen Schutz bot. Das Holz hatte sich durch das Glas des Schiebedachs gebohrt, das Auto wie ein Marshmallow aufgespießt und es vorerst daran gehindert, noch tiefer in den See zu rutschen. Eine Luftblase war noch vorhanden, aber das Wasser floss unerbittlich hinein.

Leitners zittrige Hand suchte den roten Knopf seines Anschnallgurts. Kaum hatte er ihn betätigt, fiel er aus dem Sitz in das kalte Wasser, tauchte unter, sog Wasser in die Lungen, sah Sterne. Alles wurde schwarz, seine Hände suchten nach einem Halt und tasteten in schierer Verzweiflung nach dem Dach. Er stemmte sich nach oben, sah zu Yvonne, deren blonde Haare sich im Wasser wie Schilf bewegten, während das Metall um sie herum knarzte. Mit letzter Kraft griff er nach dem Holm der Windschutzscheibe und zog sich aus dem Auto.

Seine Lunge brannte, schien zu explodieren. Das Herz raste, als er mit einer letzten Bewegung hinauf in das Licht schwamm, bis jemand unter seine Arme griff.

Er konnte nicht ahnen, dass der Busfahrer Sareiter aus Kreuth Wasser hasste, aber trotz seiner eigenen Verletzung über den kurzen Grünstreifen hinab zum See gerannt war und Leitner jetzt durch das Wasser zog.

»Ist da noch einer unten?«, fragte Sareiter atemlos.

Leitner schüttelte seinen Kopf, ohne zu wissen, warum.

Er hatte sie leblos gesehen. Sie war tot.

Er verspürte eine irrwitzige Angst, dass Sareiter ihn vielleicht allein lassen würde, um Yvonne zu helfen. So ließ er sich zum Ufer ziehen, ohne zu beachten, wie andere dennoch in den See hinabtauchten.

Lilit Ilmberger lächelte dem ungleichen Paar hinterher, wartete, bis es in seinen glänzenden Wagen stieg, und war sich sicher, dass August Leitner zu der Sorte Männer gehörte, die bei jeder Bewegung ein Geräusch machen musste. Er würde zu ihr kommen. Sie hatte den Köder ausgelegt.

Jetzt war der Nächste dran.

Sie rief ihn auf seinem *Tchibo*-Handy an. Poschner saß in dem Haus an der Mangfall und sortierte die Videoaufnahmen, seine ›Lebensversicherung‹, als sie ihn erreichte. »Deine Reiseunterlagen sind da. Sie liegen im Haus an der Mangfall. Heute Abend um achtzehn Uhr komme ich vorbei. Dann kannst du gehen, wohin du willst.« Sie wartete seinen Dank nicht ab und beendete das Gespräch unmittelbar wieder.

Denn sie hatte noch etwas zu erledigen. Der Köder war jetzt fertig. Die Herren sollten endlich Blut lecken und dann blind vor Gier loslaufen – in ihr Verderben.

Sie wählte die Nummer von Max Quercher, als die Sirenen in den Ortschaften am See nacheinander zu heulen begannen.

Kapitel 11

Bad Wiessee

Na, spitze. Der Ford war jetzt mal so richtig geschrottet, dachte Quercher. »Idiotische BKA-Bratzen«, schimpfte er laut, als er mit Lumpi entlang der Bahnstrecke der Bayerischen Oberlandbahn Richtung Gmund marschierte. Man hätte ihm auch ziviler erklären können, dass der deutsche Staat in Funktion des Bundeskriminalamts noch immer eine krebskranke Anwältin aus dem ›linksextremen Täterumfeld‹ observierte.

Sie hatten ihm eine veritable Beule am Kopf und brennende Striemen an den Handgelenken verursacht. Drei blieben maskiert, während sie mit ihm sprachen, der Unmaskierte sah zauselig aus. Sein Ausweis hatte ihn als Christian Krabbe ausgewiesen. Quercher kannte die Typen nicht, aber sie schienen die Szene seit gefühlt hundert Jahren zu observieren, sodass sie inzwischen auch die Optik ihrer ›Kunden‹ übernommen hatten.

Obwohl Quercher nicht mehr im Amt war, erklärten sie ihm ihre Gründe für die Überwachung. Ein ehemaliger Informant der RAF sei auf der Flucht. Man vermute, dass er viel wisse über vier Mitglieder des engsten RAF-Kommandos. Zudem sei er einst eng mit Zenzl Elfinger bekannt gewesen. Und da die ja vermutlich nicht mehr lange leben werde, könne es sein, dass der flüchtige Mann sie noch ein letztes Mal besuchen wolle.

Daraufhin hatten sie den Kabelbinder, der seine Handgelenke zusammenschnürte, durchtrennt, Quercher die Wagenschlüssel hingeworfen, sich für den Schaden entschuldigt und waren dann zu Zenzl Elfingers Hof zurückgefahren.

Der komplette Boden des Fords war aufgerissen. Der Wagen hatte definitiv sein Leben ausgehaucht. »Um mich herum sterben alle«, murmelte Quercher resigniert, als er seine Wertsachen aus dem Fahrzeug räumte. Zuletzt nahm er die Hawaii-Tänzerin, die auf dem Armaturenbrett klebte, steckte sie in die Tasche und trat dann mit Lumpi den Rückweg an.

Quercher, der sich unbeobachtet fühlte, fluchte vor sich hin. Langes Laufen fiel ihm schwer. Seine Hüfte tat ihm weh – und das frustrierte ihn maßlos. Hätte es nicht irgendetwas

Spektakuläres sein können? Hüfte klang nach Siechtum und vorzeitiger Rente, die er zwar immer angestrebt hatte, die ihm jetzt aber auch nicht recht war.

Außerdem brauchte er schon deshalb schnellstmöglich wieder ein Auto, weil man in diesem verdammten Tal ohne vier Räder nicht weit kam. Er hätte natürlich auf Reginas Fuhrpark zurückgreifen können. Aber das verbot sich angesichts der unerfreulichen Entwicklung der Dinge ja quasi von selbst. Bei Lichte betrachtet, waren einzig diese Idioten des Observationsteams schuld an seiner Misere, jetzt ohne Auto dazustehen. Früher hätte er die Pfeifen vom BKA für ihr unverhältnismäßiges Vorgehen einfach angeschissen und mit Dienstwegen oder anderen Maßnahmen drohen können. Heute jedoch war er nur noch ein privater Ermittler oder wie die Typen es nannten: ein Mann mit zu viel Tagesfreizeit.

So konnte es nicht weitergehen, sinnierte Quercher vor sich hin: Die Freundin knutschte mit Arschlöchern am Flughafen, der beste Freund lag im Sterben und Kohle hatte er auch keine. Irgendetwas in seinem Leben lief seit geraumer Zeit gehörig schief. Und eigentlich blieben ihm genau zwei Möglichkeiten, damit umzugehen, überlegte er: entweder sich vom Triebwagen der Bayerischen Oberlandbahn überfahren zu lassen und die Vorhut für Pollinger zu machen oder aber noch einmal anzugreifen.

Quercher fehlte eindeutig eine Frau, die ihn aus seiner Minutendepression herausholte.

Sein Telefon klingelte. »Ja?«, blaffte er, nachdem er hektisch sein Handy aus der Hosentasche gezogen und das Gespräch angenommen hatte. Dann glitt ihm das Gerät aus der Hand und fiel in einen nahen Dornenbusch, der direkt neben den Gleisen wuchs. Quercher fluchte, auch weil Lumpi Anstalten machte, hinterherzuspringen.

Er konnte die Stimme des Anrufers hören, bückte sich und spürte einen stechenden Schmerz. Daraufhin verlor er sein Gleichgewicht, fiel vornüber und landete mit dem Kopf in dem Strauch, der mit seinen scharfen Dornen sofort sein Gesicht bearbeitete.

Wieder Fluchen, wieder eine Stimme, die rief.

Jetzt aber war er immerhin nah genug an seinem Handy, sodass er auch kommunizieren konnte, ohne es in die Hand nehmen zu müssen. »Ja?«, rief er erneut und lauschte angestrengt. Undeutlich konnte er eine Frauenstimme hören.

»Hier ist Dr. Ilmberger, die behandelnde Ärztin Ihres Freundes Ferdinand Pollinger.«

Die Hexe hat mir gerade noch gefehlt, dachte er missmutig, während er unbeholfen mit den Füßen auf dem Schotter am Rande der Gleise herumstrampelte und aus dem Augenwinkel den Zug näherkommen sah.

»Was wollen Sie?«

»Herr Quercher, vielleicht sollten Sie sich wieder einmal bei Ihrem Freund blicken lassen.«

»Das ist jetzt gerade sehr schlecht, Frau Dr. Ilmberger. Ich liege im Augenblick auf Gleisen und werde in den nächsten Sekunden von der BOB überfahren«, übertrieb er.

»Wie bitte?«

Der Zug rumpelte heran, hupte erneut, sodass Querchers Ohren klingelten und Lumpi aufgeregt das Eisentier anbellte. Der Zugführer sah sie, schüttelte seinen Kopf, zeigte ihm den Mittelfinger und fuhr ungerührt weiter, während die Zuggäste interessiert auf ihn und Lumpi herabschauten. Vermutlich ein Penner, dachten wohl einige.

»Sind Sie okay? Herr Quercher? Was machen Sie denn auf Gleisen? Brauchen Sie Hilfe?«, rief die Ilmberger in das Telefon.

»Nein, eher ein Auto. Und … Ich komme morgen vorbei.«

»Finden Sie nicht, dass es vielleicht besser wäre, wenn Ihr Freund …?«

»Ich habe kein Auto gerade, deswegen liege ich ja an diesen Gleisen. Zefix! Also …« So viel wollte er der Frischzellenhexe gar nicht verraten.

»Wo genau sind Sie denn?«

»Finsterwald, aber … das ist doch auch egal.«

»Ich hole Sie ab.«

»Auf keinen Fall.« Er wollte sich befreien, aber seine Hüfte streikte. Mit einem Stöhnen fiel er wieder zurück in die Dornen. »Okay, haben Sie eventuell auch etwas gegen Hüftschmerzen im Auto?«

»Einen Rollator vielleicht?«, fragte sie lachend.

Er gab ihr seine Position durch und nach einer halben Stunde hielt ihr Mercedes-Geländewagen am Bahnübergang südlich von Schaftlach.

»Ist das eine neue Trendsportart? Auf Gleisen gehen?«, fragte sie kopfschüttelnd, als sie sich zu dem verschwitzten Quercher herunterbeugte.

Sie ging auf die sechzig zu, war vielleicht sogar älter. Aber man sah es ihr nicht an, dachte Quercher, als er sie im Abendglühen der Sonne sah. »Ja, Extremgleising«, ätzte er. »Wollen Sie das nicht vielleicht in Ihr Heilprogramm aufnehmen? So was wie ›Spüren Sie die Kraft der Gleise. Ihre Seele geht auf eine Reise‹.« Er stöhnte auf vor Schmerz, als er sich erheben wollte.

»Kleine Sünden straft der liebe Gott sofort.«

»Ich denke, Gott spielt für Sie als Halbgott kaum eine Rolle.«

»Sie wollen immer das letzte Wort haben, merke ich schon. Also, was ist mit der Hüfte?« Sie stützte ihn und führte ihn wankend zur Hecktür ihres Wagens. »Hinsetzen und erzählen«, befahl sie in einem Ton, der keine Widerrede zuließ.

»Wollen Sie nicht erst meine Kassenkarte haben?«

»Ich behandele nur Privatpatienten. Aber bei Ihnen mache ich es umsonst«, antwortete sie, während sie einen Arztkoffer öffnete.

»Was genau?«, kalauerte er, tat aber, wozu sie ihn aufgefordert hatte, und nahm am Rand des großen Kofferraums Platz. »Ich habe eine künstliche Hüfte«, erklärte er dann. »Seit einiger Zeit schmerzt nun die andere. Aber ich will sie jetzt nicht auch noch operieren lassen – einmal hat voll und ganz gereicht.« Er hielt inne. Lilit Ilmberger spritzte ihm ein Muskelentspannungsmittel. Jedenfalls behauptete sie das. Er sah sie skeptisch an. »Und das ist kein Krötenblut oder so was?«

Sie schüttelte grinsend den Kopf, half Quercher aufzustehen, schloss den Kofferraum und führte ihren Patienten auf den Beifahrersitz. Lumpi sprang in den Fußraum und rollte sich dort zusammen. »Nein, ein langsam wirkendes Gift, das in grausamen Krämpfen und brutalen Halluzinationen endet.«

»Kurz, ein Abendessen beim Ministerpräsidenten? Den behandeln Sie doch auch, nicht wahr?«

»Über Patienten und mein Alter schweige ich.«

»Beides interessiert mich.«

»Ich denke, Sie haben keinen Bedarf an wohlhabenden Frauen. Frau von Valepp und Sie sind doch das Traumpaar des Tals.«

»Aus welchem Tratschblatt haben Sie denn diese Information? Und wo fahren wir überhaupt hin? In Ihre Doktor-Mabuse-Klinik?«

»Ihr Freund Ferdinand hat mir erzählt, Sie hätten Frischzellen sicher nötig, so ausgebrannt, wie Sie wirken. Ja, wir fahren in meine Klinik. Es ist mir wichtig, dass Sie Ferdinand sehen und er Sie.«

»Ist er denn bei Sinnen … also, soweit man das bei diesem Menschen sagen kann?«

»Wissen Sie, Herr Quercher, was mich wundert? Sie gehen mit dem Leiden Ihres Freundes sehr flapsig um. Das ist sicher eine Möglichkeit der Verarbeitung. Ich will das auch gar nicht kritisieren. Das ist eben Ihre Art. Ich frage mich nur, was Sie damit bezwecken. Ihr Freund steht an der Klippe. Die Ärzte, die er konsultierte, haben ihn abgeschrieben. Ich nicht. Aber dennoch: Ferdinand Pollinger kämpft um sein Leben. Sie sind sein einziger Freund, wenn ich das richtig verstanden habe. Gut, ich habe Sie aus der Klinik geworfen. Aber dennoch. Wo sind Sie, wenn es eng wird? Laufen Sie immer auf Gleisen herum, wenn man Sie braucht?« Sie bog ein in den Kreisel bei Waakirchen.

»Es wäre schön, wenn Sie Ihren ganzheitlichen Heilungsansatz auf Ferdinand beschränken würden. Ich bin nicht Ihr Patient.«

»Oh, der zartbesaitete Herr Quercher fühlt sich angegriffen. Das war nicht meine Absicht. Aber wenn ein Freund im Sterben liegt, ist man doch in der Regel mitfühlend. Oder?«

Schweigen.

Quercher wollte nicht darüber reden. Er konnte nicht leiden, hatte sich den Schmerz förmlich abtrainiert. Ferdi würde sterben. Quercher war dann allein. Das war er auf die eine oder andere Weise schon immer gewesen. Eine Ehe, Freundinnen, was auch immer, man tauschte sich aus, veränderte sich, aber am Ende blieben alle vorbeiziehende Fremde. Auch Ferdis Tod würde daran nichts ändern. Pollinger war seit mehr als fünfundzwanzig Jahren an seiner Seite, anfangs als Chef, dann immer mehr als Freund. Sicher, er könnte jetzt an seiner Seite sitzen und seine Hand halten. Aber das wäre weder in Ferdis noch in seinem Sinne. Zum ersten Mal gestand Quercher sich ein, dass er Angst hatte, seinen

Freund wiederzutreffen. Er hatte gehofft, dass er bereits friedlich eingeschlafen sein würde, wenn er ihn das nächste und letzte Mal sah.

Er sah nicht tot aus. Ferdi schlief, atmete ruhig.

»Du zähes Biest«, flüsterte Quercher leise, als er sich nah an Pollingers großes Ohr lehnte, aus dessen Muschel graue Haare wuchsen.

Nie zuvor hatte er Ferdi so intensiv studiert. Er hatte in ihm stets einen väterlichen Freund gesehen Aber in diesem Moment war er mehr. Er war der Vater, den er so sehr gebraucht hatte, nachdem der leibliche mit einem Betonklotz am Bein freiwillig aus dieser Welt im Tegernsee versunken war. Wenige Jahre später war dieser Mann in sein Leben gekommen, dessen Körper nun von Krebszellen zerfressen war.

Quercher sah sich in dem Raum um. Anders als in anderen Krankenzimmern, die er kannte, waren die Wände hier in warmen Tönen gestrichen worden. Keine Kunstdrucke, nicht einmal das obligatorische Kruzifix an der Wand. Alles wirkte hell, sauber, angenehm und erinnerte eher an eine schicke Lounge als an eine Klinik.

Sein Blick blieb an einem kleinen Kasten hängen, der zwischen Wasserflaschen versteckt stand. »Was ist das?«, fragte er Ilmberger.

»Zum einen monitoren wir sedierte Patienten, um sicherzustellen, dass sie die perfekte Betreuung bekommen. Zu viele Skandale mit Pflegepersonal in den vergangenen Jahren haben uns gezwungen, den Rund-um-die-Uhr-Schutz einzusetzen. Zum anderen wachte Ihr Freund mehrfach auf. Gestern bat er darum, jemand möge seine Gedanken mitschreiben. Das geht natürlich nicht. Aber ich habe ihm gesagt, dass wir sie aufnehmen. Die Aufzeichnungen werden gespeichert und nur mit Zustimmung der Patienten beziehungsweise der Angehörigen von uns gesichtet.«

Quercher schaute wieder auf den schlafenden Pollinger.

»Er dämmert nur. Wir haben ihm keinerlei Anästhetika gegeben. Sein Körper und Geist wollen Ruhe. Aber warten Sie hier, setzen Sie sich dieser Stille ruhig aus. Ich bin in meinem Apartment. Unsere Pfleger werden Sie zu mir bringen, wenn Sie so weit sind. Dann werde ich Ihnen etwas gegen Ihre Schmerzen in der Hüfte geben. Keine Angst, ich bin zugelassene Ärztin und werde weder trommeln noch mit Globuli daherkommen.«

»Ich dachte, mit toten Schafsföten.«

»Das können Sie sich nicht leisten, Herr Quercher. Für Sie als Kassenpatienten habe ich etwas Konventionelles.«

Er atmete tief durch. Die Schmerzen waren tatsächlich stärker geworden. Die Nacht würde eine Tortur werden. Also warum nicht?

»Nehmen Sie sich so viel Zeit für Ihren Freund, wie Sie brauchen«, sagte sie noch, ehe sie verschwand.

Quercher blieb eine Stunde, doch nichts geschah. Da war nur stilles Atmen. Pollingers Brustkorb hob und senkte sich. Die Nacht kam.

Was sollte er tun? Mit Ferdi reden, obwohl er nur dalag? Beten? Beides kam für Quercher nicht infrage und erschien ihm unangemessen. Er war kein harter Hund. Aber eben auch nicht gläubig.

Irgendwo startete ein Feuerwerk. Es wurde gefeiert. Vielleicht eine Hochzeit. Im zuckenden Licht sah er die Konturen der Berge. Quercher hätte gern mit Regina gesprochen oder mit Arzu. Aber worüber? Dass hier jemand, den er sehr mochte, starb? Er wusste, dass von beiden nur distanzierte Mitleidsbekundungen oder tröstende Worte gekommen wären, die ihn kaum berührt hätten.

Quercher wischte sich über das Gesicht, tätschelte Pollingers Hand, in der eine Kanüle steckte, und erhob sich. Er trat auf den Flur, wo schon eine Frau in einem blauen Leinenanzug auf ihn wartete. Gemeinsam fuhren sie schweigend im Fahrstuhl in die oberste Etage. Über leere Flure, vorbei an Konferenzräumen, ging es durch eine doppelt gesicherte Tür, die sich öffnete, nachdem die Pflegerin eine Plastikkarte an einen Scanner gehalten hatte.

War eben noch alles klinisch sauber und funktional, waren die Räume, die sie jetzt betraten, in warmen Farben gestrichen und mit edlen Möbeln eingerichtet. Wellnessmusik waberte durch den Eingangsbereich. Es roch nach Duftkerzen.

Die Pflegerin zeigte auf einen Raum, wollte sich verabschieden, hielt aber kurz inne. »Herr Quercher, ich darf es Ihnen eigentlich nicht sagen. Aber meine Schwester, die Maria Sareiter, die kennen Sie doch, oder?«

Quercher nickte. Er war mit der Frau zur Schule gegangen. »Ja?«

»Also, Maria weiß, dass Ihr Freund hier ist. Jedenfalls, Sie sollten wissen, dass es dem Herrn Pollinger besser geht. Er kann das schaffen.« Sie sah ihn eindringlich an.

Quercher verstand nicht ganz, warum sie ihm das so zwischen Tür und Angel sagen musste, nickte ihr aber dankend zu und betrat den Raum, der vor ihm lag.

Das Zimmer war leer, aber der Tisch gedeckt. Zwei Rotweingläser waren gefüllt. Die Fenster gingen bis zum Boden und erlaubten nahezu einen Panoramablick von Tegernsee über die Rottacher Bucht bis nach Wiessee.

Quercher war beeindruckt. Man konnte schlechter wohnen, dachte er und erinnerte sich sofort an die Schulden, die er hatte.

Dann stand Lilit Ilmberger plötzlich hinter ihm. Sie trug einen Kaftan, der einen Tick zu festlich für den Anlass war.

Quercher bemerkte, dass sie ihr Dekolleté etwas gepudert hatte. Was sollte das hier werden? Ein Date?

»Sie haben nichts gegessen, sind viel gelaufen und haben Schmerzen. Legen Sie sich bitte auf die Liege.«

Er hievte sich auf das schwarze Polster.

»Die Hose müssten Sie schon herunterziehen. Damit haben Sie doch keine Probleme, oder?«

Er zog die Stirn kraus.

»Sie schauen mich an, als ob Sie nicht sicher sind, ob Ihre Unterhose noch sauber ist.«

Er öffnet wortlos den Gürtel und schob die Hose zu den Füßen. »Behandeln Sie in diesem Outfit alle Ihre Patienten? Dann ist mir klar, warum die alten Säcke der CSU hierherkommen. Man kann ja nicht immer der Doro Bär oder der Aigner Ilse in den Ausschnitt glotzen. Das ist … Aua!«

Lilit Ilmberger hatte mit ihrem Finger gezielt bestimmte Punkte an seiner Hüfte gedrückt. Immer wieder strich sie über das Bein, außen wie innen, um dann mit einer kleinen Nadel schweigend in weitere Stellen zu stechen. Quercher, der auf der Seite lag, fühlte sich wie ein Pennäler, der bei der Untersuchung Angst vor einer nicht gewollten Reaktion im Unterleibsbereich hatte. Auch das schien sie zu ahnen.

»Glauben Sie mir, Max Quercher. Es wäre nicht die erste Erektion, die ich als Ärztin erlebte. Bei Operationen passiert das vielen unter Vollnarkose. Sie werden jetzt erst einmal hier liegen bleiben. Ich spritze Ihnen noch etwas. Das wird Sie gut über die Nacht bringen. Ich übrigens glaube nicht an die Notwendigkeit einer weiteren Hüft-OP. Die meisten sind unnötig. Sie arbeiten nicht körperlich hart. Sie sind noch jung. Vieles ist eine Frage der Bewegung und Dehnung. Wir können da helfen. Aber viele glauben, dass eine OP schneller Abhilfe bringt. Ich nicht. Ihre Hüfte will einfach nicht mehr tragen, was Sie ihr aufbürden. Das ist ein ähnliches Symptom, wie es auch oftmals am Rücken oder Magen zu beobachten ist. Ihr Leben passt der Hüfte nicht. Klar, neue Hüfte, neues Glück. Aber das Problem ist hier.« Sie tippte auf seinen Kopf, seine Brust und seine Narben.

»Ja, das mag sein«, ächzte er.

Sie fühlte über sein Bein und fragte: »Was ist das?«

»Beinbruch. Von einer Lawine verschüttet. In Wildbad Kreuth.«

Sie nickte anerkennend. »Das hier sind Schusswunden. Woher?«

»Eine Ballerei in Rottach, unten an der Ampel. Da, wo Sie bestimmt gern einkaufen. Die Seestraße.«

»Ladendiebstahl?«

»Nein, verrückter Bruder einer verrückten Bergsteigerin.«

»Sie scheinen im Tal ja eine blutige Spur hinterlassen zu haben.«

»Ja, ich bin der Entertainment-Beauftragte im Tal.«

»Also, wenn Sie mit noch nicht einmal fünfzig Jahren als Hüftsteifer durchs Tal wandern wollen, ignorieren Sie einfach weiterhin all diese Verletzungen der letzten Jahre und bauen ein neues Ersatzteil ein.«

Ilmberger bat ihn zu Tisch. Ihre Art gefiel Quercher. Sie war nicht zimperlich, aber auch nicht nur technokratisch. Zudem ließ der Schmerz in seiner Hüfte kontinuierlich nach. Ein warmes Gefühl der Entspannung durchzog seinen Körper. Fast wäre so etwas wie tiefe Dankbarkeit in ihm aufgekeimt. Aber er war Realist. Und ein alter misstrauischer Bulle. Es gab nie etwas umsonst im Leben.

Quercher trank einen Schluck des ausgesprochen köstlichen Weins, nahm etwas Weißbrot und tunkte es in ein Schälchen mit Olivenöl. Hinter Ilmberger hing der Abguss eines Reliefs. Es zeigte eine nackte Frau mit Flügeln. Sie schien etwas in ihren Händen zu halten. Statt Füßen hatte sie Raubvogelkrallen, die auf zwei Löwen standen. Umrahmt war die Figur von zwei Eulen.

»Kennen Sie sie?«, fragte Ilmberger, die Querchers Blick folgte.

»Ja, das ist Lilith. Eine Göttin oder Dämonin, je nach Lesart. Im arabischen Raum ist sie bekannt.«

»Ich bin erstaunt. Das hätte ich nicht erwartet von …«

»… von einem doofen Exbullen? Unterschätzen Sie niemals Beamte!«, lachte er. Dann erklärte er mit einem Kopfnicken in Richtung des Reliefs: »Sie wollte beim Sex mit Adam nicht unten liegen, der wiederum beschwerte sich bei Gott darüber und bekam Eva als Ersatz – und mit ihr später den Apfel.«

»Sie wollte nicht von Adam vergewaltigt werden. Das ist meine Lesart. Sie wurde in die Wüste verdammt und kehrt zurück, um Rache zu nehmen.«

Quercher zuckte gleichgültig mit den Schultern. Religiöser Hokuspokus war ihm suspekt und nichts, womit er sich länger als nötig aufhalten wollte. »Frau Dr. Ilmberger, bitte erklären Sie mir ein paar Dinge«, sagte er deshalb. »Warum kümmern Sie sich so intensiv um mich und vor allem um Ferdi? Das kostet ja schließlich nicht nur Zeit …«

»Ich verrate Ihnen etwas. Ich gehe davon aus, dass Sie nicht so sehr an medizinischen Details interessiert sind. Ich werde Sie auch nicht damit langweilen. Aber ich bin mir ziemlich sicher, dass Ihr Freund Ferdinand Pollinger noch mehrere gute Jahre auf dieser Welt vor sich haben kann. Und ich finde, Sie sollten das wissen.«

Quercher schwieg.

»Mir ist klar, dass Sie so etwas von Ärzten häufiger gehört haben. Aber wir können diesen Krebs, so wie ich es sehe, eindämmen. Ich habe ähnliche Patienten mit vergleichbaren Verläufen im letzten Jahr hier behandelt. Sie leben alle!«

»Lassen Sie mich raten: Das setzt voraus, dass Sie ihn weiterbehandeln. Ferdi aber hat nicht die finanziellen Mittel dafür. Also soll ich Ihr Honorar irgendwo auftreiben.«

Sie sah ihn mitleidig an und machte eine vage Bewegung mit der Hand.

»Sieht es etwa so aus, als ob ich auf die paar Kröten von ein paar pensionierten Polizisten angewiesen bin? Nein. Im Übrigen zahlt ja schon jemand für Ihren Freund.«

»Aha, das wusste ich gar nicht. Wer soll das sein?«

»Ein Dr. Leitner.«

In Querchers Kopf tauchte wieder der alte Sack in Trachtenoutfit auf, den er vor ein paar Tagen bei Ferdi gesehen hatte.

»Der gehört zu einem alten Zirkel Ihres Freundes, den *Mangfall Manderl.* Schon mal davon gehört?«

Quercher trank noch einen Schluck Wein und genoss das Gefühl der Schmerzfreiheit. Erst jetzt wurde ihm bewusst, wie lange er diese Pein schon mit sich herumtrug. »Ja, so hieß Ferdis Kegelclub, glaube ich. Die Typen scheinen ja ordentlich etwas in der Kasse zu haben. Hätte ich das gewusst ...«

»Wie niedlich«, lachte sie leise und klopfte sich an den Kopf. »Ein Kegelclub. Genau, dass ich darauf noch nicht gekommen bin. Ich Dummerchen ... Glauben Sie daran, dass der Krebs zufällig Ihren Freund traf?«

Das war wieder so ein absurder Themenwechsel. Quercher zuckte mit den Schultern, kaute langsam und spülte den Bissen mit einem weiteren Schluck Wein hinunter. »Ja, es ist ein verdammter Zufall. Die einen trinken ein Leben lang sündteures Mondscheinwasser und verrecken an Speiseröhrenkrebs – wie meine Mutter. Andere rauchen Kette und werden hundert Jahre alt. Das ist eben so. Lotterie des Lebens. Aber Sie sind die Expertin.«

Sie lächelte, sah hinaus in die Nacht und auf die gelben Lichter unten in den Orten am See. Das Feuerwerk war vorbei. »Stimmt. Alles im Leben ist nur Zufall. Ich bin zum Beispiel zufällig vor zweiunddreißig Jahren vergewaltigt worden.«

Quercher verschluckte sich fast. Dieser abrupte Themenwechsel übertraf die bisherigen um Längen.

»Essen Sie ruhig weiter, ist alles schon lange her. Damals haben Sie noch die ersten Küsse am Tegernsee bekommen. Ich bin sicher, Sie haben viel geknutscht, oder, Max Quercher?«

Er atmete schwer aus. »Ist diese Information wichtig für Ihre Geschichte?«

»Überhaupt nicht. Ich war nur interessiert an Ihrem Teenagerliebesleben. Ist auch schon wieder weg, dieses Verlangen. Nun, ich wurde vergewaltigt. In Wackersdorf. Sie sind alt genug, um mit dem Ort noch etwas anfangen zu können. Das war die Zeit der Anti-AKW-Demonstrationen.«

»Ich weiß. Interessiert heute keinen jungen Menschen mehr. Dazu gibt's wenig auf Youtube und Snapchat.«

Beide lachten bitter.

»Der Täter, der mich in einen Wald zog und mehrfach vergewaltigte, war ein Spitzel des Landeskriminalamts.«

Er trank, sie erzählte.

»Ich ging zur Polizei. Sie fanden den Täter. Aber er wurde geschützt, weil er vom LKA in das engere Umfeld der RAF eingeschleust worden war. Er gab Informationen über Unterstützer und Strukturen. Ich wollte ihn vor Gericht sehen. Der Staat, in Person Ihres Freundes und Dr. Leitners, sah das anders. Leitner weiß gar nichts mehr von damals. Er war auch nicht direkt an den Ermittlungen beteiligt. Er agierte im Hintergrund. Letztlich waren es insgesamt fünf Personen beim LKA und beim Verfassungsschutz, die darüber Bescheid wussten: die angebliche Kegeltruppe *Mangfall Manderl.* Sie hielten zusammen wie Pech und Schwefel, letztlich wie eine Loge oder ein Geheimzirkel, halfen sich gegenseitig und schoben sich Positionen zu. Sie persönlich dürften davon auch profitiert haben.«

Quercher war sich bewusst, dass Ferdinand Pollinger in seiner Zeit als Leiter des bayerischen LKAs erheblichen Spielraum bei Beförderungen oder Umverteilungen hatte. Er wirkte sozusagen sakrosankt. Quercher hatte das jedoch immer auf seine engen CSU-Kontakte geschoben. Pollinger war ein Liberal-Konservativer. Einer, der Bayern mochte. Weniger das ›trachten-talibaneske‹, wie er es in einem Gespräch mit dem biederen Bürgermeister von Rottach-Egern bei einem Empfang für die Gebirgsschützen freundlich lächelnd genannt hatte, sondern Bayern als Idee.

Unwillkürlich musste Quercher schmunzeln. Während er selbst sich recht schnell aufmandeln und seiner Wut Raum geben konnte, blieb Pollinger in allen Lebenslagen immer entspannt, aber dennoch brandgefährlich in seinen Aussagen. Er hatte mit einem Lächeln und einem Schulterklopfen Kollegen das berufliche Todesurteil überbracht. Die hatten sich dafür meist sogar bedankt. Pollinger jetzt als einen Mann zu sehen, der Vergewaltiger frei herumlaufen ließ, einfach, weil sie ihm nützten, passte nicht in Querchers Bild von ihm.

»Ich verstehe nicht ganz, warum Sie mir das erzählen. Ihre Geschichte erschüttert mich. Aber ich kann Ihnen da nicht helfen. Zudem glaube ich, dass Sie, um Ihre Vorwürfe gegenüber der Justiz vorzubringen, echte Beweise brauchen. Selbst wenn Ihnen mein Freund Ferdi in seinem momentanen Krankheitszustand etwas Belastendes gesagt haben sollte, ist das vor Gericht nicht beweiskräftig. Sie sollten solche Vorwürfe sehr sensibel formulieren. Was soll ich denn Ihrer Meinung nach tun?«

»Sie sind nicht mehr im Polizeiapparat. Aber Sie kennen das System. Sie sollen den Fall aufrollen, das Material auswerten und an die Öffentlichkeit bringen. Ich weiß, dass Sie die Möglichkeiten dazu haben. Ich gebe Ihnen sämtliche Unterlagen, die ich habe, und rette Ihren Freund. Sie sorgen im Gegenzug dafür, dass diese *Mangfall Manderl* endlich ans Licht kommen, und am Ende können Sie sich damit eine neue Existenz als Ermittler aufbauen. Wie ich höre, sind Sie ja finanziell recht belastet. Nageln Sie die *Mangfall Manderl* an die Wand, Herr Quercher.«

Quercher ging auf die Spitze zu seinen Geldsorgen nicht ein. »Zu denen aber eben auch mein Freund Ferdinand Pollinger gehört. Er würde überleben, wenn Sie es denn schafften, ihm zu helfen. Aber die anderen würden womöglich wegen Strafvereitelung im Amt angeklagt werden. Ich bin mir nicht sicher, ob Ferdi das wollen würde.«

Sie nickte. »Schauen Sie sich unsere Videoaufzeichnung an. Er hat darüber gesprochen und ausdrücklich darum gebeten, dass Sie sie sehen. Er will reinen Tisch machen. Das ist sein Weg zur Heilung.«

»Ja, und Ihr Weg zur endgültigen Abrechnung.« Quercher konnte nicht glauben, was für einen Deal ihm diese Ärztin vorschlug. Leben gegen Reputation. Verrat des besten Freundes für Geld.

»Herr Quercher, ich bin nicht irgendeine rachsüchtige, alte Frau, die noch einmal längst vergessene Geschichten auf den Tisch bringen will. Hier geht es um etwas weitaus Größeres. Ich habe die Beweise, von denen Sie sprechen. Mir sind detaillierte Dokumente zugespielt worden – von dem damaligen Täter selbst. Er benennt jene, die ihn in die Szene eingeschleust haben. Er nimmt Stellung zu der Vergewaltigung und wie er nach der Tat von leitenden Beamten geschützt wurde.«

Quercher nickte. »Frau Dr. Ilmberger, ich verstehe, dass das alles äußerst schlimm und offensichtlich sehr wichtig für Sie ist. Aber wir haben in Deutschland dafür eine Einrichtung.

Die nennt sich Justiz. Gehen Sie mit dem Material zu einem Anwalt, der es der Staatsanwaltschaft vorlegt. Die wiederum wird dann ermitteln. Das ist der Weg der Dinge hier in unserem Land. Ich finde das auch ganz gut so. Sonst ...«

»Er hat auch zu dem Attentat auf von Scheven Stellung genommen«, unterbrach sie ihn. »Und zu einem Koffer, der damals verschwand. Ich habe auch diesen Koffer!«

»Aha«, sagte Quercher lahm und konnte seine Überraschung kaum verbergen.

»Ich werde Ihnen all diese Unterlagen geben. Aber das ist an Bedingungen geknüpft.«

»Die da wären?«

»Keine Polizei. Die Informationen werden unserem Staat und einigen seiner älteren Vertreter nicht gefallen. Ich fürchte, dass sie bei einem Polizeikontakt verschwinden. Ich könnte sie auch direkt der Familie von Scheven zukommen lassen. Aber auch da weiß ich nicht, ob sie gut aufgehoben wären. Sie nehmen die Informationen und klären auf. Ich heile Ihren Freund. Ist das ein akzeptables Angebot?«

»Okay. Halten wir einmal fest: Sie glauben, Material zu besitzen, das ein dreißig Jahre zurückliegendes RAF-Attentat aufklären und zudem einige hohe Polizeibeamte in Bedrängnis bringen könnte? Und weil die Dokumente so brisant sind, geben Sie sie ausgerechnet jemandem, der seinerseits exakt derselben Berufsgruppe angehörte und dann auch noch einen Freund hat, der unter Umständen in diese Machenschaften verstrickt ist? Warum um alles in der Welt sollte ich so einen Quatsch glauben?«

Lilit Ilmberger drehte ihren Laptop so, dass Quercher auf den Bildschirm sehen konnte, und spielte eine Datei ab. Es war nur eine kurze Sequenz. Aber Quercher hatte sie schon einmal gesehen: Es war eine Aufnahme von dem Attentat auf von Scheven. Aus der Sicht des Täters!

»Das Material befindet sich in einem der grünen Häuser an der Mangfall, das vorletzte auf der linken Seite. Ist das Ganze nun in Ihrem Interesse?«

Quercher nickte.

»Gut. Wie ich sehe, geht es Ihnen inzwischen auch besser, sodass ich Sie jetzt auch allein lassen kann. Ich bin nämlich noch zu einer Runde Golf bei Ihnen drüben am Wiessee verabredet – mit einer Tiertrainerin. Wo ist eigentlich Ihr Hund?«

»Ihr Hausmeister Gerd Duschl ist so freundlich, auf Lumpi aufzupassen. Tiere sind in Ihrer Klinik ja nur in Form von in Spritzen aufgezogenen Frischzellen erlaubt.«

Sie zuckte mit den Schultern. »Recht hat, was hilft.«

Quercher lachte, nickte Lilit Ilmberger zum Abschied zu und verließ den Raum. Sie sah ihm nach, wie er, nur noch leicht hinkend, über den Flur davonlief.

Wenig später saß Quercher in einem Taxi und kraulte Lumpi, die auf seinem Schoß saß. Er ließ sich zu Reginas Anwesen fahren, um sich zähneknirschend einen ihrer Wagen auszuleihen. Da er keine Lust hatte, sich länger als nötig in Reginas Haus aufzuhalten, betrat er lediglich den Flur und schnappte sich den erstbesten Autoschlüssel, der ihm in die Finger kam. Offenbar war das heute nicht sein Tag: Er erwischte ausgerechnet die an Feminität nicht zu übertreffende Knutschkugel und saß nun in einem champagnerfarbenen Fiat 500 – Reginas Stadtflitzer. Quercher war zunächst unschlüssig, ob er direkt zur Mangfall fahren und das Haus inspizieren sollte, das Lilit Ilmberger erwähnt hatte, entschied sich jedoch dagegen. Es gab jemanden, der verdient hatte, über die neuesten Entwicklungen zuerst informiert zu werden.

Am Nachmittag war die Sonne in das Tal gekrochen und hatte es in Kombination mit der Feuchtigkeit der Regenschauer zu einem Treibhaus werden lassen. Quercher parkte den Fiat an der Straße, die zu dem Anwesen der Familie von Scheven führte. Lumpi hatte er an die Leine genommen, was der alten Dame nicht passte. Sie zog. Quercher humpelte hinterher.

Eine Hausangestellte öffnete, kaum dass er geklingelt hatte. »Frau von Scheven erwartet Sie im Wohnzimmer.« Die Dame schaute indigniert auf Lumpi, die gleich munter und schwanzwedelnd in das Haus lief.

Wenig später saß Quercher in einem der grünen Samtsessel, sah hinaus in das dampfende Tal und wartete, bis sich Isolde von Scheven einen Sherry eingeschenkt hatte.

»Mein lieber Herr Quercher, es tut mir so leid, von der Erkrankung Ihres Freundes und Mentors zu hören. Ferdinand Pollinger war ja auch in unserem Hause ein gern gesehener Gast.«

Quercher nickte und versuchte mit sanfter Gewalt, Lumpi daran zu hindern, Kekse vom Tisch zu klauen. »Frau von Scheven, es gibt einen Grund für mein Kommen.«

In wenigen Worten wollte er ihr von seinen neuen Erkenntnissen erzählen, von dem wieder aufgetauchten Koffer und den Vermutungen, dass hinter dem Anschlag weit mehr steckte als der RAF-Terrorismus. Aber er hatte sich vorgenommen, in seinen Äußerungen vage zu bleiben, wollte nicht vorschnell und ohne Beweise Behauptungen aufstellen. Vielleicht, dachte er, wollte er auch nur seinen todkranken Freund nicht belasten.

»Es haben sich neue Erkenntnisse ergeben in Bezug auf den Tod Ihres Mannes, ich habe …«

»Herr Quercher, bitte verzeihen Sie, wenn ich Sie unterbreche, aber der Georg und ich … also, wir werden das Projekt nicht fortsetzen. Ich möchte meinen Frieden machen. Ich bin in einem Alter, in dem man dies tun sollte. Es ist vorbei. Ihre Auslagen werden wir Ihnen natürlich erstatten. Ich habe mir von Regina Ihre Kontodaten geben lassen. Das Geld ist angewiesen.«

Quercher war sprachlos. Er hatte mit hartnäckigen Fragen gerechnet, mit Bestürzung und Zweifeln. Aber einfach so den Schalter umzulegen und zu sagen, es sei genug? Er wusste instinktiv, dass etwas passiert war.

Isolde von Scheven erhob sich von ihrem Sessel und sah durch das große Panoramafenster nachdenklich hinaus auf den See. Quercher dachte bei diesem Blick daran, dass er Wohnungen in Deutschland kannte, in denen dieses Panorama als Fototapete an der Wand hing. Mit einer kaum merklichen Bewegung strich Isolde ihren *Chanel*-Rock gerade und drückte ihre Schultern nach hinten. Sie war weit in den Siebzigern, aber immer noch in der Lage, ihre Erscheinung mit wenigen Bewegungen oder Aussagen in Szene zu setzen.

Sah er Isolde, sah Quercher das alte Westdeutschland. Männer, die *Lord Extra* rauchten und entschieden; Frauen, die lächelten und ertrugen.

Sie wollte reden, suchte jedoch noch den richtigen Anfang. Das merkte er.

»Nach dem Anschlag haben mich mehrere Frauen von anderen Attentatsopfern kontaktiert«, begann sie schließlich leise. »Das war so eine Art stille Solidarität. Wir hatten ja ein gemeinsames Schicksal. Aber dennoch hat jede anders reagiert. Manche sind jahrelang immer und immer wieder über die Medien mit der Tat konfrontiert worden. Von anderen kannte man bald schon nicht einmal mehr die Namen. Es gab Frauen, die wieder heiraten wollten, andere lebten weiter in der Vergangenheit. Ich wusste nicht, was ich wollte. Wissen Sie, Ehen in unserer, also unserer …« Sie stockte.

Quercher verstand. Sie wollte ›Klasse‹ sagen. Es hätte ihn nicht gestört.

»Also, wir Frauen mussten funktionieren. Wir waren Teil eines Systems, wenn Sie so wollen. Ich war für den Haushalt, für die Familie zuständig, Ferfried für die Welt da draußen. Er wurde getötet. Ich wurde schlagartig in eine andere Welt gestoßen. Ich wollte aber nur Ferfried zurückhaben. Ich liebte ihn – aufrichtig. Auch wenn er mich vielleicht nur als Teil eines Ganzen sah. Bis heute war ich aber nur ein halber Teil. Der andere, mein Mann, wurde erschossen. So sah ich das. Ich war es meinem Sohn schuldig, nach den Tätern zu forschen. Und jetzt kam diese Akte.«

Quercher stutzte. »Welche Akte?«

»Vor ein paar Tagen lag sie in unserem Briefkasten.« Georg von Scheven war unbemerkt in den Raum gekommen und stand neben der Tür. Jetzt trat er näher und legte Quercher einen vergilbten Ordner auf die Beine.

Er erkannte sofort, woher die Akte stammte: Es handelte sich um ein Dokument des Ministeriums für Staatssicherheit. In Schreibmaschinenlettern stand *Vorgang W-Dorf* auf der Ordnerhülle.

Quercher begann, darin zu blättern, und erkannte auf unscharfen Schwarz-Weiß-Fotos Ferfried von Scheven in inniger Umarmung mit einer Frau – einer Frau, die nicht im Mindesten so aussah wie Isolde von Scheven, sondern deutlich jünger war als Ferfried. Minutenlang studierte Quercher schweigend die Dokumente, las quer, nur um am Ende feststellen zu müssen, dass die Stasi den Atommanager jahrelang überwacht und dabei eine Affäre dokumentiert hatte. Aus den Akten ging jedoch nicht hervor, ob die Behörde die Frau womöglich auf ihn angesetzt hatte.

»Ich möchte an dieser Stelle nicht weiter auf meinen Vater eingehen. Er ist ein Kind seiner Zeit. Aber ich glaube, dass ich mit meinem Film auf dem Weg war, eine Heldenverehrung zu schaffen. Mein Vater hat meine Mutter über mehrere Jahre hinweg mit einem Doppelleben betrogen. Zweifellos wäre auch das einen Film wert. Aber den werde ich nicht machen.« Er gab seiner Mutter einen Kuss, schüttelte Quercher die Hand und sah ihn dabei noch einmal lange an.

»Sie wollen nicht wissen, wer Ihnen das in den Briefkasten gelegt hat? Sie wollen nicht wissen, welche Absicht derjenige damit verfolgte?«

Der junge Mann schüttelte den Kopf. »Man muss wissen, wenn es reicht ... wenn es gut ist. Wissen Sie das?«

Quercher musste trotz des Ernsts der Situation lachen. »Nein, aber das könnte zu meinem grundsätzlichen Lebensmotto werden. Dürfte ich die Akte denn mitnehmen? Sie bekommen sie auf alle Fälle wieder.«

Für einen Moment verlor Isolde von Scheven die Fassung. »Nein, das können Sie nicht. Ich möchte nicht, dass das ganze Tal nach all dieser Zeit noch erfährt, was für ein geiler Bock mein Mann war. Dieses Thema wird jetzt ruhen. Verstehen Sie mich, Herr Quercher?«

Die Dame des Hauses erhob sich – ein klares Zeichen, dass die Audienz bei Blaubluts vorbei war, dachte er. »Frau von Scheven, ich will nicht insistieren. Aber wenn meine Ermittlungen zu strafrechtlichen Konsequenzen führen, werden Sie ohnehin wieder mit der Tat konfrontiert. Sie werden die Akte in dem Fall an offizielle Stellen weitergeben müssen. Dann wird Recht gesprochen werden über die Täter.«

»Dann ist das so. Wenn ich sie da noch habe.«

»Sollten Sie sie verschwinden lassen, würden Sie nicht nur ein Zeitdokument vernichten, sondern auch Hinweise auf Täter, die vielleicht aus der DDR kamen.«

Isolde von Scheven nahm seine Hand und hielt sie lange fest. »Niemals wird in dieser Sache wirkliches Recht gesprochen werden. Das ist absolut ausgeschlossen«, sagte sie laut und mit kaum unterdrücktem Zorn.

Kapitel 12

Rottach-Egern, am nächsten Mittag

Wenn August Leitner neben dem drohenden Tod eines hasste, waren es schlechte Weißwürste.

Am späten Morgen war er gegen den ärztlichen Rat aus dem Krankenhaus Agatharied geflohen. Er hatte ein paar Schrammen, sein Kopf brummte. Das alles war erträglich, fand er. Die junge Ärztin mit dem Pagenkopf hatte auf ein MRT gedrängt. Leitner hatte abgelehnt. Er hatte Wichtigeres zu tun: Es ging um seine Existenz.

Der Auftrag an seinen Mitarbeiter, Scheinmetz aus Haar zu holen und wieder zu fixieren, war außer Kontrolle geraten. Mehr konnte er aus einer SMS, die er bekommen hatte, nicht herauslesen. Doch er befürchtete das Schlimmste. Vor allem konnte er sich nicht mehr daran erinnern, was genau er eigentlich befohlen hatte. Die Sache wurde sehr heikel. Das spürte er.

Vor Yvonne würde er erst mal für lange Zeit seine Ruhe haben. Man hatte sie schlussendlich doch noch aus dem versunkenen Autowrack ziehen können, am Ufer wiederbelebt und im Krankenhaus in ein künstliches Koma versetzt. Dort lag sie nun mit zahlreichen Schnittwunden im Gesicht und war somit ohnehin nicht wirklich vorzeigbar. Er hatte sich mit einem Luftkuss und einem geflüsterten »Wird schon« von ihr verabschiedet und war dann dem, wie er fand, ›ästhetischen Horror‹ entflohen. Anschließend hatte ihn ein Taxi zu seinem Domizil nach Rottach-Egern gebracht, wo er jetzt in einem Zimmer ohne Fenster saß und mit einem Mitarbeiter sprach.

Leitner hatte Jahre damit zugebracht, brauchbares Personal aus der Riege ehemaliger Soldaten und Polizisten zu rekrutieren, sie an die neuen Aufgaben, die er für sie vorgesehen hatte, heranzuführen und mit seiner ›Sicherheitsfirma‹ auch staatliche Auftraggeber zu akquirieren. Das Zeugenschutzprogramm war für Leitner das bei Weitem lukrativste Geschäft. Der Staat konnte und wollte für diese langjährigen Posten kein Personal mehr abstellen – und Leitner hatte diese Lücke frühzeitig erkannt. Statt Beamte schützten nun seine privaten Söldner. Das sparte den Staat Ressourcen und gab ihm dauerhaft Aufträge und somit Umsätze. Er arbeitete äußerst diskret und seine guten Kontakte bei den Polizei- und Justizbehörden hatten ihm schnell eine große Reputation beschert. Doch all das war jetzt in Gefahr. Scheinmetz war ein großer Fisch, ein RAF-Informant, von dem die Presse nichts wusste. Der dringend aus dem Verkehr gezogen werden musste, ehe er dummes Zeug erzählten konnte. Aber ausgerechnet der war nun außer Kontrolle. Mehr noch: Der verdammte Koffer, von dem seit dem Attentat auf von Scheven jede Spur gefehlt hatte, war plötzlich aufgetaucht und dann doch wieder verschwunden. Das konnte zu einem ernsthaften Problem für die ganze Operation werden.

»Unser Mann ist auf dem Klinikgelände entlarvt worden. Er hat seinen Auftrag abgebrochen. Ist flüchtig.«

Leitner fluchte laut.

Der Mann ließ sich nicht beeindrucken. »Wir haben auf Gomera Kollegen verloren. Das wird uns langsam zu viel. Wir observieren, wir schützen. Aber wir führen keine Privatkriege.«

»Ihr habt einen Diensteid geschworen«, stänkerte Leitner ungehalten. »Ihr bekommt ein unglaubliches Gehalt. Wollt ihr wieder beim Reservisten- oder Pensionärstreffen über alte Zeiten schwatzen und eure Lebenszeit absitzen?«

Der Mann, der mit Leitner via Skype sprach, war sichtlich geschockt von Leitners Reaktion. Sie waren keine Söldnertruppe. Er selbst war jahrzehntelang als Polizist in NRW tätig gewesen. Der Job in Leitners Firma war einfach und bedeutete eine nicht unerhebliche Aufbesserung der Pension. Aber dieser Auftrag lief offensichtlich nicht wie vorgesehen: Erst starben drei Kollegen auf Gomera. Daraufhin tauchte der Chef zunächst ab und hatte dann plötzlich einen schweren Unfall. Was war da los?

Eine Antwort hatte auch Leitner nicht. Noch nie war einer seiner Leute bei einer Aktion getötet oder entführt worden. Zeugenschutzprogramme waren, im Falle einer guten Vorbereitung, eine einfache Geschichte. Zwar zeit- und geldaufwendig, aber dennoch mit wenigen Gefahren verbunden.

Er hatte die Scheinmetz-Sache aus Eigeninteresse angenommen. Ein Fehler. Doch er wollte den Koffer mit von Schevens Unterlagen. Er wusste, dass das heikel werden konnte. Denn er war nicht mehr so gut vernetzt, dass er bei einer ungeplanten Veröffentlichung dieses hochbrisanten Materials schnell und effektiv gegensteuern konnte.

Dieser Koffer ... der Tod von Holger Müller ... das Abtauchen von Scheinmetz, der ausgerechnet in der Nähe des Tegernsees wieder auftauchte ... War er, Leitner, in dieser Angelegenheit tatsächlich noch der Jäger? Oder womöglich der Gejagte? Sein Kopf hämmerte. Vor lauter Wut über die Gesamtsituation riss sich Leitner ein Pflaster vom Hals und schrie auf, als ein paar Bartstoppel dabei ebenfalls herausgerissen wurden. »Gut, was genau wissen wir?«, fragte er ungeduldig, während er sich mit der Hand über die leicht blutende Stelle rieb.

»Fritz Wolf hat sich am Nachmittag mit einer Gruppe Klinikbewohner Zugang zu dem Gebäudekomplex in Haar verschafft, in dem Scheinmetz untergebracht ist. Dort hat er sich nach Scheinmetz erkundigt, vorgegeben, ein Mitarbeiter des LKAs zu sein. Die Pflegekräfte baten ihn zu warten. Als sie wiederkamen, war Wolf verschwunden. Auf einer Videoüberwachung der Anstalt sieht man recht unklar, wie er in seinen Wagen einsteigt und dann verschwindet. Wir haben sein Telefon etwas außerhalb an einer Autobahnabfahrt gefunden, ausgelesen und festgestellt, dass er mehrfach im Kreis gefahren ist, ehe er das Gerät vermutlich aus dem Wagen hinauswarf. Es weist Schäden auf.«

»Keine Spur von einem Koffer?«, fragte Leitner.

»Negativ. Weder bei dem eingelieferten Scheinmetz noch im Krankenhaus in Murnau, wo Holger Müller starb. Dieser Koffer ist aber, wenn Sie mir diese Einschätzung erlauben, nicht unser vordringlichstes Ziel. Es geht doch zunächst mal in erster Linie um den Kollegen. Denn den geben wir doch nicht einfach so auf!«

Leitner hätte dem Mitarbeiter sagen können, dass er sich sehr wohl vorstellen konnte, warum Fritz Wolf einfach verschwunden war. Dieser Mann, daran erinnerte er sich jetzt, hatte Scheinmetz ausschalten sollen. Das hatte ihm offenbar Angst gemacht. Deutschland hatte eben keine zuverlässigen Killer mehr.

Stattdessen beruhigte er sein Gegenüber. »Absolut. Wir geben ihn nicht auf. Ich gehe fest davon aus, dass er sich bald melden wird. Bleiben wir währenddessen also an Scheinmetz dran, solange es geht. Ist das möglich?«

Sein Gesprächspartner nickte. »Ja, wir haben Kontakt zur Klinikleitung. Sie informiert uns, wenn er verlegt wird. Aber wir wissen natürlich nicht, ob er vernehmungsfähig ist. Das müssen Sie irgendwie regeln.«

Wie immer, wenn es eng wurde, musste der Chef persönlich ran, seufzte Leitner im Stillen. Doch da war noch etwas Dringlicheres, was ihm entschieden schwerer im Magen lag als die Sache mit Scheinmetz: Sein alter Spezl Pollinger, aber vor allem dieser Quälgeist Quercher bereiteten ihm Sorgen. »Ich möchte, dass Sie sich stärker um Maximilian Quercher kümmern. Die Eckdaten über Aufenthalt, Handynummern et cetera gebe ich Ihnen. Der Auftrag gilt ab sofort. Ich will ein komplettes Bewegungsprofil. Wen trifft er? Mit wem telefoniert er? Das große Programm. Zieht die Kollegen aus Salzburg hinzu.«

»Dr. Leitner, die sind in der Observation von …«

»Ich weiß« , fuhr Leitner seinem Gegenüber ungeduldig dazwischen. »Machen Sie es einfach. Das hat höchste Priorität.«

»Okay«, kam es knapp.

Dann beendete er das Gespräch und der Bildschirm vor ihm erlosch. Leitner sah für einen Moment gedankenverloren vor sich hin und überlegte, wie er als Nächstes vorgehen sollte. Er wollte in die Klinik fahren, um seinen todkranken Freund zu besuchen. Doch vorher musste er noch etwas schreiben. Den Text hatte er bereits fertiggestellt, nur das Datum und eine weitere Kleinigkeit mussten noch geändert werden. Nicht dass er leichten Herzens seinen alten Spezl Pollinger verriet. Aber da der sowieso bald sterben würde, wäre es gut, wenn er ihn vor seinem Ableben noch von den Geschichten damals entlasten konnte, quasi als letzten Freundschaftsdienst.

Der Ärger über das Misslingen seiner Pläne, die Unfallschmerzen – all das führte plötzlich zu einem veritablen Wutausbruch. Leitner schrie, so laut er konnte. Und das Schöne war: Es hörte keiner. Er war allein und sicher, wenigstens in diesem Raum.

Als das Haus vor vielen Jahren umgebaut wurde, hatte August Leitner einen Panikraum einbauen lassen. Denn wie viele wohlhabende Menschen im Tal hatte auch er das Gefühl, dass die Welt um ihn herum ihm nach Geld und Leben trachtete. Also ließ er den Raum, den der frühere Hausbesitzer einst als Eiskeller für verderbliche Ware genutzt hatte, in ein anschlagsicheres Zimmer für sich und seine Freunde umbauen – natürlich nicht von einheimischen Firmen. Der Tegernseer Handwerker war teuer und neigte zum Schwätzen. Das hatte er mehrfach in seinen Kreisen hören müssen. Und Leitner wollte keinesfalls riskieren, dass bei einer zünftigen Brotzeit im *Bräustüberl* Bilder seines Panikraums auf dem Fotohandy eines Elektrikers herumgereicht wurden. Also kamen Handwerker seines Vertrauens von außerhalb unter Aufsicht ehemaliger BKA-Beamter und bauten um.

Diesen Panikraum kannte nur er. Yvonne musste von solchen Dingen nichts wissen, fand er.

Zudem befand sich an diesem Ort auch sein Privatarchiv. Leitner, Vertreter der alten Schule, traute der digitalen Welt nicht. Zu gut kannte er andere Dienste und ihre Möglichkeiten. Also hatte er seine gesamte Geschäftstätigkeit in Akten unter Tage angelegt. Meist waren es schriftliche Absprachen und Verträge mit Kunden. Aber vor allem lagerte er seine ›Geschenke‹ dort. Leitner war es im Verlauf vieler Jahre gelungen, durch Gefälligkeiten seinerseits ein weitverzweigtes Netz an Abhängigkeiten aufzubauen, sowohl im Tal als auch in Deutschland. Dem einen hatte er mit Barzahlungen aus finanziellen Engpässen geholfen. Dem anderen wurden bei Bildern, die er hatte schießen lassen, blümerant, weil sie ihn mit minderjährigen Fischerjungen aus Tegernsee zeigten. Es war ein Archiv des Soll und Habens im Graubereich. Politiker, lebend oder tot, konnte er damit unter Druck setzen.

Vor vielen Jahren hatte ihm ein DDR-Prominenter seine Akten gegen eine erhebliche Barzahlung zur Verfügung gestellt. Niemand hatte Wind davon bekommen. Aber entscheidend war, dass in diesen Unterlagen die Verbindung der *Mangfall Manderl* zur RAF dokumentiert war. Diesen Schatz würde Leitner niemals hergeben. Denn er hatte ihm lange über viele Schwierigkeiten im Leben hinweggeholfen. Aber jetzt schien sich das Blatt zu wenden. Sein Gegner war weitaus mächtiger, als Leitner sich das je hatte vorstellen können. Alles, was er sich über Jahrzehnte mühsam aufgebaut hatte, konnte ihm unter Umständen wie Sand durch die Finger rieseln, wenn er nicht rechtzeitig klare Kante zeigte.

Hastig schrieb er ein Schuldgeständnis und druckte es aus. Er brauchte einen Sündenbock. Möglichst einen, der nicht mehr lange reden konnte.

Es war Zeit, Pollinger einen Besuch abzustatten. Denn irgendjemand schien sich auf ihren alten Zirkel einzuschießen. Leitner glaubte nie an Zufälle. Ihm war klar, dass er diese Sache nur mit Pollinger klären konnte. Der musste im Zweifel für den Fall von Scheven Verantwortung übernehmen.

Mit leicht zittrigen Händen suchte Leitner in seinem Schreibtisch nach einem Schlüssel. Wie jeder wohlhabende Rottacher besaß auch er mehr als drei Autos. Der große Geländewagen, der ihm mit seiner Kompaktheit das Leben gerettet hatte, wurde gerade aus dem See gezogen. Dann war da Yvonnes Mini, der in der nächsten Zeit erst einmal in der Garage stehen bleiben würde. Und schließlich gab es noch Leitners Oldtimersammlung in der Zweitgarage. Er hatte eigens dafür eine Drehscheibe auf dem Boden installieren lassen. So konnte er mit einer Fernbedienung das Auto, das ihm gerade gefiel, wie in einem Rangierbahnhof heranholen. Die Baugenehmigung für diese Garage hatte er problemlos erhalten – über entsprechende Spenden und die Beauftragung eines örtlichen Architekten, der idealerweise auch im Gemeinderat saß. »Gib ihnen Geld für ihre Trachtenkostüme und ihre Grundstücke, dann halten sie ihr Maul und du bekommst dein Haus am Hang des Leebergs«, hatte er irgendwann einmal dem Vorstandsvorsitzenden eines Autokonzerns erklärt. So war es dann auch geschehen. Das zog zwar nach sich, dass es hier bis in zehn Jahren keine Einheimischen mehr geben würde, weil sie sich das alles nicht mehr leisten konnten. Aber zumindest den Arsch der Zugezogenen durften sie auch dann noch abwischen, dachte er, als er in seinen roten Mercedes 230 SL stieg und sich auf den Weg zu Dr. Ilmbergers Klinik machte.

Ein Fremder hätte jemandem wie Leitner einen relativ klaren Musikgeschmack zugeordnet: Oper, vielleicht ein wenig Andrea Botticelli, solche Sachen eben. Aber Dr. August Leitner war seit seiner Jugend ein Fan von Johnny Cash. Yvonne konnte nichts mit dieser Musik anfangen, seine erste Frau ebenfalls nicht und schon gar nicht seine halbdebilen Kinder. Einmal hatte er sich beim Sex mit Yvonne Kopfhörer aufgesetzt und auf der höchsten Lautstärkestufe *Solitary Man* gehört – natürlich nicht, ohne vorab die zwei blauen Pillen eingeworfen zu haben. Yvonne hatte gar nicht genug bekommen können. Auf so etwas war nicht einmal ihr Immobilienheini gekommen.

Jetzt schniefte Leitner eine Linie Kokain vom Armaturenbrett, schob die CD ein und fuhr laut singend los. Doch er kam nicht allzu weit: Auf Höhe der Seestraße klingelte sein Handy. Leitner wollte es hervorziehen, griff in sein Seitenfach und schrie auf. Er hatte in ein Messer gefasst, das er dort nach einer Treibjagd in Tirol liegen lassen hatte. Mit verzerrtem Gesicht nahm er das Telefon in die Hand, erkannte die Nummer auf dem Display, fuhr rechts auf den Parkplatz und stellte sich direkt vor eine Elektrotankstelle der örtlichen E-Werke. Nun versperrte er allerdings einem Hybridwagen den Zugang. Der Fahrer gestikulierte. Leitner war es egal.

Der Anrufer hielt sich gar nicht erst mit einer Begrüßung auf. »Sie bewegen sich auf äußerst dünnem Eis, Dr. Leitner«, lautete der erste Satz.

»Wie bitte?«, erwiderte er perplex. Der Klang der Stimme seines Gesprächspartners verriet, wie ernst die Lage tatsächlich war. Leitners Finger glitt erneut an der Klinge des Messers entlang. So, als suche er den Schmerz.

»Sie sollten zwingend dafür sorgen, dass die ganze Situation nicht eskaliert. Sollten auch nur ein kleiner Teil unserer Vereinbarungen oder Details aus der Vergangenheit an die Öffentlichkeit dringen, lösen wir unsere Verbindungen zu Ihnen, Dr. Leitner.«

»Ja, das weiß ich doch. Ich habe alles unter Kontrolle.« Wie um seiner eigenen Aussage Nachdruck verleihen zu wollen, umfasste er entschieden den Messergriff.

»Sind Sie sich da sicher?«, kam es drohend und leise von der anderen Seite.

»Ja, wieso?« Das Hämmern in seinem Kopf nahm zu.

»Ich will auf keinen Fall unklar sein. Wir werden uns nicht nur lösen. Wir werden uns auch genötigt sehen, Sie als Person zu … sagen wir einmal … opfern. Wir werden das wie immer auf eine irreversible Weise tun. Sie werden, das liegt in der Natur unserer Tätigkeit, ausgelöscht. Sie und alle, die mit Ihnen zusammenarbeiten. Ich mache das ungern. Aber so sind die Spielregeln. Lösen Sie das Problem mit Pollinger, Scheinmetz und den *Mangfall Manderl.* Oder wir lösen es.« Er legte auf.

Leitners Ohr begann zu fiepen. Er wollte sich erbrechen.

In diesem Moment klopfte der Mann aus dem Hybridwagen an Leitners Fenster. »Macht es Ihnen vielleicht etwas aus, mal kurz zur Seite zu fahren, oder machen Sie hier ein Nickerchen?«

Leitner hob blitzschnell das Messer aus dem Seitenfach und zischte nur: »Verpiss dich, sonst schneide ich deinen Kopf ab!«

Der Mann riss erschrocken die Augen auf, drehte abrupt um und rannte zu seinem Wagen zurück. Leitner war zufrieden. Der Ausbruch hatte ihm gutgetan.

Nahezu kopfschmerzfrei, aber mit dem unangenehmen Geräusch im Ohr, fuhr er wenige Minuten später die Auffahrt zu Ilmbergers Klinik hinauf. Da dort immer wieder teure Limousinen der üblichen Klientel aus Russland oder dem Nahen Osten aufkreuzten, war Leitners feuerroter Mercedes nichts Besonderes. Auffällig war jedoch der Fahrer: ein Mann mit einem Verband um den Kopf, der extrem laut Musik hörte, die wiederum so gar nicht in diese exklusive Relax- und Anti-Aging-Oase passte.

Mit einem professionellen Gesichtsausdruck wurde er begrüßt. Er nannte knapp sein Anliegen und wurde nach kurzer Rücksprache tatsächlich zu Pollinger vorgelassen.

Seit jeher hasste Leitner nichts mehr als leidende Menschen. Dieses offene Zurschaustellen der eigenen Befindlichkeit war ihm zuwider. Man war entweder stark – dann lebte man. Oder man war schwach – dann war man Untertan. Und wer wollte das schon sein?

»Bist du noch nicht tot?«, begrüßte er Pollinger deswegen etwas barscher als vorgesehen. »Und das alles nur wegen ein paar Frischzellen? Los, aufwachen, Ferdi … Schlafen kannst du in ein paar Tagen noch lange genug – ewig sozusagen.« Er rüttelte an dem dämmernden Pollinger, der nach einigen Sekunden tatsächlich mühsam seine Augen aufschlug.

»Gustl, was machst du denn hier?«

Leitner verlor keine Zeit. Das Kokain wirkte immens. Er wollte aktiv sein, Gas geben. »Meine Existenz retten.«

Pollinger grinste. »Hättest du da nicht ein paar Tipps für mich?«

Leitner schwieg einen Moment lang, den er für Pietät hielt. Er sah aus dem Fenster, dann über das Bett von Pollinger, wieder zurück auf den See, zählte Sekunden. Und sinnierte.

Noch vor wenigen Tagen war sein Leben in ruhigen Bahnen verlaufen. Er hatte eine Villa am See, eine junge Frau und eine gut laufende Firma. Er war hier angekommen. War ein Gebirgsschütze geworden. Machte das ganze Kasperltheater für die Einheimischen und reichen Zugereisten mit: Oldtimertreffen, Promieisstockschießen, Schafkopfen mit Handwerkern und beim Starkbieranstich schlechten Fastenreden zuhören. Das war sein Leben. Ab und an ein Puffbesuch in Salzburg. Das reichte ihm. Wenn jetzt dieses Gespenst aus der Vergangenheit, dieser verdammte Anschlag auf von Scheven, plötzlich wieder hochkochen würde, wäre dieses beschauliche Leben, in dem er es sich gemütlich gemacht hatte, mit einem Wimpernschlag zerstört. Die Presse würde recherchieren, die Behörden ermitteln. Sein Auftraggeber würde ihn fallen lassen und zu guter Letzt vernichten – wegen der langen und erfolgreichen Arbeit der *Mangfall Manderl.* Außer Pollinger und ihm waren inzwischen alle Beteiligten tot. Doch er würde letztendlich derjenige sein, der die Suppe ausbaden musste, da Pollinger sowieso starb. Deswegen könnte der aber eigentlich auch die Opferrolle übernehmen, fand Leitner. Pollinger hatte keine Kinder, keine Frau. Er gestand alles, starb und sämtliche Probleme lösten sich in Wohlgefallen auf. Denn wer wollte einem Toten schon noch hinterherrecherchieren?

Leise erklärte er Pollinger seine Idee. Er musste sich beeilen. Die Wirkung des Kokses ließ vielleicht nach. Die Panik durfte ihn nicht kontrollieren. Er brauchte die Klarheit, die

Konzentration. Aber anscheinend machte er sich umsonst Gedanken, denn Pollinger hörte ihm ruhig zu und schien nicht einmal sonderlich entrüstet.

»Während du dem Tod entgegenschläfst, Ferdi, hängt mir die Meute an den Hacken. Es geht um die Von-Scheven-Sache von 1986. Unser Informant Scheinmetz ist untergetaucht, um plötzlich in Birkenstein als Gehirnloser wieder aufzutauchen. Kurz vorher ist irgendein Irrer mit von Schevens Koffer bei dessen Sohn vorstellig geworden. Das ist doch kein Zufall. Ich bin keine einundsiebzig Jahre alt geworden, um einen Einschlag nicht vorher zu erahnen. Ich bin da wie ein alter Hund, der den Regen schon Stunden vorher riecht. Da will mir jemand ans Bein pinkeln, mein Lebenswerk zerstören. Und ich sage dir eins: Ich werde nicht als Einziger ans Kreuz genagelt, wenn die Sache hochkocht. Wir haben damals im Interesse des Staates gehandelt.«

Pollinger schüttelte unmerklich den Kopf.

Aber Leitner verstand sofort und hatte auch damit gerechnet. »Ja, ich weiß. Du warst der junge Polizist, der das alles nicht guthieß, der unsere Arbeit immer so kritisch sah. Wolltest dich beim Minister beschweren. Aber dann, als wir dich auf der Karriereleiter nach oben hievten, war es aus und vorbei mit deinem Widerstand. Dann hast du auch geschwiegen und profitiert, wie wir alle.«

Pollinger flüsterte etwas. Leitner musste sich zu ihm hinunterbeugen, um ihn zu verstehen.

»Ja, natürlich«, antwortete er kurz darauf unwillig. »Wir haben Scheinmetz die Waffen besorgt. Damit hattest du nichts zu tun. Aber wir haben es dir erzählt. Und auch du wolltest, wie jeder von uns, in den innersten Bereich der Terroristen gelangen. Scheinmetz war unser Ticket dafür. Ich durfte hinterher den Dreck wegmachen. Aber jetzt ist Scheinmetz wieder da.«

Pollinger flüsterte erneut.

»Ja, Scheinmetz' Hirn scheint Gemüse zu sein«, erklärte Leitner daraufhin. »Er ist zwar verblödet, aber immer noch …«

Pollingers »Warum?« war eher von seinen Lippen abzulesen als zu hören.

»Warum? Weil sich irgendjemand an Scheinmetz gerächt hat. Keine Ahnung. Da draußen ist ein Gegner, den ich weder kenne noch einschätzen kann. Jemand arbeitet gegen uns. Das Amt will uns nicht helfen. Ich bin völlig allein. Von Schevens verdammte Tasche ist aufgetaucht. Einfach so. Diesen Dreckskoffer, dem haben wir damals zu wenig Bedeutung beigemessen. Jetzt kommt der wie ein Albtraum hoch. Du ahnst, was dadrin sein könnte.«

Das Kokain ließ ihn plappern wie ein Wasserfall. Leitner sah nicht, wie Pollinger immer wieder in Richtung der Kamera starrte, die auf das Bett gerichtet war, sondern redete einfach weiter.

»Wenn es das ist, was ich vermute, wird es so aussehen, als ob wir von Scheven auf dem Gewissen hätten. Denn er war gegen die Vereinbarungen der Staatsregierung über den Atomstrom in Bayern. Das wussten wir. Aber das ist auch schon so lange her. Vielleicht sind es alte Kader der RAF oder fremde Geheimdienste, die uns an den Kragen wollen. Man sammelt über die Jahrzehnte ja Feinde an.«

Pollinger hob langsam seine Hand und zog Leitner nahe zu sich heran. »Wer hat die Waffen?«, flüsterte er ihm leise ins Ohr.

Leitner wich zurück. Er schnaufte jetzt. Sein Herz raste. Das Kokain belastete ihn. Er musste sich beruhigen. Aber Pollinger hatte recht. Die Waffen waren das eigentliche Problem. Scheinmetz hatte nie etwas davon erzählt. Er hatte sie weitergegeben. Das war es dann aber auch. Sie waren davon ausgegangen, dass die Terroristen diese beiden Präzisionsgewehre niemals wieder abgeben würden. Außerdem waren sich die *Mangfall Manderl* sicher, dass sie mit Scheinmetz bald einen Zugriff auf den engsten Kreis der RAF hätten. Doch stattdessen war es irgendwann ruhig geworden um diese Gruppierung, die RAF nur noch Geschichte. Für die Waffen interessierte sich ab da kein Mensch mehr. Sie moderten vermutlich irgendwo in einem Erdloch vor sich hin. Aber wenn jetzt plötzlich der Koffer auftauchte, könnte das früher oder später natürlich auch mit den Waffen passieren.

Leitners Blutdruck stieg. Die beiden Männer schwiegen. Leitner hörte, wie die Pfleger draußen auf dem Gang das Abendbrot in die Zimmer trugen. Es war noch nicht einmal achtzehn Uhr. Er sah auf sein Smartphone, hielt es weit weg, weil seine Lesebrille im Auto lag.

Es klopfte und eine Pflegerin kam herein, maß Pollingers Puls, fragte nach seinem Befinden und stellte ein Tablett mit Tee und einem milchigen Getränk auf den Nachttisch. »Das ist von Frau Dr. Ilmberger. Sie sollen es unbedingt noch vor Sonnenuntergang nehmen.«

Pollinger nickte schwach, wartete, bis die Schwester wieder aus dem Zimmer verschwand, und griff dann nach Leitners Hand.

»Vor Sonnenuntergang? Die ist ja nicht ganz dicht. Was ist das? Krötensperma?«, ätzte Leitner.

Pollinger drückte seine Hand.

»Was ist?«, fragte Leitner ungehalten.

»Ich glaube, ich weiß, wer dein Feind ist.«

Leitner atmete schwer durch. Mit dem Verband um dem Kopf und seinem vom Blutdruck geröteten Gesicht wirkte er stark angeschlagen. »Wer?«

Langsam deutete Pollinger auf den Schrank gegenüber.

Leitner drehte seinen Kopf. Er sah auf eine kleine Kamera zwischen zwei Blumenvasen und verstand – nichts.

»Lilit Ilmberger hatte mal einen anderen Namen«, flüsterte Pollinger. »Sie hieß Doris Sarrazin. Fällt jetzt der Groschen?«

Leitner zuckte mit den Schultern. Ihm waren in den vergangenen Jahrzehnten etliche Namen und Gesichter untergekommen. Aber irgendwo, sehr weit hinten in seinem Kopf, begann es dennoch zu arbeiten. Eine vage Erinnerung flackerte auf. »Doch nicht die Wackersdorf-Schlampe?«

Blitze tanzten vor Leitners Augen. Er sah die Puzzleteile undeutlich vor sich. Aber er konnte sie nicht ordnen.

»1986 wurde sie von Scheinmetz, unserem Informanten, in Wackersdorf bei einer Demonstration schwer vergewaltigt. Sie identifizierte den Täter und wollte ihn anklagen. Du hast es verhindert, weil wir Scheinmetz in der Szene lassen wollten. Sarrazin bekam über unsere Freunde vom Verfassungsschutz Hilfe. Denn zum einen sollte sie den Mund halten, zum anderen war sie schwanger.«

Leitner verstand. Lilit Ilmberger rächte sich für all die Demütigungen von vor über dreißig Jahren. Sie hatte lange gewartet. Aber nun saß sie irgendwo, hatte sein Gespräch mit Pollinger aufgezeichnet und würde es der Presse zuspielen. Sein Fehler: Er hatte die Frau aus den Augen verloren. Er hatte eine Schnur an einer Marionette vergessen, in der Hand zu halten. Das rächte sich jetzt.

Leitner hockte wie ein angezählter Boxer auf dem Stuhl neben Pollingers Bett. Seine Arme hingen schlaff herunter. Sein Kopf pendelte hin und her.

Pollinger sah seinen alten Spezl nicht an. Seine Gedanken kreisten schon wieder um andere Dinge. Er bereitete sich bereits auf eine andere Welt vor.

Aber Leitner war noch da. Und allmählich begann die Wut, ihn zu regieren.

Der Verfassungsschutz hatte Doris Sarrazin eine neue Identität gegeben. Zum einen, weil sie Angst vor dem Täter hatte. Und zum anderen, weil es praktisch war. Doch das rächte sich jetzt. Sein Auftraggeber hatte ihn gewarnt. Er würde untergehen. Aber wenn, dann würde er es mit einem großen Knall tun, dachte Leitner grimmig, ehe er aufstand, die Kamera vom Schrank riss und aus dem Zimmer rannte.

Er würde die Frau zermalmen.

Kapitel 13

Gmund am Tegernsee

Die grünen Häuser waren alt, feucht und unbewohnt. Sie standen dort, wo die Mangfall als Ausfluss des Tegernsees entsprang. Am Anfang war die Straße, die dorthin führte, noch asphaltiert gewesen, später reichte der Gemeinde Schotter. Ursprünglich dienten sie als Arbeiterwohnungen. Zum Schluss konnte man in den Häusern kaum noch jemanden unterbringen, der auch nur ansatzweise bei Verstand war. Der nahe Fluss sorgte für ständige Feuchtigkeit. Das war im Sommer vielleicht schön, im Winter wurde es zur Qual.

Der Fluss schwappte an seinen engen Uferzonen aus dem Bett. Zu viel Regen hatte die kleine Mangfall in den letzten Tagen zu einem reißenden Strom werden lassen. Die Keller der Häuser waren längst vollgelaufen. Noch immer ergoss sich das rot gefärbte Wasser über die Staumauern. Hunderte Besucher hatten das Naturphänomen schon fotografiert. Touristen konnten, wenn es regnete, selbst solchen Dingen eine Menge abgewinnen. Und nicht nur die: Ein besonders eifriger Christ hatte sich nackt auf die Brücke, die von Gmund nach Tegernsee führt, gestellt und die Offenbarung des Johannes zitiert, wonach sich bald ein Drittel der Flüsse rot färbe und dies ein Zeichen für das Kommen der Endzeit sei. Polizisten aus Wiessee hatten ihn daraufhin in eine Decke gehüllt und in eine betreute Wohnanlage nach Hausham gebracht.

Poschner hatte das Ganze verstohlen aus einem Fenster im oberen Stockwerk beobachtet und für einen Moment den Gedanken gehabt, mental nicht mehr weit von diesem Irren entfernt zu sein. Er hatte das Besteck für die Lobotomie sowie die wenigen Dinge, die Scheinmetz' Aufenthalt hier im Haus dokumentieren konnten, im See versenkt. Zurück blieben die Tapes mit dem Geständnis – und eben der Koffer.

Poschner war der ganze Unsinn mit der RAF völlig egal. Das war das Spiel seiner Gönnerin. Er wollte endlich hier weg. Er hatte die Chance gehabt, Quercher zu töten. Aber er hatte es nicht getan. Das war Macht genug. Jetzt wollte er sein neues Leben beginnen.

Er hatte den Preis bezahlt, den Lilit gefordert hatte. Zum Schluss hatte er im zweiten Stock noch alles nach ihren Wünschen hergerichtet: den Tisch, den Koffer, das iPad mit den Aufnahmen und den Zettel mit den Anweisungen. Morgen würde sie jemanden hierherschicken, der das Material finden sollte. Doch das interessierte Poschner nicht mehr. Denn morgen um diese Zeit hätte er diesem Land bereits den Rücken gekehrt. Er bekam heute seinen Pass, das Geld und eine erste Anlaufadresse in Südafrika. Von dort konnte er endlich sicher untertauchen. Er hatte seine Sachen zusammengepackt, würde im Schutz der Dunkelheit über die Grenze auf den Balkan reisen und von da aus mithilfe von Freunden in die Türkei gelangen. Ein neues Leben. Er vergaß für einen Moment seine feuchtkalte Umgebung, den Geruch von Schimmel und menschlichen Exkrementen. Sechs Wochen war das Haus an der Mangfall sein Versteck gewesen. Poschner hatte zum Schluss duschen können, sooft er wollte, und danach trotzdem immer noch nach Verwesung gerochen.

Sein Bewegungsmelder riss ihn aus seinen Gedanken. Er sah hinaus. Ein gelber Transporter kam im fahlen Abendlicht die Sackgasse zu den grünen Häusern hinuntergefahren. Ein junger Mann stieg aus, lief die vier Stufen zur Tür und warf einen großen braunen Umschlag in den Briefkasten. Dann rannte er schnell zu seinem Auto zurück.

Auch wenn Poschner von Fußball wenig verstand: Heute Abend spielte Deutschland gegen die Türkei. Da wollte der junge Mann rechtzeitig daheim sein. Und da es vermutlich dem ganzen Land so ging, würde Poschner also über menschenleere Straßen fahren können.

Er rannte die morsche Treppe ohne Geländer hinunter, riss das Metalltürchen des Briefkastens auf und nahm den Umschlag an sich. Er war ohne Absender. Poschners Ungeduld war förmlich mit Händen zu greifen. Er wollte das Kuvert noch auf der Treppe aufreißen, beherrschte sich aber, bis er wieder in sein kleines Zimmer kam.

Zwanzigtausend Euro und mehrere Dollarscheine. Weiterhin lagen zwei Seiten einer Biografie bei. Er war fortan Mediziner an einem Krankenhaus in Kapstadt. Nicht verheiratet. Keine Angehörigen mehr. Je länger er die Seiten las, desto sicherer wurde er. Eine Notiz, die ihm im Eifer des Gefechts herausgefallen war, lag auf dem Boden.

Dokumente kommen mit dem nächsten Kurier. Pass, Führerschein und Kreditkarte. Konten sind eröffnet. Bitte bis einundzwanzig Uhr warten.

Lilit schien Wort zu halten. Die wochenlange Anspannung ließ nach. Er sah auf die Uhr. Kurz vor acht. Es wurde Zeit. In wenigen Minuten war Anstoß.

Sein Bewegungsmelder gab erneut ein Signal von sich. Poschner runzelte die Stirn und huschte zum Fenster. Niemand war zu sehen. Er hatte die Sensoren extra so eingestellt, dass weder eine Katze noch ein Fuchs oder ein Hund sofort den Alarm auslösen würde.

Wer also kam da?

Quercher hatte sich in seinem Berufsleben immer auf seinen Bauch verlassen. Aber seit seiner Pensionierung war sein Gespür ein wenig ins Schwanken geraten. Die tägliche Arbeit fehlte, sie schärfte nicht mehr seine Sinne. In diesen feuchten grünen Häusern am Ende der Straße sollte nun also der Lotto-Sechser aller RAF-Ermittler liegen? Einfach so? Und ausgerechnet er sollte ihn bekommen? Eine Lehre des Lebens hatte er verinnerlicht: Es gab nie etwas umsonst. Er hatte mehrere Anrufe von Regina auf seinem Telefon ignoriert, weil er sich nicht in der Lage sah, Beziehungsdiskussionen oder gar Trennungsstreits am Telefon zu führen. Er hatte ihr Auto. Das reichte vorerst.

Neben ihm rauschte die Mangfall. Sie machte einen kleinen Knick nach links, rechts führte ein künstlich erzeugter Seitenarm unter einem Stauwerk in einen Kanal, der dicht an den grün gestrichenen Häusern vorbeizog. Quercher meinte sich erinnern zu können, dass hier das Wasser als Antrieb für Maschinen genutzt worden war. Lange bevor die meisten Menschen im Tal von Vererbtem oder Ergaunertem leben konnten. Es roch nach Fäulnis und mitgerissenem Gestrüpp.

Er hatte seine Waffe im Auto vergessen, das er weiter vorn geparkt hatte. Zurückgehen wollte er nicht. Hier schien kein Mensch mehr zu sein.

Lilit Ilmberger hatte ihm von einem Haus am Hang erzählt. Gegenüber sei ein Mehrfamilienhaus, direkt am Fluss, zweiter Stock. Dort würde alles auf einem Tisch stehen.

Sein Telefon brummte. Er sah auf die Nachricht, zögerte, öffnete aber dennoch die Tür des Hauses. Der Geruch nach Schimmel verstärkte sich sofort so stark, dass er unwillkürlich die Luft anhielt und sein T-Shirt über die Nase schob. Rechter Hand führte eine Treppe hinauf in den ersten Stock. Er sah vergilbte Tapeten, denen Nässe und Alter zugesetzt hatten. Die Motive waren absurd. Es waren Märchenfiguren. Rotkäppchens Kopf hatte jemand ausgekratzt. Schneewittchen hatte man große Brüste gemalt.

Die Treppenstufen quietschten. Quercher bemerkte sofort, dass hier jemand lebte. Die Fußspuren im Staub auf dem Boden, der Duft von abgestandenem Essen. Er rief in die Stille und Dunkelheit. Aber es kam keine Antwort. Eine Bodendiele schien locker zu sein. Prompt brach er mit seinem rechten Fuß ein. Quercher erschrak und zog ihn wieder aus dem Loch, das er in das Holz getreten hatte.

Je höher er stieg, desto mehr sagte ihm sein Bauch, dass hier etwas nicht stimmte. Am Ende des Flurs im zweiten Stock sah er durch eine offene Tür in ein Zimmer und weiter auf ein Fenster, das zum Fluss hinausführte. Vorsichtig näherte er sich dem Raum, sah nach links und rechts. Das Szenario, auf das er blickte, war sonderbar. Ein Schreibtisch stand in der Mitte, darauf ein Koffer. Wieder schaute er nach links und rechts. Jetzt kam zu dem Geruch von Fäulnis noch ein stechender wie der von Alkohol oder Benzin hinzu. Neun Gasflaschen standen in einer Ecke. Daneben lehnten drei große Metallkanister, die wohl mit Diesel oder Ähnlichem gefüllt waren. Vermutlich Treibstoff für den Generator, der danebenstand. Das Gas war für den Campingkocher gedacht. Quercher vermutete, dass dem Haus eine klassische Heizung fehlte und die Bewohner irgendwann auf diese nicht ungefährliche Heizmethode umgestiegen waren. Doch was noch viel offensichtlicher war: Hier hatte jemand sehr lange gelebt. In der Ecke am Boden stand noch ein alter, mit Farbe bekleckster CD-Spieler.

Quercher setzte sich an den Schreibtisch und warf einen prüfenden Blick auf den Koffer, den er schon einmal gesehen hatte: auf der Videoleinwand des jungen von Scheven in Tegernsee. Holger Müller hatte ihn einst in Georg von Schevens Büro mitgebracht. Er sah die Initialen unter dem Schloss des Koffers: FvS für ›Ferfried von Scheven‹. Der Koffer war von Hermès, auf der Vorderseite erkannte Quercher eingetrocknete Flecken. Blut. Wenn es tatsächlich der Koffer des Managers war, wäre das mithilfe eines DNA-Abgleichs anhand der Blutreste vermutlich einfach herauszufinden. Des Weiteren handelte es sich hierbei um ein extrem wichtiges Beweisstück, da ihn lediglich die Täter vom Tatort entwendet haben konnten. Quercher war sich unschlüssig, ob er den Koffer gleich hier an Ort und Stelle öffnen sollte. Seine Finger umspielten das Schloss.

»Mach ihn ruhig auf. Er liegt ja für dich da.«

Quercher zuckte zusammen und fuhr herum.

Poschner stand hinter ihm. In der Hand hielt er eine Waffe. Genauer: Querchers Waffe.

»Bleib sitzen. Ich kann mit deiner Pistole mittlerweile treffen. Ich habe das Morden gelernt.«

Quercher antwortete nicht, sondern sah Poschner nur ausdruckslos an.

Der ging zwei Schritte zurück, dann in die Hocke, hob ein Brett auf und legte es über zwei Gasflaschen, um sich daraufzusetzen. »Wie hast du hergefunden?«, fragte er, die Waffe immer noch auf Quercher gerichtet.

Der dachte an Lumpi, die im Auto gesessen hatte und normalerweise bei jedem Eindringling wütend knurrte und zähnefletschend alles verteidigte, was sich im Wageninnern befand.

»Ah? Du denkst an deinen Hund? Keine Sorge. Die alte Dame war hungrig. Sie sitzt mit einem Rinderknochen neben dem Auto und frisst gemütlich … Warte, ich mache uns Musik an. Das entspannt. Dem Hund geht's jedenfalls gut. Und du wirst heute nicht sterben. Zumindest, wenn du dich anstrengst. Ich aber werde heute endgültig aus dieser Welt verschwinden. Denn machen wir uns nichts vor: Wer als Arzt so viele Menschen auf dem Gewissen hat, sollte entweder den Beruf wechseln – dafür bin ich zu alt – oder aus dem Leben scheiden.« Poschner griff in seine Jacke, nahm eine CD heraus, legte sie in den CD-Spieler und drückte auf den Startknopf.

»*Kruder und Dorfmeister, The K&D-Sessions* – von wem hast du die denn? Dein Geschmack ist das wohl eher nicht?«, fragte Quercher.

»Aus deinem Auto. Genauer: aus dem Auto deiner Freundin. Wo ist die eigentlich?«

»Geht dich einen Scheiß an.«

»Klingt nicht gerade nach sorgenfreier Beziehung.«

»Mag sein. Aber immerhin bringe ich nicht wie du gleich meine Frau um, wenn's mal nicht so läuft. Wen hast du denn noch so auf dem Gewissen? Wäre doch jetzt …«

»Halt's Maul, Quercher!«, schrie Poschner. »Du bist jetzt mal nicht am Zug, sondern hältst einfach mal die Klappe! Wie bist du hierhergekommen?«

Allmählich begriff Quercher: Poschner steckte mit Ilmberger unter einer Decke. Er war in eine Falle geschickt worden.

Das war das eine.

Doch was um alles in der Welt hatten die beiden mit dem Koffer zu tun? Was ergab das für einen Sinn?

»Frau Dr. Ilmberger, quasi eine Kollegin von dir, Poschner, hat mich …«

»Dich hat also Lilit geschickt?«, fiel Poschner ihm ins Wort. »Gut, dann sind wir in diesem Fall beide abgezockt worden.« Er schüttelte fassungslos den Kopf und konnte es nicht glauben. Hier würde heute kein Paket mit Pass und Führerschein mehr ankommen. Lilit hatte ihm Quercher geschickt! Wie zwei Kampfhunde gegeneinandergehetzt.

Sie schwiegen.

Poschner hatte keinen Grund mehr, Quercher zu töten. Sein Weg war zu Ende. Quercher wiederum ahnte, inwiefern Ilmberger ihn hintergangen hatte: Sie wollte Pollinger keineswegs heilen, sondern töten.

»Du bist nicht allein gekommen, nehme ich an? Deine Kollegen sind vermutlich gleich hier?«, fragte Poschner.

Quercher nickte glaubhaft. »Jan, erklär es mir. Was treibt Ilmberger für ein Spiel? Ist sie wirklich vergewaltigt worden? Und worum geht es bei dieser Sache mit den *Mangfall Manderl?«*

Poschner zuckte mit den Schultern. Schlagartig fiel die Anspannung der ganzen letzten Wochen von ihm ab. Mehr noch: Auf eine seltsame Weise war er sogar erleichtert. Er war weit gekommen, fast wäre der Weg in ein neues Leben frei gewesen. Aber jetzt? Wieder töten, nur weil ihm etwas in die Quere kam, was so nicht eingeplant war? Wieder durch Europa flüchten? Er war erschöpft und allein. Es war zu Ende.

»Ilmberger kannte ich von früher«, erklärte er. »Sie war an der Universität in Regensburg, als ich Medizin studierte, eine unserer Privatdozentinnen. Sie hat mich aufgenommen, nachdem ich hierherkam. Kurz zuvor ist sie einem alten RAF-Spitzel über den Weg gelaufen. Und zwar demjenigen, der sie damals in Wackersdorf vergewaltigt hatte. Unmittelbar danach hat sie sich drangemacht, die ganze alte Riege hochgehen zu lassen.«

»Wer hat ihr diesen Aktenkoffer da gegeben?«

Der Bewegungsmelder schlug an.

»Deine Kollegen?«, fragte Poschner und stand auf.

Quercher zuckte mit den Schultern. »Es ist vorbei, Jan.«

Poschner trat auf ihn zu und zog aus seiner Hosentasche zwei Kabelbinder. »Die Hände!«, forderte er Quercher auf.

Der zögerte und kassierte einen Schlag mit dem Pistolenknauf.

Poschner umwickelte Querchers Handgelenke. »So, du hast mich schon mal ins Wasser geworfen, jetzt bist du dran. Hoch mit dir, zum Fenster.«

Quercher musste sich mühen, um auf das Fensterbrett zu kommen. Er kniete, sah hinaus in die Dämmerung, in den Regen und vor allem nach unten in die schäumende Mangfall. War sie noch rot?, dachte er unnötigerweise. Poschner stand hinter ihm, gab ihm einen Stoß und Quercher fiel hinunter.

Er sah nicht mehr, wie die Explosion der Gasflaschen und des Benzins den kompletten oberen Flügel des grünen Hauses auseinanderzureißen schien. Die Wand zum Fluss hin brach komplett nach unten, fiel in das rauschende Wasser, erzeugte eine Welle. Auch auf Quercher fielen Scherben und Metallteile.

Er sank hinab auf die Kiesel des Grunds der Mangfall.

Die Polizisten der Inspektion in Wiessee würden keinen ruhigen Tag haben. Denn am Nachmittag hatten bereits aufgeregte Menschen vom Golfplatz bei ihnen angerufen. Es gebe Tote.

August Leitner wusste, wann ein Spiel verloren war. Er hatte sozusagen in der Nachspielzeit noch das Gegentor eingefangen. Lilit Ilmberger hatte ihn, wie er es ausdrückte, »an den Eiern gepackt und würde nicht zögern, sie ihm abzureißen«.

Sie gehörte zu einem Frauentyp, mit dem er sonst in seinem Leben noch nicht zu tun gehabt hatte. Die Ärztin schien seit Langem einen Plan verfolgt, Personen geschickt gegeneinander positioniert und auf ihre Chance gewartet zu haben. Das war eigentlich sein Spezialgebiet. Aber nun musste er feststellen, dass die Dame ihn schachmatt gesetzt hatte. Seine komplette Existenz war nur noch ein einziger Trümmerhaufen.

Als er schreiend in das Vorzimmer ihres Büros gestürmt war, hatte er von der ambitionierten jungen Dame nur eins wissen wollen: »Wo ist die Ilmberger?«

Entgegen den Vorgaben ihrer Chefin hatte sie mit zitternder Stimme gestammelt: »Golfen in Wiessee.«

Das war seine Chance.

Man musste sich den *Golf-Club Bad Wiessee* als Wahlheimat aller Rothosen- und Hermèstuchträger vorstellen. Es war nicht irgendein Wald- und Wiesenverein für Stümper aus der Stadt, für mediokre Manager mit PS-starken Firmenwagen und verspiegelter Ray-Ban-Sonnenbrille. Der Klub war für jene, die Freunde hatten, die einen empfahlen. Jene, die schon lange sehr viel Geld besaßen. Man wurde nur Mitglied, wenn zwei andere eine Empfehlung aussprachen. Zudem wurden Spenden oder ›Investitionshilfen‹ erwartet.

Der Klub galt lange als jener mit der höchsten Milliardärsdichte Deutschlands. Brauchte der Klub ein Gerät, einen Trecker oder eine Toilette, wurde jemand mit einem neunstelligen Betrag auf dem Bankkonto am Abend im Klubhaus dezent gefragt, ob »er sich da nicht einmal engagieren wolle«. Am nächsten Tag wurde das dann diskret geregelt. Und all das nur, um einen kleinen Wagen mit einer Tasche voller Stöcke über einen gepflegten Rasen hinter sich herziehen zu dürfen. Pharmaerben, Großgastronomen und die üblichen

Jungprivatiers, die früh geerbt hatten, saßen bei Sonnenschein auf der Terrasse. Vor dem Klubhaus prangte ein dicker Gedenkstein, der jedem erklärte, dass dieser Golfklub auch deshalb so besonders schön sei, weil ein längst verstorbener Lebensmittelmanager eine prächtige Spende gegeben hatte.

Der Platz war an einem Berghang gebaut worden. Eine Straße führte in den höher gelegenen Teil des Golfgeländes hinauf, dicht heran an den Bergwald, von dem einige böse Menschen hofften, dass er alsbald ins Rutschen kam, um das schlägerschwingende Gschwerl in den See zu drücken.

Lilit Ilmberger und ihre Freundin, die Tiertrainerin Kerstin Lühr, spielten am zwölften Abschlag nahe einem angelegten Teich. Die Sicht war gut, nur drohte bald ein Gewitter.

Ilmberger sah auf ihre Uhr. In weniger als einer Stunde träfe Quercher auf Poschner. Sie würde es später auf einer Kamera sehen können, wie die beiden sich gegenseitig wegen eines Koffers oder eines alten Streits zerfleischen würden. Starb Poschner, hätte sie Quercher in der Hand. Starb Quercher, würde sie Poschner noch etwas hinhalten und dann ausschalten.

Es war so einfach. Alle fielen nach und nach um – wie Steine in einem Dominospiel. Pollinger würde seinen Untergang noch erleben, ebenso Leitner. Das Gefühl der Genugtuung war überwältigend.

Und all das hatte ausschließlich mit dem schieren Zufall zu tun, Scheinmetz getroffen zu haben. Es gab also doch eine ausgleichende Gerechtigkeit im Leben.

Sie schlug mit einem Holz fünf den Ball weit hinunter Richtung Klubhaus und schaute ihm mit einem zufriedenen Lächeln hinterher. Deshalb bemerkte sie leider nicht, wie ein Golfcar den Hang hinauffuhr, mit Mühe die Steigung am Waldrand nahm, um dann hin- und herschleudernd auf das Green zu fahren.

Leitner fackelte nicht lange. Er sprang aus dem Wagen, griff in die Ilmbergers Cartbag und zog ein Holz drei heraus. Dieser Schläger war für weite Abschläge geeignet. Da die Tiertrainerin zu diesem Zeitpunkt schon ein Stück vorausgelaufen war und mit einem Kunden telefonierte, nahm sie keine Notiz davon, was auf dem Hügel vor sich ging.

Ilmberger konnte sich nicht mehr umdrehen. Der erste Schlag landete mit großer Wucht auf ihrem Rücken. Er war so stark, dass der Schlägerkopf vom Schaft abfiel und weit davonflog. Ihr linkes Schultereckgelenk zerbarst. Sie schrie. Leitners zweiter Schlag traf ihre Beine. Er wollte sie auf dem Boden haben. Sie bekam vor Schmerz kaum Luft, hielt aber ihr Holz immer noch fest in der Hand, sodass sie damit im Fallen noch einmal ausholen und es Leitner gegen die Schienbeine hämmern konnte.

Damit wiederum hatte Leitner nicht gerechnet. Auch er schrie, fiel nach vorn, versuchte, sich mit den Händen abzustützen, wurde aber durch Ilmbergers zweiten Schlag, der auf seine Arme knallte, daran gehindert. Leitner fiel auf das Gesicht, schrie erneut, atmete Rasenstücke ein und hustete. Regen hatte eingesetzt. Die wenigen Spieler, die sich um diese Zeit noch auf dem Platz befanden, suchten Schutz in Unterständen. Keiner bemerkte den Kampf. Entweder weil sie mit ihren Smartphones beschäftigt oder schlicht schon schwerhörig waren.

Leitner spie aus, erwartete den nächsten Schlag von oben. Aber Ilmberger konnte kaum noch ihren Arm heben. Leitner wälzte sich auf den Rücken, sah sie über sich, starrte auf den Schläger, den sie wie einen Spaten in beiden Händen hielt. Mit seinen alten Beinen versuchte er, sich ein Stück von Ilmberger wegzustoßen. Doch sie ließ sich mit dem vollen Gewicht nach vorn fallen und hieb ihm mit der ganzen Kraft, die ihr noch zur Verfügung stand, den Schläger in den

Schoß. Er wollte brüllen wie ein Tier, aber seine Stimme versagte. Er krümmte sich, während Ilmberger abrutschte und zur Seite fiel.

Vermutlich waren es die Reste des Kokains, die ihn sich noch einmal aufbäumen ließen. Er erhob sich zitternd auf die Knie. Alles in seinem Kopf drehte sich, es hämmerte und pochte. Auf allen vieren kroch er zu der Golftasche zurück, die auf einem kleinen Roller stand, kippte sie um und griff sich ein Eisen. Ilmberger war ihm nachgekrochen und wollte sich erheben, doch sie konnte dem Hieb nicht mehr ausweichen, der ihren Schädel traf. Leitner schlug so lange auf sie ein, bis sich das Eisen leicht verbog und er die Schädelknochen darauf sehen konnte.

Mühsam erhob er sich. Ihm war schwindelig. Immer wieder versagten seine Augen, wurde es schwarz. Er hörte etwas surren, aber konnte es nicht zuordnen.

Die Tiertrainerin hatte das Gaspedal des Golfcars durchgedrückt und bremste nicht, als sie Dr. August Leitner mit der größtmöglichen Geschwindigkeit, die das Fahrzeug zuließ, über den Haufen fuhr. Sein Kopf blieb am rechten Hinterrad hängen, was aber den Wagen nicht stoppte, der jetzt durch das Gefälle des Geländes noch mehr Geschwindigkeit erhielt. Erst als der Zaun zur Straße ein Weiterfahren nicht mehr zuließ, zog die Tiertrainerin den Schlüssel und sah nach. August Leitner hatte zu diesem Zeitpunkt kein Gesicht und kein Bewusstsein mehr.

Der vorbeiradelnde Orthopäde Manfred Appel konnte seinem Bekannten aus dem *Lions Club* nur noch eine Klubweste über den Kopf legen.

Kapitel 14

Klinik Agatharied, eine Woche später

Sein Mund war trocken. Auf seiner Brust schienen Zentner zu liegen. Das Atmen war eine Qual. Eben noch war er ertrunken, hinabgezogen worden in den Fluss, in das Dunkelgrün und das ewige Schwarz. Er wollte nach Luft schnappen, aber das Wasser flutete in seinen Mund, seinen Hals und seine Lungen. Die Panik ließ ihn die Augen öffnen.

Er sah auf Plastik, auf Grau. Auf etwas, was nach Boden aussah. Quercher stöhnte und wollte sprechen. Aber sein Mund war dazu nicht in der Lage. Dann näherte sich ihm ein Gesicht, kam dicht an seine Augen.

Es war Regina. Der Schmerz schoss in sein Bewusstsein. Etwas brannte auf seinem Rücken. Er wollte sich krümmen. Sie drückte ihn sachte zurück.

»Das Glas und das Holz des Fensters«, sagte sie, als würde das irgendetwas erklären. »Du hattest Dutzende Splitter im Rücken.«

Er wollte fragen, was sie hier zu suchen habe. Wollte sie anklagen. Denn das war ihm sofort wieder in den Kopf gekommen: Regina hatte ihn betrogen. Ganz allmählich kam auch die Erinnerung an alles andere in Bruchstücken zurück.

»Du bist aus dem Fenster eines Hauses an der Mangfall gesprungen. Von dem Gebäude selbst ist nichts mehr übrig. Die Feuerwehr hat bis gestern nach Überlebenden gesucht, aber …«

»Lumpi?«, kam es krächzend und leise aus Querchers Mund.

Regina lachte und er konnte hören, dass sie dabei auch ein wenig weinte. »Die Dame hat dir das Leben gerettet. Du bist in den Fluss gefallen. Lumpi ist laut bellend am Ufer neben dir hergelaufen. Und als du nah am Ufer warst, ist sie sogar ins Wasser gesprungen und hat sich an dir festgebissen und dich zu einem Baumstamm gezogen. Dort hat sie so lange gebellt, bis sie heiser war. Einer von der Feuerwehr hat das irgendwann gehört, ist zu ihr hin und hat dich dann aus der Mangfall rausgezogen. La Lump ist bei mir. Ihr geht es gut.«

Sehr langsam begriff Max Quercher, dass er auf dem Bauch lag, in einem Krankenhaus war und sich kaum bewegen konnte. Er war zwischendurch zwar immer wieder aufgewacht, konnte jedoch nicht interagieren, da die Schmerzmittel ihn vollkommen außer Gefecht gesetzt hatten. Um den Hals trug er eine Krause, die ihn daran hinderte, seinen Kopf normal zu drehen. Er fühlte sich völlig eingezwängt. Es juckte, brannte und seine Muskeln fühlten sich an, als sei er einen Marathon gelaufen.

»Du kannst dich nicht drehen. Deine Wunden sind noch …«

Er hörte nicht auf sie, drehte sich mit großer Mühe um – und spürte sofort den Schmerz.

Beherzt griff sich Regina seinen Körper und fixierte ihn auf der Seite. »Du bleibst jetzt so liegen und ich hole die Schwester.«

»Wer ist der Typ am Flughafen gewesen?«

Sie schwieg.

Er hielt ihre Hand fest. Sehr fest. »Wenn du mir darauf keine Antwort gibst, kannst du hier gleich verschwinden und Lumpi zu meiner Schwester bringen.«

Sie setzte sich auf den Boden, damit Quercher sie besser sehen konnte, und lehnte sich an den Nachttisch. Statt zu antworten, tastete sie blind nach einem Becher mit Strohhalm und hielt ihn Quercher hin. Der gab sich widerspenstig, trank schließlich aber doch, weil er seinen trockenen Mund nicht länger ertrug.

»Du bist mir bis zum Check-in am Flughafen gefolgt?«

Er nickte.

»Warum bist du nicht gleich zu uns gekommen? Dann hättest du ihn kennengelernt.«

Er stöhnte. »Ich finde nicht, dass du jetzt eine lässige Nummer abziehen solltest, Regina.«

»Max Quercher, du liegst nicht nur körperlich auf dem Bauch, sondern auch im übertragenen Sinne. Am Flughafen wartete Franz Prinz von Auerbach auf mich. Ich küsste ihn, weil er mein Cousin ist. Er war mir immer ein sehr enger Freund. Und ja, ich war schon mal sehr in ihn verschossen. Das war, bevor er in seiner Familie sein Coming-out hatte und dann zu einer Investmentbank in die USA ging. Er ist dort in der Gay Community sehr aktiv. Aber bitte, wenn dein Po verheilt ist, kannst du das ja nachprüfen.«

Sie steckte ihm erneut den Strohhalm in den Mund und sah ihn kopfschüttelnd an. Er war ein Bild des Jammers: die fleischfarbene Halskrause, die zerstrubbelten, straßenköterblonden Haare und sein Krankenhaushemd mit dem Blumenmuster. Quercher war ein Wrack. Sie liebte ihn.

»Kaum fahre ich einmal weg, musst du Häuser sprengen und fast dabei sterben. So habe ich mir deine berufliche Neuausrichtung nicht vorgestellt.«

Sie strich mit ihrer Hand über seine stoppelbärtige Wange. Nur mit Mühe konnte sie ihre Panik und die Sorge um ihn verbergen. So war sie erzogen worden. Kein Aufsehen erregen, wenn das Leid anderer im Vordergrund stand. Denn auf Quercher wartete eine schlimme Nachricht. Und sie hatte die Aufgabe übernommen, sie ihm zu überbringen.

»Max …« Sie hielt seine Hand. »Ferdi ist tot …«

Quercher hielt einen Moment den Atem an, nickte, drehte sich mühsam auf die andere Seite und schloss kurz die Augen. Sein Ziehvater war nun endlich tot. Eine Welle der Traurigkeit, aber vor allem der Schuld, überkam Quercher. Denn er war nicht da gewesen. Hatte nicht am Bett seines besten Freundes gesessen und diese letzten Stunden mit ihm gemeinsam verbracht. Aber immerhin war er ehrlich zu sich selbst: Er hatte diese Situation schlichtweg nicht ausgehalten, hatte Pollinger nicht beim Sterben zusehen können.

Er weinte. Eine Hand drückte ihn sanft.

»Rück mal, dicker Quercher«, flüsterte Regina und schob sich vorsichtig zu ihm auf das Bett.

Er roch ihr Parfum, fühlte, wie sie vorsichtig die eine Hand auf seine Hüfte, die andere auf seinen Kopf legte. Sie summte und Quercher weinte. So lagen sie zusammen, bis eine Pflegerin kam und sie bat, das Bett zu verlassen.

»Sie scheinen ja wieder ansprechbar zu sein, Herr Quercher. Draußen im Aufenthaltsraum warten Menschen auf Sie. Ich habe versprochen, nach Ihrem Zustand zu schauen. Sehen Sie sich denn in der Lage, aufzustehen, Herr Quercher?«, fragte sie, als sie sah, wie er sich in seinem recht knapp bemessenen Krankenhauskleidchen aufrichtete.

Quercher sah auf ihr Namensschild und las *Birmoser.* »Sind Sie nicht mit dem Birmoser Hans verwandt? Sind Sie die Fanny?«, fragte er stöhnend, als sie ihm einen Bademantel reichte.

»Genau, das ist mein Mann, der arbeitet in der Schreinerei beim Lercher.«

»Ja, ich darf da …«

»… als Handlanger arbeiten, ich weiß. Ich soll Ihnen vom Hans ausrichten, dass man im Oberland ein Haus nicht über das Fenster, sondern die Tür verlässt. Er würde das mit Ihnen gern noch einmal üben.«

»Sagen Sie ihm, dass …«, presste er über die Lippen.

»Ja, was denn?« Sie riss ein wenig zu heftig ein Pflaster ab, das einen Verband fixierte.

»Sagen Sie ihm schöne Grüße.«

»Wir haben für Sie einen Rollator. Sitzen können Sie ja kaum – und anlehnen dürfen Sie sich ebenfalls nicht.«

Quercher war alles wurscht. Er ahnte, wer da vor der Tür auf ihn wartete. Verbissen stützte er sich auf die Gehhilfe, die Fanny Birmoser ihm reichte, und schob sich in Richtung Warteraum. Dicht gefolgt von Regina, die einen Ständer mit einem Plastikbeutel voller Kochsalz und Medizin hielt.

Zwei Polizisten in Uniform standen vor dem Besucherbereich. Quercher nickte ihnen zu, sie ließen ihn und Regina wortlos passieren. Links eine Sitzecke, rechts zwei Zimmerpflanzen und ein Tisch mit alten Zeitschriften. An den Fenstern klebten schwarze Plastikvögel.

Draußen war Sommer, hier drin zu viel Polizei, fand Quercher.

Dann sah er Picker, der angeregt in ein Handy sprach und einen Mann und eine Frau verdeckte, die in einer Sitzecke mit Computern hantierten. »Was machst du denn hier?«, fragte er irritiert, als Picker sich zu ihm umdrehte.

»Ich lass dir die Luft aus den Reifen deines Rollators, alter Sack.« Er griff nach Quercher Arm und drückte ihn – seine Art, Freude darüber auszudrücken, dass Quercher überlebt hatte. »Komm mal kurz raus mit mir«, meinte er dann und schob Quercher sanft, aber bestimmt wieder in den Flur hinaus, während er Regina ein kurzes Zeichen gab und ihr den Infusionsständer abnahm. »Also, das ist Herr Schaffelheuber vom BKA«, erklärte er, als sie außer Hörweite waren. »Ich hatte dir vor einigen Tagen von ihm erzählt. Er hat die letzten Jahre das Dezernat ›Linksterrorismus mit dem Fachbereich RAF‹ in Wiesbaden geleitet. Er weiß, dass ich dich gut kenne, hat mich um Unterstützung gebeten und ich willigte ein.«

»Warum?«

Picker kratzte sich am Kopf. »Also, in erster Linie, um deinen zersiebten Arsch zu retten. Du hast dich nämlich echt in die Scheiße manövriert. Der tote Poschner ist nur schwer zu erklären, nachdem du ihn ja angeblich vor Salina in Notwehr über Bord gestoßen hast. Noch dazu, wo er in Italien, wie wir inzwischen herausgefunden haben, eine Spur der Gewalt hinterlassen hat. Was natürlich nicht hätte passieren können, wenn er wirklich gestorben wäre. Kurz: Deine Aussage wird noch einmal überprüft, und zwar dahin gehend, ob du nicht eine Schutzbehauptung zur Verdeckung einer Straftat aufgestellt hast.«

»Seid ihr irre?«, echauffierte sich Quercher und bemerkte zu seiner eigenen Verwunderung, wie vor lauter Adrenalin seine Schmerzen nachließen. »Ich bin hinter das größte Geheimnis gekommen, das es aus Zeiten des RAF-Terrorismus noch zu lösen galt, und ihr kommt mir jetzt mit so einer zusammengeschusterten Story? Poschner fiel ins Wasser! Für alles, was danach passiert ist, bin ich doch nicht mehr verantwortlich!«

Picker hob die Augenbrauen. »Quercher, sei bei den Kollegen vom Verfassungsschutz und dem Bundeskriminalamt einmal in deinem Leben kooperativ. Es geht um deinen eigenen Arsch. Ich bitte dich.«

Sie schwiegen.

»Dieser Scheinmetz«, fragte Quercher schließlich, «also, der Informant, wo ist der abgeblieben?«

Picker zuckte mit den Schultern. »Ist doch egal. Entscheidend ist, dass du mit den Kollegen kooperierst. Du siehst doch, wie hoch die deinen Fall hängen, sonst würden sie die ganze Sache nicht noch mal aufrollen. Also spar dir mal deine Verschwörungstheorien.«

»Du weißt doch: Wo der Verstand fehlt, ist viel Platz für Verschwörung. Aber mir kommt es tatsächlich so vor, als ob ihr bei dieser ganzen Geschichte einen großen Bogen um ein paar Leute macht. Und ich würde einfach gern wissen, wieso.«

»Wieso ›ihr‹? Ich bin raus, Max. Ich will dir lediglich helfen«, erwiderte Picker genervt.

»Weiß ich ja«, beschwichtigte Quercher. Aber er merkte selbst, dass es nicht überzeugend klang.

»Herr Quercher, kommen Sie bitte?«, rief ein Polizist über den Gang.

Er nickte, drehte seinen Rollator und quietschte langsam in Richtung des Aufenthaltsraums zurück.

»Herr Schaffelheuber vom BKA und Kollegin Isenberg vom Verfassungsschutz«, stellte Picker die beiden Beamten vor, die sich erhoben und Quercher die Hand gaben, als er das Zimmer erreicht hatte.

Er ließ sich stöhnend auf einem Stuhl nieder und beugte sich zunächst vornüber, um kurz zu verschnaufen.

Schaffelheuber sah erst zu Regina und dann zu Quercher. Der wollte schon widersprechen, aber Regina verstand. »Ich bin in deinem Zimmer. In einer halben Stunde wird es Essen geben. Ich helfe dir dabei.«

»Ich bin nicht auf den Mund gefallen«, brummte Quercher.

»Ohne Zweifel«, gab sie zurück und verschwand.

»Gut, was habt ihr?«, begann Quercher.

Schweigen. Alle sahen Picker an.

»Hör zu, Max«, begann er. »Wir haben das Problem, dass du nicht mehr im Dienst bist. Genau genommen bist du nur als schlichter Zeuge in diese Geschichte geraten. Die Bundesanwaltschaft hat die Ermittlungen in dieser Sache übernommen. Das ist kein Kleinzeug mehr. Und damit ist klar, dass es sich hierbei um keine Lappalie mehr handelt. Im Gegenteil: Das hier ist sehr ernst.«

Quercher zuckte gleichgültig mit den Schultern. »Dann bin ich eben nur Zeuge.«

Schaffelheuber sah nahezu unmerklich zu Picker. Der nickte nur, verstand die Geste und verließ daraufhin wortlos den Raum. Zurück blieben die Trulla vom Verfassungsschutz und Schaffelheuber.

Sie trug die Haare brav nach links gescheitelt, die übliche schwarze Nerdbrille, langer Hals, blaue Augen und – klar – schwarzer Hosenanzug. Nichts verriet auch nur irgendetwas über ihren Gemütszustand. Isenberg hätte optisch genauso gut in eine Unternehmensberatung oder in die Marketingabteilung eines Fernsehsenders passen können. Quercher vermutete, dass diese Exemplare beim Innenminister im Keller geklont wurden.

Er brauchte ein besseres Frauenbild, dachte er müde.

Dann wandte Schaffelheuber sich Quercher zu. »Gut, Herr Quercher, reden wir nicht lange um den heißen Brei herum. Was wissen Sie sonst noch über den Fall Ilmberger?«

Quercher stutzte. »Wieso Fall Ilmberger?«

Schaffelheuber öffnete ein Fenster und zündete sich einen Zigarillo an, überließ aber der Kollegin das Feld.

»Es gibt derzeit einen Fall Ilmberger. Die Frau hat einen Menschen gefoltert und einen anderen getötet. Letzterer war Ihr Freund Ferdi Pollinger. Wir wissen das, weil wir ihn obduziert haben, bevor vor zwei Tagen …«

»Habt ihr ihn etwa beerdigt?«, unterbrach Quercher sie aufgebracht. »Das war nicht sein Wille! Er wollte …«

»Ich weiß, kremiert werden. Ist schon passiert. Die Urne befindet sich beim Bestatter. Sie sollten sich darum kümmern, das war sein Wunsch. Wir haben sein Testament gefunden.«

»Was kam bei Ferdis Obduktion raus?«, fragte Quercher leise und sah auf den Boden. Ihm wurde schlecht. Pollinger war vor seinen Augen ermordet worden – und er hatte die Ilmberger einfach gewähren lassen.

»Mistelextrakt. Fürchterliche Schmerzen verbunden mit Halluzinationen. Er starb nicht an seiner Krebserkrankung. Er wurde vergiftet.«

Quercher brauchte etwas Zeit, um zu verdauen, was er gehört hatte. Die Hitze, die durch das geöffnete Fenster von draußen in den Raum hereinströmte, setzte ihm ebenfalls zu. »Ich dachte, es ginge um August Leitner und die Verstrickungen des LKA im Hinblick auf einen Spitzel, der sich im Umfeld der RAF bewegte?«, fragte er schließlich.

Isenberg wurde auch zu warm. Sie knöpfte ihr Jackett auf, zog es aus, faltete es ordentlich und legte es akkurat neben sich auf den Stuhl.

Unter Querchers Halskrause begann es zu jucken. Isenberg war alles andere als mager. Der schwarze BH schimmerte durch die weiße Bluse. Gut, dass Regina verschwunden war. Er starrte ungeniert. Schließlich war er krank.

»August Leitner erschlug Lilit Ilmberger auf dem Golfplatz in Wiessee und starb kurz darauf selbst, nachdem er von Ilmbergers Freundin, einer Tiertrainerin, mit einem Golfcart attackiert worden war. Sehr skurril. Anschließend fanden sich in einem Haus an der Mangfall, das kurz zuvor explodiert ist, Leichenteile eines gesuchten und bereits für tot erklärten Mörders namens Jan Poschner, der eigentlich vor geraumer Zeit im Mittelmeer ertrunken sein sollte. Sie haben Ihrerseits maßgeblich dazu beigetragen, dass er für unsere Behörden überhaupt als tot galt. Ob und wie er wiederum mit Ilmberger in Kontakt stand, wird derzeit geprüft. Beide waren Mediziner. Vermutlich kannten sie sich von der Uni. Mehr wissen wir bislang nicht.«

Quercher konnte es nicht glauben. Der Fall sollte von den Behörden offensichtlich runtergekocht werden. Denn sonst hielte sich die Isenberg nicht mit solchen Allgemeinplätzen auf. »Gut, dann erzähle ich Ihnen mal meine Geschichte.

Lilit Ilmberger, die damals noch Doris Sarrazin hieß, wurde Pfingsten 1986 von einem Informanten des LKAs in Wackersdorf vergewaltigt. August Leitner, Ferdinand Pollinger und andere, die sich in einer Gruppe mit dem Namen *Mangfall Manderl* zusammenfanden, deckten den Informanten.«

»Schwere Vorwürfe gegen einen verdienten Menschen wie August Leitner«, sagte Schaffelheuber scharf.

»Ja, verdient und als Mörder robust mit dem Golfschläger«, gab Quercher zurück.

»Aber von diesem Vorfall von vor über dreißig Jahren wissen wir nichts – bislang. Wer soll dieser Informant Ihrer Meinung nach denn sein?«, fragte Isenberg auffordernd.

»Scheinmetz. Der Mann hieß Scheinmetz. Das Amt hat ihn gedeckt.«

»Sagt wer?«, fragte Isenberg.

»Ilmberger hat es mir gesagt. Denn ausgerechnet ihr, dem Opfer von damals, lief vor nicht allzu langer Zeit exakt dieser Mann über den Weg – ihr Peiniger. Sie schnappte sich ihn, verhörte ihn, erfuhr von den Hintergründen und wollte die Sache aufdecken lassen – von mir.«

»Warum?«

»Weil ich das Attentat auf von Scheven lösen kann.«

»Klar, und danach lösen Sie den Nahostkonflikt.« Die Isenberg sah ihn spöttisch an und streckte sich ein wenig.

Jetzt konnte Quercher ihr noch weniger in die Augen sehen. »Dazu schickte mich die Ilmberger zu einem Haus an der Mangfall, wo die wichtigsten Beweise dieses RAF-Anschlags, ein Koffer und vermutlich die Aussagen des Informanten, lagerten. Ich habe den Koffer genau inspiziert: Es war der, den ich zuvor schon auf einem Film des jungen von Scheven gesehen habe und den das BKA seit dreißig Jahren vermisst – oder etwa nicht?«

Die beiden zeigten keinerlei Reaktion.

»Ilmberger hat Poschner ebenfalls in dieses Haus beordert. Meiner Meinung nach wollte sie, dass ich ihn töte, damit auch ich Dreck am Stecken habe und sie mich dadurch in der Hand hat. Ihr werdet, egal wie stark die Explosion auch gewesen sein mag, doch wohl Teile eines Koffers gefunden haben!«

Isenberg schüttelte den Kopf.

»Ihr seid nicht irgendwer, sondern das BKA und der Verfassungsschutz. Hier ist für euch die einmalige Chance, eine sehr obskure Verbindung zwischen RAF und staatlichen Organen herauszufinden. Die lasst ihr euch doch hoffentlich nicht entgehen?!«

Schaffelheuber paffte den Rauch hinaus in die Sommerluft und schüttelte langsam den Kopf. »Frau Dr. Isenberg hat da eine andere Theorie.«

»Ich erzähle Ihnen eine Geschichte«, begann sie, während sie Quercher mit unbewegter Miene ansah. »Max Quercher scheidet bei uns im Streit aus. Sein neuer Boss ist eine Frau, das findet der alte Haudegen doof. Dumm nur: Er hat keine Mittel mehr. Haben wir uns gestern mal angeschaut. Die Pension ist zu dünn angesichts der Ausgaben für ein Haus in Italien, die Schwester und natürlich für sich selbst. Die Schulden sind hoch. Die Freundin ist reich, da will man nicht zurückstecken. Zudem wollen Sie auch nicht als greiser Frührentner in der Heerschar der Alten hier im Tal mitlaufen. Sie nehmen einen Fall an, der keiner ist. Sie brauchen aber dringend Ergebnisse. Denn Sie sind ja der harte Ermittler, der hier im Tal schon Kultstatus besitzt. Also denken Sie sich die Koffernummer aus und berichten Isolde von Scheven davon, die aber dankend ablehnt. Hat sie uns gegenüber schon bestätigt. Sie seien bei ihr aufgelaufen, haben eine Räuberpistole erzählt, wollten mehr Geld und sind dann verschwunden. Ihr Superfall versickert sozusagen wie Wasser in der Wüste. Doch ausgerechnet, als Sie Ihre Felle bereits davonschwimmen sehen, treffen Sie in jenem Haus, in das Ilmberger Sie lockte, auf Jan Poschner. Sie kombinieren: Poschner und Ilmberger arbeiten zusammen. Ilmberger will Ihren Freund töten und Poschner sich an Ihnen rächen. Das ist der Knaller. Also fackeln Sie nicht lange und jagen Poschner in die Luft, während Sie selbst aus dem Fenster springen. Das läuft nicht ganz ohne Blessuren ab, denn Sie sind nicht mehr ganz so sportlich. Ihre Hüfte soll ja künstlich sein.«

»Und bei Ihnen? Alles Natur?«

Sie sah ihn mitleidig an.

»Okay, war Herrenwitzniveau. Ich bin krank.«

Sie hob die Augenbrauen. »Für kleine Anzüglichkeiten reicht's ja noch.«

»Kommt auf das Gegenüber an.«

Sie sahen sich einen Tick zu lange an, bis Schaffelheuber sie unterbrach. »Nun machen Sie schon weiter! Wir sind hier nicht auf dem Balzplatz.«

Isenberg sammelte sich. »Jetzt sollen wir aus der ganzen Sache also die große Staatsaffäre machen. Kommen Sie, Quercher, wir haben keine Zeit für so einen Mist. Sie haben Poschner in diesem Haus an der Mangfall getötet, die Explosion ausgelöst und sind aus dem Fenster gesprungen. Zugegeben: Das ist nur eine von vielen Theorien, und wie behauptet man der Presse gegenüber immer so schön? Wir stehen erst am Anfang der Ermittlungen. Dennoch: Es sieht nicht gut für Sie aus ... Im Übrigen sollen wir Sie grüßen. Georg von Scheven ist mit seinem Produktionsteam nach Australien gereist. Dreht dort irgendeine Tierdoku. Er lässt aber ausrichten, dass er von einem Film mit einem Koffer nichts wisse.«

Quercher hustete. Sein Rücken schmerzte. Allmählich sickerte in sein Bewusstsein, was ihm das Busenwunder vom

Verfassungsschutz mitteilen wollte. Leitner und Pollinger waren tot, Ilmberger und Poschner ebenfalls. Es gab nichts, was er noch hätte in die Waagschale werfen können.

Das BKA und vor allem der Verfassungsschutz wollten keinen Mangfall-Manderl-Fall. Das BKA wollte Ruhe. Und er war gerade dem Tod davongekommen. Das war ihm genug Grund, einmal wenigstens nachzugeben. »Ich verstehe«, sagte er leise.

Schaffelheuber warf seinen Zigarillo in den Hof und schloss das Fenster. »Wir haben keinen Informanten. Wir haben keinen Koffer. Wir haben keine Aussagen. Es gibt nichts. Wir haben nur Tote. Erschlagen und vergiftet. Dieser Teil Deutschlands, in dem wir uns befinden, ist quasi RAF-frei, wenn Sie so wollen.«

Quercher räusperte sich, Schaffelheuber reichte ihm ein Glas Wasser.

»Kollege Quercher, ich will nicht undankbar sein. Ganz im Gegenteil. Ich will Sie wieder in der Mannschaft haben. Sie sind gut, sehr gut sogar. Anders als wir, aber eben gut. Es wäre unverzeihlich, Sie zu verlieren. Ein Dienstaufsichtsverfahren, Verlust der Pension. So was ist immer unschön. Auch unnötig, wissen Sie. Wenn die Ermittlungen bezüglich der Causa Quercher von der Bundesanwaltschaft zurückgehen an die bayerische Justiz, würde ich gerne noch einmal mit Ihnen sprechen. Ich betreue ein anderes Ressort, Drogenkriminalität, und hätte eine Aufgabe für Sie, die Ihnen sicher liegen würde. Es geht um interne Ermittlungen. Dafür brauche ich loyale Leute. Denken Sie in aller Ruhe darüber nach. Wir würden Sie auf freier Basis einstellen, das ist bei uns problemlos möglich. Aber jetzt erholen Sie sich erst mal, machen der Kollegin Isenberg gegenüber Ihre Aussagen, ohne ihr zu sehr auf die Brüste zu starren, und wir sehen uns dann in einigen Wochen wieder, wenn die Geschichte hier vorbei ist.« Schaffelheuber legte ihm seine Visitenkarte auf den Tisch, nahm seinen Computer und wandte sich der Zimmertür zu.

Quercher schüttelte grinsend den Kopf. »Sagen Sie, Herr Schaffelheuber, bevor Sie gehen und ich Ihrer reizenden Kollegin gegenüber meine Aussage zu Protokoll gebe: Wer zahlt eigentlich die Reparatur meines Autos? Das haben Ihre Kollegen vom Observationsteam ›Zenzl Elfinger‹ nämlich komplett zerlegt.«

Schaffelheuber drehte sich im Türrahmen um. »Wir observieren keine Anwälte. Zenzl Elfinger ist schon längst nicht mehr unsere Baustelle. Wenn Sie ein Auto brauchen, würde mein Arbeitsangebot ja zumindest finanziell helfen.«

In diesem Moment trat Regina in das Zimmer und nickte Schaffelheuber zu, bevor sie Isenberg mit einem abschätzigen Blick von Kopf bis Fuß musterte. »Schön, dass Sie die Hose noch angelassen haben«, schoss sie lächelnd gegen die Beamtin, die nur die Augenbrauen hochzog. Dann half sie Quercher dabei, in sein Zimmer zurückzukommen.

Kaum hatte er die Tür hinter sich geschlossen, suchte er im Schrank nach der Kleidung, die er bei der Explosion getragen hatte. Das Rettungspersonal hatte sie in einer Plastiktüte verstaut. Er fand, was er suchte. Und war zufrieden. »Wir checken aus, Regina«, erklärte er, während er begann, seine Sachen zusammenzupacken. »Das hier ist ja schließlich nicht das Hotel California.«

»Max, dein Rücken sieht aus wie ein Schlachtfeld. Du hast eine Gehirnerschütterung. Du warst zwei Tage im künstlichen Koma. Der Chefarzt war noch nicht da.«

»Essen und trinken kann ich auch zu Hause. Ich muss dringend ein paar Leute treffen.«

Regina kannte ihn inzwischen lange genug, um zu wissen, dass jeglicher Widerspruch zwecklos war, wenn Quercher so entschlossen klang wie im Moment. Also beschränkte sie sich darauf, resigniert den Kopf zu schütteln und ihm beim Packen zu helfen.

Fanny Birmoser kam herein, stutzte kurz und zuckte dann mit den Schultern. »Mein Mann hat mir schon gesagt, dass der Quercher nicht alle Tassen im Schrank hat … Ich werde Ihnen das Formular ausdrucken, dass Sie auf eigenes Risiko das Krankenhaus verlassen und sich beim Hausarzt Ihrer Wahl melden sollten, falls Ihnen schwindlig wird. Ach ja, und wenn der Rücken blutet, hilft Waschbenzin.«

»Du bist nicht in der Lage, in einem Auto zu fahren, Max. Dein Rücken ist …«

»Regina, ich liebe es, wenn du fürsorglich bist, ist ja selten genug der Fall. Aber … die Zeit drängt.«

»Ich bin mit dem Porsche da.«

Fanny und Quercher sahen sich an.

»Der Rolls-Royce wäre praktischer«, erwiderte Fanny trocken, »aber alte, kranke Männer in Sportwagen sind hier ja keine Seltenheit.«

»Madame mag es halt gerne eng«, grinste Quercher.

»Ich kauf Ihnen auch einen Liegewagen ab, gern schwarz«, schloss Regina entnervt das Gespräch.

»Na, das scheint eine interessante Rückfahrt zu werden.« Fanny reichte Quercher noch Verbandszeug und Wundmittel und ging dann lachend aus dem Zimmer.

Quercher konnte sich partout nicht anlehnen. Jede kleine Erschütterung schmerzte bestialisch. Überhaupt hatte er in diesen Sportkarren immer das Gefühl, mit dem Hintern auf dem Asphalt zu sitzen. Und das war gerade jetzt besonders unschön.

Er saß vornübergebeugt, die Nase fast auf dem Armaturenbrett, was vor allem an der Ampel in den neben ihnen stehenden Autos zu teils fragenden, teils lachenden Gesichtern führte.

»Du wolltest unbedingt aus der Klinik raus, jetzt musst du den Spott ertragen«, kommentierte Regina unbarmherzig. Dann wurde sie ernst. »Erzähl mir, warum du das Krankenhaus verlassen musst, obwohl deine Wunden noch nicht einmal halbwegs geschlossen sind. Und: Erzähl mir keinen Mist!«

Es gab Momente, in denen Quercher sich wünschte, eine Dumpfbacke zur Freundin zu haben. »Also gut«, ergab er sich in sein Schicksal. »Wir haben hier eine Handvoll Tote und drei Theorien, warum es die gibt. Nummer eins: Lilit Ilmberger und August Leitner erschlagen sich gegenseitig, weil man das heute halt so macht. Wutrentner und so. Das ist die Version des BKAs und des Verfassungsschutzes. Die RAF oder andere brisante Dinge sind überhaupt kein Thema. Schlicht ein Streit unter Geldigen. Die restlichen Toten, wie Jan Poschner, ein Verschwörungstheoretiker und nicht zuletzt Ferdi – das sind, so die offizielle Meinung der Behörden, alles pure Zufälle. Dann kam ich mit einer anderen Theorie. Lilit Ilmberger plante einen Rachefeldzug gegen alte Polizei- und Geheimdienstseilschaften. Zufällig lief sie dabei einem ehemaligen RAF-Spitzel über den Weg, der sie vor vielen Jahren schwer vergewaltigt hatte und diesbezüglich von den Behörden gedeckt wurde. Sie kann mithilfe dieses Spitzels beweisen, dass der Staat bei dem Attentat auf von Scheven seine Finger im Spiel hatte. Doch jetzt ist nicht nur dieser Spitzel verschwunden, sondern auch andere sehr gute Beweise und Aussagen, die Ilmbergers Behauptung hieb- und stichfest machen würden.«

»Na und? Dann ist das jetzt halt so. Finde dich einfach damit ab, überlass die Untersuchungen den offiziellen Stellen und erhol dich stattdessen. Die von Schevens wollen sowieso keine Ermittlungen mehr. Hat mir Isolde in einem Brief geschrieben. Kennst du die Gründe?«

Quercher hatte der Witwe versprochen, niemandem etwas von den Stasiakten zu erzählen. Aber in diesem Fall handelte es sich um Regina von Valepp. Und so spröde und mitleidslos sie auch sein mochte – der Landadel konnte den Mund halten. »Ferfried hatte eine Geliebte«, erklärte er deshalb. »Die Stasi hat das einst dokumentiert. Und exakt diese Akte wurde Isolde vor Kurzem zugeschickt.«

»Das ist doch kein Zufall«, entfuhr es Regina.

»Genau. Aber gerade eben wurde ich sowohl vom BKA als auch vom Verfassungsschutz quasi erpresst, die Sache unter den Teppich zu kehren und mich ruhig zu verhalten. Ihr Druckmittel gegen mich: Poschner, der damals eben nicht im Mittelmeer ersoff.«

»Dann nehmen wir uns einfach einen guten Anwalt …«

»Vergiss es. Es geht um die RAF. Deren Verbindung zu Staatsorganen soll grundsätzlich möglichst kontrolliert ermittelt werden. Dabei könnte ich jedoch stören. Weil sie mich mehr oder weniger in der Hand haben, habe ich eingewilligt, mit ihnen zu kooperieren. Sie haben mir sogar einen ganz lukrativen Job angeboten.«

»Ach? Vom Verdächtigen zum Söldner?«

»Ja, in Osnabrück. Picker hat mir davon erzählt. Kennst du die Gegend?«

Sie nickte. »Da haben wir Verwandtschaft.«

»War klar. Der Landadel ist ja überall so verbreitet wie Herpes.«

»Und wie willst du jetzt weiter vorgehen?«, ignorierte Regina Querchers Seitenhieb.

»Es gibt noch eine Person, die sowohl Leitner, Ilmberger als auch Holger Müller kannte beziehungsweise in einer Beziehung zu ihnen stand. Die ist aber terminlich unter

Druck. Der Tod steht bei der vor der Tür. Also gilt es, schnell zu sein.«

Sie hatten Gmund erreicht. Regina wollte sich links, Richtung Bad Wiessee, einordnen.

»Nein, Harry. Wir fahren nach rechts. Derrick hat noch einen Hausbesuch zu absolvieren.«

»Aha«, antwortete Regina und drückte das Gaspedal durch, um noch bei Grün über die Ampel und anschließend den Berg hinaufzukommen.

»Himmel, hier an dieser Stelle ist Holger Müller ums Leben gekommen!«, entfuhr es Quercher.

»Dieser Name fiel gerade schon mal – wer ist das denn? Erzähl doch etwas strukturierter, Max. Du erwähntest vorhin beispielsweise drei Theorien. Die letzte fehlt noch.«

»Zu der fahren wir gerade. Zenzl Elfinger. Linksradikale Anwältin aus München. Wenn sie noch lebt, dann in Piesenkam in einem alten Bauernhof. Als ich sie die Tage besuchte, lag sie im Sterben. Aber irgendetwas stimmt da nicht. Ist nur so ein Gefühl. Aber ich halte es für besser, noch mal nach ihr zu sehen.«

»Hattest du was mit der?«

»Ich hatte mit jeder Verdächtigen etwas, weißt du doch, Schatz. In meinem Beruf läuft alles nur über Nahkontakt mit dem potenziellen Feind.«

»In deinem ehemaligen Beruf, bitte. Du bist Rentner.«

»Pensionär.«

»Klingt beides älter, als du bist. Wird die Sache hier jetzt eigentlich gefährlich?«, fragte Regina eine Spur zu laut.

»Ach, Unsinn, die alte Dame ist bettlägerig. Also alles ganz harmlos«, versicherte Quercher.

Er konnte Regina nicht sagen, dass sein Bauchgefühl ihm etwas gänzlich anderes erzählte. Denn die Herren mit dem schwarzen Transporter, die vor Zenzl Elfingers Haus in

Piesenkam gestanden, ihn in den Wald gelockt und dabei sein Auto zerstört hatten, waren nicht vom BKA, wie er ursprünglich gedacht hatte. Schaffelheubers Reaktion, als er ihn mit Elfingers Oberservierung konfrontierte, ließ keine anderen Rückschlüsse zu. Blieb also die Frage, mit wem sie es hier zu tun hatten …

Er bat Regina, langsamer zu fahren und fünfzig Meter vor Elfingers Haus hinter einem Heustapel zu parken. Als der Motor des Porsches verstummt war, sah Quercher sich aufmerksam um.

Es war weit und breit kein Mensch zu sehen.

Lediglich an der Stelle, an der bei seinem letzten Besuch der Transporter gestanden hatte, parkte jetzt ein Bulldog, wie man hier sagte.

»Ich gehe jetzt in dieses Bauernhaus«, erklärte er Regina und verwies mit dem Kopf auf das alte Gebäude, in dem Zenzl Elfinger wohnte. Dann zog er umständlich etwas aus seiner Hosentasche. »Hier ist ein Schlüssel. Sollte ich dadrin aus irgendeinem Grund Stress bekommen, nimmst du den Schlüssel und gibst ihn Picker. Der weiß, was zu tun ist.«

»Wozu gehört der Schlüssel? Und warum um alles in der Welt solltest du Stress bekommen?«, fragte Regina mit schneidender Stimme.

»Er gehört zu einem Schließfach. Ich vermute, im Münchner Hauptbahnhof. Aber das wird Picker dann schon wissen. Mach dir keine Sorgen, mir wird nichts passieren. Aber ich darf dich an dieser Stelle daran erinnern, dass du es warst, die mich nicht länger in der Schreinerwerkstatt, sondern wieder beim Ermitteln sehen wollte. Also beklag dich jetzt bloß nicht.« Dann öffnete er die Tür und stemmte sich stöhnend aus dem Porsche.

»Brauchen wir in Zukunft einen SUV für dich?«, flötete Regina ihm hinterher.

»Sehr witzig«, grummelte Quercher, ehe er die Autotür ins Schloss warf und sich humpelnd Zenzl Elfingers Haus näherte.

Wie eigentlich alles in dieser Gegend, blieb auch das nicht unbemerkt.

»Wollen Sie zu Frau Elfinger?«, ertönte plötzlich eine Frauenstimme.

Quercher sah sich um. Auf dem Balkon eines der wenigen Nachbarhäuser stand eine ältere Dame und rauchte. Dabei blickte sie den Neuankömmling interessiert an. Mit großer Hingabe goss sie ihre knallroten Geranien, die weit über den Balkon hingen. Ihr Dirndl passte so gerade und zwischen den Holzrahmen des Geländers erkannte Quercher, dass sie eine Prothese trug.

»Des is vom Zucker, gell, ned fei a Raucherbein.«

Quercher nickte. »Hätten wir das auch geklärt«, murmelte er, ehe er laut sagte:

»Ja, wir waren eigentlich verabredet. Es geht um ein Medikament«, log er.

»Na, damit sind Sie wohl etwas spät dran, junger Mann«, wechselte sie ins gestelzte Hochdeutsch. »Bei der hilft jetzt gar nichts mehr … Sie wurde gestern Abend abgeholt. Das Haus wird heute schon ausgeräumt und steht zum Verkauf. Sie sind aber kein Makler, oder?«

»Nein, sehe ich etwa so verschlagen aus?«

Die Dame lachte. »Die vier sind jedenfalls im *Nirwana*.«

Ein Traktor mit einem Güllewagen fuhr vorbei.

Quercher sah sie verwirrt an. »Was ist passiert? Wieso vier?«

»Wie bitte?«

»Ich fragte, was denen passiert ist?«, rief Quercher etwas lauter.

»Wieso? Nichts. Ich sagte nur, dass die vier im *Nirwana* sind.«

»Sind die alle natürlich gestorben?«

Der Traktor setzte zurück in die Hofeinfahrt.

Jetzt schaute die Dame ihrerseits ein wenig verwirrt und schüttelte den Kopf. »Die sind, na, in Tölz.«

Quercher war sich zunehmend sicher, an eine Irre geraten zu sein. »Also sind sie doch am Leben?«

»Ja, denke schon.« Sie rauchte genüsslich weiter. »Mein Bruder hat da die Pension, die heißt *Nirwana.*«

Kapitel 15

Bad Tölz

Der Dicke hatte sieben Jahre in einer Kommune im indischen Goa verbracht, ehe er dort wegen Faulheit und Aufruhr weggeschickt worden war. Über Umwege kehrte er Anfang der Nullerjahre zurück in das verhasste Deutschland. Seine in Indien erworbenen Kenntnisse in der Tantralehre setzte er für wenige Monate als Darsteller in Pornoproduktionen ein. Das Internet zerstörte jedoch auch diese letztlich lukrative Tätigkeit. Mit dem ›Netz für alle‹ wurde Porno kostenlos. Zuletzt arbeitete er in einem Callcenter in Schwerin und nahm Kundenbeschwerden für Erotikprodukte entgegen. Man mochte kaum glauben, über was Menschen sich alles beschwerten.

Der dünne, hagere Mann hatte mit einem Kiosk an der Goldküste in Bulgarien Fuß fassen wollen. Doch er geriet mit der örtlichen Mafia in Konflikt und die alten Kader des Geheimdienstes, die ihn jahrelang gedeckt hatten, konnten und wollten ihn nicht mehr schützen. Daraufhin reiste er in den Nordirak und von dort aus in die Türkei. Zwei Jahre blieb er bei der kurdischen Befreiungsfront PKK in den

Bergen Anatoliens. Aber ein dauerhaftes Rückenleiden sowie ein Reizdarm trieben schließlich auch ihn zurück nach Deutschland. Mit Mühe konnte er von den Banküberfällen vergangener Tage und den Unterstützern der *Roten Hilfe* leben. Ein Jahr lang beschäftigte ihn ein Theater in Stuttgart als Bühnenhelfer, ehe er auf freier Basis in einem Strukturvertrieb einer Versicherung älteren Menschen Produkte aufschwatzte.

Der Dritte, ein glatzköpfiger Typ mit nervösem Augenzucken, hatte es anfangs am besten getroffen. Als Hauptverfasser der Bekennerbriefe hatte er definitiv Talent zum Schreiben. So fand er später seine Nische: als freier Drehbuchautor für Daily Soaps im öffentlich-rechtlichen Fernsehen. Mit seinem Einkommen hatte er ganz im Sinne der gelebten Solidarität über Jahre die anderen Genossen unterstützt. Seine Spielsucht war ihm jedoch dazwischengekommen. Wäre Zenzl Elfinger nicht gewesen, hätten schlussendlich alle drei auf dem Trockenen gesessen. Sie waren ihr also zu tiefem Dank verpflichtet.

Die Reste der Roten-Armee-Fraktion – ein Haufen gescheiterter Revolutionsrentner? Nie wäre Zenzl Elfinger solch ein Urteil in den Sinn gekommen. Revolution war immer ein Bruch von Biografien. Das glaubte sie wirklich. Noch im Sterben kümmerte sie sich um sie. Das Geld war da. Dazu kam der Erlös aus dem Verkauf des Hauses in Piesenkam. Es würde also für sie alle reichen.

Sie waren sich einig: Sie würden ihre langjährige Freundin beim Sterben in der Pension *Nirwana* begleiten. Sie selbst wohnten in zwei Campingwagen, nicht weit von hier. Über die Jahre waren die RAF-Rentner in diesem Freizeitmetier allesamt zu Profis geworden. Campen war sicher und wurde selten überprüft, wenn man sich den örtlichen Gepflogenheiten anpasste. Abendliches Grillen mit Nachbarn oder das

Schimpfen auf die Regierung, meist als ›Die da oben‹ zusammengefasst, gehörten dazu.

Ihr Zimmer hatte etwas muffig gerochen. Da die Sonne schien, hatte Zenzl unbedingt an die Luft gewollt. Zu dem wenigen Wasser, das diese Gegend noch bot: ein aufgestauter Weiher, nicht weit von hier entfernt. Seit fünfundzwanzig Jahren waren sie nicht mehr zu viert in der Öffentlichkeit gewesen. Sie hatten auf obskure Weise miteinander kommuniziert – via tote Briefkästen und Mittelsmänner. Den neuen Techniken misstrauten sie. Sie waren Aktivisten der alten Schule. Das Internet war ihnen zu verseucht mit den Bespitzelungen der US-Imperialisten. Aber mit den finanziellen Mitteln, die ihnen nun zur Verfügung standen, waren sie bald frei. Nie mehr Geldtransporter überfallen. Nie mehr mit tätowierten Wutbürgern aus der Nachbarschaft gemeinschaftlich am Grill stehen. Das Geld würde für einen Ausstieg im Ausland reichen. Sie waren allesamt jenseits der sechzig, da ging man schon mal in Frührente, hatte Zenzl mit schwacher Stimme gewitzelt. Die Augen wurden allmählich schlecht, alle waren Brillenträger. Sie wollten die letzten Jahre ihres Lebens einfach noch in Ruhe verbringen.

Sie schoben Zenzl in ihrem Rollstuhl zu dem Weiher, der direkt an der Bundesstraße nach Feilnbach lag. Südlich lag der Blomberg mit seiner Sommerrodelbahn, rechts der Campingplatz.

»Eldorado für Kleinbürger, Hölle für alternde Revolutionäre. Du siehst uns nicht mehr wieder«, murmelte der Dicke.

Sie setzten sich auf eine Wiese, die an den kleinen See grenzte, in dem sich einige Urlauber auf Luftmatratzen tummelten. Während sie sich unterhielten, tranken sie aus Pappbechern Weißwein, den sie aus der Pension mitgenommen hatten. In einer mit Blumen bestickten großen Tasche hatten sie Pistolen und die kleinen Heckler-&-Koch-

Maschinenpistolen versteckt. Der Dünne hatte etwas Dope dabei und drehte sehr langsam einen Joint.

Zenzl wollte einen Sonnenuntergang. Den bekam sie.

»Hätten wir uns damals den Bullen in Wackersdorf gestellt, wären wir hier längst als brave Bürger niedergelassen, bekämen einen Stellplatz mit unserem Campingwagen, hätten Kinder und vermutlich längst Enkel«, frotzelte der Dünne.

»Dicke Kinder vermutlich, die jetzt die AfD toll fänden oder BWL studierten«, ergänzte der Glatzkopf, nahm den Joint, zog daran und blies den Rauch in den Abendhimmel. Dann reichte er ihn weiter an Zenzl.

Sie saugte, so fest sie konnte, hielt den Rauch lange in ihren kranken Lungen und blies ihn Sekunden später unter Hustenanfällen wieder aus. Für die anderen unsichtbar, sah sie den Tod neben sich. Er wartete, lauerte. Es war ihr egal. Sie saß hier mit ihren Freunden. So wollte sie sterben.

Gern hätte sie das Meer noch einmal gesehen.

Aber das Wasser hier musste reichen.

Sie wollte es riechen.

»Wir haben dreißig Jahre diesem System die Stirn geboten«, warf der Hagere stolz ein.

»Diskutieren?«, fragte der Dicke.

»Baden?«, fragte die Glatze.

»Nackt?«, kam es vom Dicken. »Einer von uns sollte allerdings bei Zenzl bleiben«, ergänzte er.

»Unsinn!«, widersprach sie. »Geht schon! Ich will auch mal allein sein. Vielleicht bin ich dann endlich tot, wenn ihr zum Abtrocknen kommt. Los, rein mit euch ins Wasser. Brillen und nicht vorhandene Wertsachen bleiben bei mir. Schwimmen ist eine revolutionäre Tat.«

Die drei Männer lachten, zogen sich aus und rannten, so gut sie es noch konnten, ins Wasser. Der Hagere schwamm bis zur Mitte des Sees, um sich da, den Joint im Mund, auf den Rücken zu legen und mit geschlossenen Augen den Rauch zu inhalieren.

Keiner der drei bemerkte, wie ein Mann mit langsamen Schritten auf die im Rollstuhl sitzende Zenzl zuging und sich vorsichtig neben ihr ins Gras sinken ließ. Die drei Männer tollten wie junge Hunde im Wasser herum und konnten die Person neben Zenzl nicht sehen. Dafür hätten sie ihre Brillen gebraucht – die sie jedoch bei ihrer Freundin gelassen hatten.

Auch Terroristen machten Fehler.

Max Quercher hatte Regina gebeten, den Porsche etwas entfernt von dem kleinen Weiher zu parken und dort auf ihn zu warten. Es würde nicht lange dauern. Er hatte die Gruppe aus der Ferne beobachten können, hatte gewartet, bis die Männer ins Wasser gelaufen waren, und war dann zu Zenzl gegangen. Einfach so.

»Nicht erschrecken, Zenzl. Ich bin es, Max.« Er legte ihr die Hand auf den mageren Arm, spürte ihre Knochen und sah sie mit einem traurigen Blick an.

»Bist du allein? Ganz ohne Bullen?«

»Völlig. Nur meine Freundin wartet da unten. Sie wäre froh, wenn ich wieder zurückkäme. Wir haben uns gerade erst wieder vertragen.«

Zenzl lächelte müde. »Die Waffen sind dadrin. Du musst keine Angst haben. Auf der letzten Meile töte ich keinen mehr. Nicht mal einen Bullen.«

»Exbulle.«

»Einmal Bulle, immer Bulle«, antwortete sie trotzig.

Er schwieg.

»Du warst in dem grünen Haus, nicht wahr?«, flüsterte sie.

Er nickte. »Ein alter … na ja … Freund …, Jan Poschner, hat sich dort in die Luft gesprengt. Ich bin kurz zuvor aus dem Fenster gesprungen. Nicht ganz rechtzeitig. Die künstliche Hüfte macht nicht mehr so mit.« Er machte eine kurze Pause. »Ihr habt dahintergesteckt.«

»Es tut mir leid. Das war nicht unser Plan. Das hat die Ilmberger … Aber ist das jetzt wirklich wichtig? Quercher, ich sterbe. Soll ich dir kurz vor Torschluss noch alles gestehen? Wir haben uns nie einander offenbart. Warum also jetzt?«

»Die da unten?« Quercher verwies mit dem Kopf auf die drei Männer im See. »Sind nicht vom BKA und gehören nicht zur örtlichen Rettungswacht. Ich nehme an, dass sie mit all dem etwas zu tun haben, was in letzter Zeit im Tal passiert ist.«

Sie schwieg und sah einer Libelle nach, die dicht an ihrem Gesicht vorbeiflog.

»Erklär es mir, Zenzl. Bitte. Nimm dein Schweigen nicht mit.«

»Können die da unten dann gehen?«, fragte sie.

Er überlegte. »Klar, ich bin nicht mehr beim Staat angestellt. Ich will nur wissen, warum man mir den Rücken zermatscht hat. Wer deinen Stiefsohn auf dem Gewissen hat. Solche Sachen eben.«

Zenzl sah den Dicken aus dem Wasser winken und wedelte mit der Hand zurück. Er schien beruhigt und schwamm weiter. »Es fing mit Scheinmetz an. Er tauchte vor einigen Monaten an einem alten Versteck der Gruppe auf, das wir im Auge hatten. Denn es handelte sich dabei um eines der letzten Bodendepots mit Kohle und Waffen und war nur für äußerste Notfälle gedacht, wenn Genossen schnell geholfen werden sollte. Kurze Zeit später hatten wir ihn uns geschnappt.«

»Und nicht gleich eliminiert? Die RAF ist offenbar altersmilde geworden«, spottete Quercher. »Ich glaube dir weder, dass Scheinmetz einfach so aufgetaucht ist, noch, dass ihr irgendwelche Depots im Blick habt. So ein Unsinn!«

Sie lachte bitter. »Ist das wichtig?«

»Ja. Ich will es verstehen. Du stirbst bald. Du willst, dass ich die Badenixen da unten gehen lasse. Ja, es ist wichtig.«

Sie dachte nach. »Einer von uns machte auf Gomera Urlaub. Seine Freundin besuchte dort einen Yogakurs. Er selbst konnte nicht, weil er es im Rücken hatte. Jedenfalls verlief der Urlaub unplanmäßig. Die Freundin verknallte sich nämlich in den Yogalehrer. Und das war Scheinmetz. Unser Genosse informierte uns. Wir wiederum gaben Scheinmetz zu verstehen, dass wir ihn im Visier hätten. Er bekam Schiss, machte die Biege. Kam nach Deutschland. Der Rest mit dem Depot stimmt.«

»So einen Aufriss wegen eines Spitzels? Ihr hättet auffliegen können. Scheinmetz wurde vom BKA geschützt, in einem Zeugenprogramm«, erwiderte Quercher.

»Okay, kleine Geschichtsstunde für den Exbullen. Scheinmetz war ein Spitzel – und ein Vergewaltiger zudem. Er hat uns 1986 bei der Aktion gegen von Scheven verraten. Dabei hatte er uns überhaupt erst auf dieses Ziel gebracht. Wir wollten ursprünglich etwas ganz anderes machen. Ein Atomkraftwerk entern, um der Gesellschaft die Gefahr zu verdeutlichen, die von den Dingern ausging. Das Schwein aber laberte uns damals zu. Er lieferte die Waffen, die er von den Bullen bekommen hatte, direkt an uns. Wir brauchten ihn, weil mehrere unserer Waffendepots kurz zuvor entdeckt worden waren. Wir wollten als RAF die Wackersdorf-Aktiven auf unsere Seite ziehen. Doch dafür benötigten wir eine spektakuläre Aktion, eine, die sich konkret gegen den Atomstaat und seine Manager richtete. Das war eben 1986. Klingt heute komisch. Aber Tschernobyl war gerade im April passiert und der Staat hier reagierte völlig irre.

Scheinmetz machte auf dicke Hose, wusste angeblich aus sicheren Quellen alles über von Scheven. Wir waren erst skeptisch und haben das genau geprüft. Aber tatsächlich stimmte alles, was Scheinmetz erzählt hatte. Ein Kommando, das in der DDR trainiert hatte, machte die Sache letztendlich klar, wir haben nur unterstützt. Meine drei Freunde da unten saßen in dem Fluchtwagen, sollten den Koffer mit den angeblich so geheimen Akten später gegen das System nutzen. Es war also als Propagandatat gedacht. Aber daraus wurde ein eiskalter Killereinsatz. Plötzlich wurden der Fahrer und der Bonze ganz brutal abgeknallt. Scheinmetz tauchte danach unter. Die Genossen schafften es ebenfalls, wenn auch nur knapp. Und ich selbst wurde ab diesem Zeitpunkt unentwegt observiert. Das war's. Jetzt tauchte das Schwein plötzlich wieder auf. Ich wusste von der Doris, so hieß die Ilmberger damals noch, dass sie in Wackersdorf von Scheinmetz vergewaltigt worden war. Also nahm ich wieder Kontakt zu ihr auf und bot ihn ihr quasi an.«

Quercher war sich nicht sicher, ob er gerade Zeuge einer typischen RAF-Lüge oder eines Geständnisses im Angesicht des nahenden Todes war. Aus den Augenwinkeln sah er, wie der Lauf der Uzi aus der geblümten Tasche hervorschaute. Das war alles zutiefst surreal.

»Wie kommt dein Stiefsohn ins Spiel?«, fragte er.

Zenzl drehte ihm ihren Kopf zu. Die gelbliche Haut spannte über ihren Wangenknochen. »Holger Müller war nicht der Sohn einer toten Genossin. Holger Müller war Lilit Ilmbergers Sohn.«

Das war ein echter Brocken. Damit hatte er nicht im Traum gerechnet, und so brachte er lediglich ein »Das glaube ich nicht« heraus.

»Ja, hat was von griechischer Tragödie. Es stimmt. Sie hat den Bullen gegenüber behauptet, sie hätte abgetrieben. Ein

Medizinkommilitone habe den Eingriff vorgenommen – Jan Poschner. Aber in Wirklichkeit hatte sie das Kind bekommen und bei mir abgegeben. Ich brauchte damals eine gute Tarnung und machte fortan auf Mutter. Das half mir und ihr.«

»Wer hat den Jungen denn dann getötet?«

»Sie. Genauer gesagt: Sie hatte es in Auftrag gegeben. Sie wollte von Schevens Koffer, um etwas in der Hand zu haben gegen die alten Bullenseilschaften. Holger sollte ihn ihr bringen. Holger fuhr also hin, jemand hatte vorher von ihm verlangt, Benzinkanister zu einem Treffen mitzubringen. Holger stieg aus, um mit Doris zu reden. Die war nicht da. Er kam zurück. Inzwischen hatte jemand die Kanister im Auto geöffnet. Holger setzt sich ins Auto, wenig später explodierte die Dämpfe.«

Quercher verstand langsam. »Der Jemand mit den Kanistern war wohl mein Freund Poschner.«

Zenzl zuckte mit den Schultern. »Holger war starker Raucher. Die Dämpfe entzündeten sich, kurz nachdem er sich eine Zigarette anzündete. Der Wagen explodierte. Ilmberger wollte das so. Holger war das Produkt einer Vergewaltigung. Lilit, die Rächerin, hat ihn getötet, nicht Doris, die Mutter. Mit ihrer neuen Identität konnte sie das tun.«

»Ihr liefert den Vater aus, die Mutter tötet ihn und den Sohn und nimmt Rache an jenen, die den Vater als Spitzel einsetzten. Das ist monströs. Das hast du mitgemacht? Warum?«, fragte Quercher fassungslos.

»Ich könnte dir das alles als Propaganda der Tat verkaufen. Machen statt quatschen, Strukturen aufdecken, so was. Aber letztlich …«

»Letztlich?«

»Es war Geld. Schlicht Geld. Die Jungs, die du da im See schwimmen siehst, sind Mitläufer. Keiner von ihnen hat je einen Menschen getötet. Mitgemacht – ja. Sie waren die RAF. Und? Was hieß das schon? Unendlich lange, nervige Diskussionen und ein paar Irre, die schossen. Die drei da wollen ihre Ruhe haben. Ich bin bald weg. Also brauchten sie Kohle. Scheinmetz gegen Kohle. Das war der Deal. Dass damit auch ein paar alte Säcke des Systems draufgingen, war ein hübscher Nebeneffekt. Ilmberger und Leitner sind tot. Die eine spritzte zerfetzte Lammföten in Menschen und verdiente damit ein Schweinegeld, über den anderen brauche ich dir nicht viel erzählen, den kennst du selbst gut genug. Sollte ich also ein schlechtes Gewissen haben?« Ihre tief liegenden Augen mit den dunklen Rändern sahen ihn lange an. »Das Monster, Quercher, das Monster ist nur von innen zu bekämpfen. Der Moloch Staat ist übermächtig.«

»Keine Ahnung«, entgegnete Quercher ruhig. »Aber war es das wert? Die Morde. Das Leid der von Schevens. Und der Schlüssel, den du mir gegeben hast? Wozu ist der gut?«

Sie deutete auf die Waffen. »Sie waren in einem Schließfach. Sollten wir draufgehen, hättest du mit diesen Waffen beweisen können, dass wir sie aus Staatsquellen erhalten haben. Es sind die von Scheinmetz besorgten Knarren.«

»Und was war in diesem verdammten Koffer?«

Sie antwortete nicht. In Querchers Rücken hatte ein Pärchen auf der Wiese geparkt und nahm irgendetwas aus dem Kofferraum. Zenzl wurde unruhig.

Quercher drehte sich um und konnte sehen, dass der Mann eine Modelldrohne in der Hand hielt. Hätte er geahnt, dass just jene Drohne einige Wochen zuvor bereits über den Kopf seines alten Freundes Pollinger geflogen war, während der auf einer Anhöhe des Wallfahrtortes Birkenstein gesessen hatte, hätte spätestens in diesem Moment sein Bauchgefühl Alarm geschlagen. So aber beruhigte er Zenzl. »Das ist nur einer von den üblichen Bastelfreaks, die ihrer Freundin mal ihr neuestes Spielzeug zeigen wollen.« Zenzl lächelte zum ersten Mal, seit sie sich unterhielten, und war sofort spürbar entspannter. »Was in dem Koffer war? Du wirst lachen, wenn ich es dir sage: von Scheven hat allen Ernstes …«

Es war der Dicke, der zuerst aus dem Wasser stapfte, dabei im Schlick des Ufers stolperte, sich berappelte und nackt die Wiese hochlief. Danach kam der Hagere, der noch im Wasser wild gestikulierte und in den Himmel deutete.

Quercher schaute nach oben. Verstand nichts. Wurde von einem nassen Fuß gegen den Kopf getroffen. Fiel ins Gras. Hörte, wie Waffen entsichert wurden. Aus der Ferne vernahm er ein Knattern, das er einem Hubschrauber zuordnete. Sein Kopf brummte. Der Rücken schmerzte höllisch. Seine Sinne funktionierten kaum. Er lag auf der Seite und krümmte sich. Sah, wie ein dicker, nackter Mann mit einer Pistole in der Hand den Hang hochlief und eine Straße überqueren wollte, doch irgendetwas riss sein Bein weg.

Der Dicke schrie.

Zenzl schrie.

Ein hagerer, ebenfalls nackter Mann griff nach der MP, zog Quercher an seinem Hemd hoch, hielt ihm den kurzen Lauf an sein Gesicht und schrie auch.

Alles schien gleichzeitig zu passieren. Zenzl, die die Bremsen ihres Rollstuhls löste, Schwung nahm und die Wiese hinabholperte. Der Hubschrauber, der aus der Luft nach unten stieß wie ein böses Insekt. Das Knattern der Heckler & Koch, das Quercher fast taub werden ließ und ein widerliches Fiepen in seinen Ohren verursachte. Eine Kugel aus einem weit entfernten Gewehr, die den Kopf des Hageren zerplatzen ließ.

Quercher ließ sich auf den Boden zurückfallen und hielt reflexartig seine Hände über den Kopf.

Drei Männer starben an diesem Tag. Die Aktion des Bundeskriminalamts wurde dennoch als großer Erfolg gewertet. Drei RAF-Terroristen, die dringend tatverdächtig waren, 1986 den Anschlag auf den Manager Ferfried von Scheven verübt zu haben, waren endlich gefasst worden. Nach über dreißig Jahren. Ein ehemaliger LKA-Beamter, dessen Identität aus naheliegenden Gründen geheim bleiben sollte, hatte das BKA-Observationsteam zu den Tätern geführt. Die Familie des Managers zeigte sich erleichtert. Die Gerechtigkeit hatte letztlich gesiegt, auch wenn dadurch der Mann und Vater nicht wieder lebendig werden würde.

Zenzl Elfinger war vornüber in das Wasser des Weihers gefallen. Von Weitem war das kein schöner Anblick. Aber das Letzte, was sie hörte, war das Plätschern, das sie an ihr geliebtes Meer erinnerte.

Sie starb glücklich. Ihre linke Hand war zu einer Faust geballt.

Ein Zufall, vielleicht.

Epilog

Bad Wiessee, später Sommer

Der Typ stellte sich als Stevie vor. Und sah auch so aus. Er hätte Geschäftsführer eines Swingerklubs in Rosenheim, Autohausbesitzer in Tölz oder CSU-Generalsekretär in München sein können. Mit dabei war eine Frau namens Yvonne. Sie seien Immobilienmakler mit »langjähriger Erfahrung im Business«.

Das Haus der Familie Quercher sei zwar renovierungsbedürftig, aber angesichts des Baubooms im Tal könne man sicherlich mit einer Million Euro Verkaufserlös rechnen.

Allein der Grund und Boden! Sie standen auf der Terrasse, beide mit Sonnenbrillen im Haar.

»Ich glaube, Frau Leitner, Sie sind genau die Richtige, die dieses eigentümliche Haus an den Mann bringen sollte. Sie haben den Auftrag. Dank des Erbes von Ferdi ist es auch ohne Belastung, also leicht loszubekommen, denke ich.«

Sie errötete vor Aufregung und gab Quercher im Überschwang einen Kuss auf die Wange. Er stöhnte leise, weil er Reginas hochgezogene Augenbrauen hinter Yvonnes Rücken bemerkte.

Als er dieses Traumpaar der Immobilienwirtschaft wieder verabschiedete, war er immer noch verschwitzt. Auch Regina sah nicht mehr taufrisch aus, während sie La Lump etwas Wasser gab. Sie waren alle drei müde von ihrem Ausflug.

Auch die Hundedame war mit dabei gewesen, als sie am Morgen, noch vor Sonnenaufgang, hinauf ins Breitenbachtal gelaufen waren. Dort, wo Pollingers Lieblingsbach entsprang, hatten sie die Urne geöffnet, seine Asche in das Wasser gestreut und nach Kräften versucht, Lumpi vom Trinken abzuhalten. Die Asche würde nun vom Breitenbach hinab ins Tal geführt werden, von dort aus in den See fließen und nach Wochen über die Mangfall und andere Flüsse in die Donau gelangen. Das war Pollingers Wunsch gewesen. Dem kam Quercher nach. Er hatte geweint. Um Ferdi. Um die Zeit. Um seinen Freund. Um die eigene Vergänglichkeit. Pollinger hatte ihm tatsächlich sein gesamtes Erbe vermacht. Es war ein letzter Gruß, der so typisch für Ferdi war. Lumpi hatte ihren Kopf an Querchers Bein gedrückt und Regina ihren Arm um seine Schulter gelegt. Anfangs waren sie schweigend ins Tal gelaufen, aber als sie für einen kleinen Moment über den See sehen konnten, wollte er sich erklären.

»Ja, ich weiß. Das hier ist ein göttlicher Platz. So etwas gibt man nicht leichtfertig auf. Aber das Haus musste verkauft werden. Ich bin ja nicht ganz weg, mein Zuhause ist jetzt bei dir. Das wird ja schon schwierig genug.«

Sie erwiderte nichts.

Quercher verließ das Tegernseer Tal und nahm Lumpi mit. Eine Ehe könnte schöner beginnen.

So hatten sie noch gemeinsam Kartons gepackt, ehe das Maklerduo erschienen war. Er wollte sie jedoch schnell wieder aus dem Haus haben. Denn Schaffelheuber hatte sich angesagt.

Yvonne Leitner blieb im Hauseingang stehen, als sie sich verabschiedete. »Ich danke Ihnen. Das ist mein erster Auftrag. Ich werde das Geld brauchen. Die Polizei hat vorerst alle Konten von August gesperrt. Auch das Haus geht an seine Kinder. Die kommen in drei Stunden.«

Quercher nickte und verstand. Sie war eben noch die scheinbar reiche Witwe und jetzt wieder auf dem Boden der Realität angelangt. Sie musste wieder selbstständig denken und handeln. Sein Hausverkauf war ihr erster Schritt in diese Richtung.

Yvonne lächelte ihn dankbar an, stieg in ihren Mini und fuhr gerade rückwärts aus der Einfahrt, als Schaffelheuber die Straße heraufbrauste.

Der BKA-Ermittler war ohne seine reizende Kollegin gekommen. Aber noch während er ins Haus trat und Regina formvollendet begrüßte, hupte jemand.

»Die Jungs sind da«, murmelte er. Quercher hatte seine Freunde vom Steckäplattln gebeten, die wenigen Kisten und Möbel in einen Transporter von Lercher, dem Schreiner, zu hieven. Werner, Gerd, Hansi, Richard und nicht zuletzt Peter kamen mit großem Hallo um die Ecke. Regina hatte vorsorglich Bier und Leberkässemmeln besorgt. Während Quercher sich auf die Terrasse zu seinem Gast trollte, organisierte sie mit den Männern den Umzug.

»Habe ich das gerade richtig gesehen?«, fragte Schaffelheuber. »Die Witwe von August Leitner arbeitet jetzt mit dem schmierigen Immobilientypen zusammen? Das würde dem alten Mann aber gar nicht gefallen.«

Quercher zuckte mit den Schultern. »Ich fürchte, da hätte er relativ wenig Einflussmöglichkeiten. Sein Vermögen ist auf Eis gelegt. Ihr habt ja die Kollegen von der Steuerfahndung darauf angesetzt.«

»Ja, sonst haben wir außer Viagra und zehn Seiten einer Autobiografie, die voller Rechtschreibfehler ist, nichts Bemerkenswertes gefunden. Leitner war jemand, der alles in seinem Kopf speicherte. Alte Schule eben. Wie Ihr Freund Ferdi Pollinger.«

Quercher lächelte. »Es landeten Stasiakten bei Frau von Scheven, von euch versandt, vermute ich.«

Schaffelheuber zuckte mit den Schultern. »Vielleicht. Vielleicht nicht.«

»Wer hat Leitner eigentlich all die Jahre gedeckt? Der hat ja nicht im luftleeren Raum agiert. Der hatte doch Auftraggeber. Staatliche Auftraggeber.«

Schaffelheuber zog mit unbewegtem Gesicht an einem Zigarillo und reagierte nicht.

»Sie wollen nicht mit mir darüber reden, weil Sie befürchten, dass ich Sie damit irgendwann unter Druck setze?«

Schaffelheuber beugte sich unmerklich vor. Nicht einmal Lumpi hob den Kopf. »Ich werde nie vor Ihnen Angst haben müssen, Herr Quercher. Sie glauben, Sie könnten Druck ausüben? Die Zeit ist vorbei. Unser Amt ist, seitdem uns die Islamisten den Krieg erklären, nicht mehr das, was Sie noch zu kennen glauben. Wir sind keine Behörde. Wir sind ein Gegner, eine Waffe. Die Politik will kein offizielles, deutsches FBI. Aber sie will eine effiziente Waffe gegen jeden Gegner. Uns erwischt keiner mehr kalt. Heute sind es Islamisten, morgen die Russen oder Chinesen oder verdammte Hacker irgendwo in Weißrussland, die unsere Wasserversorgung lahmlegen wollen. Sie können mich nicht erpressen. Es geht nicht mehr um Personen und Seilschaften. Wenn ich weg bin, kommt der Nächste, der genauso ist wie ich. Unser Land greift keiner ungestraft an. Leute wie Leitner waren lange gut genug für uns. Aber sie waren Auslaufmodelle. Wir schlagen keine Frauen auf Golfplätzen tot. Wir wollen stille Professionalität. Wie Sie, wann und wo Sie jemanden erledigen, ist uns ziemlich egal. Es geht um Lautlosigkeit und Effizienz.«

Quercher fasste das im ersten Moment als Drohung auf, begriff dann aber, dass Schaffelheuber warb. In einer Organisation wie dem BKA konnten unkonventionelle Ermittler wie Quercher nahezu frei agieren, wenn sie den Vorgaben der Vernichtung von Gegnern folgten.

»Ich erkläre es Ihnen, weil Sie sehen wollen, für wen Sie da unterschreiben. Wir haben Leitner und Pollinger lange beobachtet. Selbst Scheinmetz konnten wir in Deutschland observieren. Man kommt als Ex-RAF-Terrorist heutzutage nicht mehr einfach so in dieses Land. Und schlussendlich war unsere Vorgehensweise ja durchaus erfolgreich. Denn die Taten der *Mangfall Manderl* sind letztlich auf die ein oder andere Weise gesühnt worden, nicht wahr?« Schaffelheuber sah ihn mit festem Blick an.

Quercher dämmerte, dass das BKA schon lange von diesem Netzwerk um die *Mangfall Manderl* gewusst und es beobachtet hatte. Es kannte die Verbindungen zur RAF aufgrund der Flucht von Scheinmetz und wusste, dass etwas losgetreten war. Zum Schluss musste das BKA nur verfolgen und abwarten. Das BKA wusste über alles Bescheid und ließ einfach alle gewähren, was aber nun keiner mehr beweisen konnte. Denn am Ende waren alle Beteiligten tot.

Was für eine saubere Aktion.

So zynisch das war: Quercher empfand Bewunderung für Schaffelheubers geduldiges und präzises Planen.

»War Ferdi schuldig?«

Schaffelheuber wiegte den Kopf. »Schwer zu sagen. Er ist Teil eines Systems gewesen. Aber schuldig?«

»Und Leitners Frau? Weiß die nichts von den Verbindungen ihres Mannes?«

»Nein, er hatte sie sich für andere Dinge gehalten«, erwiderte Schaffelheuber lakonisch.

»Also muss die junge Witwe wieder auf die Straße und arbeiten. Da bleibt einem hier im Tegernseer Tal ja nicht viel anderes übrig, als entweder in die Altenpflege zu gehen, was sie quasi schon durchhat, oder eben Häuser zu verscherbeln. Egal. Zurück zu unserem Fall: Was ist denn jetzt die offizielle Version? Übermorgen gibt es doch die Abschlusskonferenz in Wiesbaden.«

»Wie gehabt. Zwischen dem Tod von Lilit Ilmberger und den RAF-Terroristen in Bad Tölz gibt es nach unseren Erkenntnissen keinen Zusammenhang. Ilmberger wurde von Leitner getötet. Der Informant Scheinmetz ist an den Folgen eines chirurgischen Eingriffs in Haar gestorben. Wir ermitteln da noch nach den Tätern, vermuten sie aber im RAF-Umfeld. Macht ja Sinn. Rache als Motiv.«

Er verstand. Der Staat, in Person von Polizeioberrat Schaffelheuber, wollte keine Staatsaffäre haben. Wenn Quercher die wahren Hintergründe der *Mangfall Manderl* herausfinden wollte, musste er in den Dienst zurückkehren. Das Monster war nur von innen zu bekämpfen, hatte Zenzl zum Schluss gesagt – und auf eine völlig andere Weise recht bekommen. Er musste mit Schaffelheuber arbeiten, um Schaffelheuber und seinen Verbindungen das Handwerk zu legen. Dessen Methoden hatten mit Querchers Vorstellung eines Rechtsstaats nichts zu tun. Aber statt den Staat anzugreifen, wie es Zenzl mit ihren Genossen getan hatte, würde Quercher innerhalb des Systems eintauchen und die faulen Äpfel suchen und vernichten.

Das hatte er Regina natürlich nicht gesagt. Quercher hatte mit ihr zusammenziehen wollen. Das schien ihr zu gefallen. Er hatte zudem versprochen, Schaffelheubers Angebot auch deswegen anzunehmen, weil er wieder Blut geleckt hatte. Sie hatte es geglaubt. Auch weil sie ihrem zukünftigen Ehemann glauben wollte. Er würde sie noch vor seiner Abreise aus dem Tal heiraten.

Zurück blieben vorerst die Geheimnisse wie Akten in einem Safe: Keiner klärte Leitners Beteiligung an diesem Schrecken auf. Keiner sühnte die Tode von Kreszentia Elfinger, Lilit Ilmberger, Holger Müller, Rüdiger Scheinmetz oder Jan Poschner. Kollateralschäden der Staatsräson wegen. Er hatte in den letzten Tagen nach und nach die Gräber dieser Menschen besucht. Sie waren Opfer und Täter zugleich. Abgesehen von Holger Müller vielleicht. Er war ein Bauernopfer. Ein Mann, der von seiner eigenen Mutter der Rache wegen geopfert worden war.

Quercher sah hinauf zum Semmelberg, in dessen Schatten er aufgewachsen war. Das war seine Heimat. Würde sie auch bleiben. Aber ein neues Kapitel begann.

»Wann können Sie loslegen? Haben Sie da oben schon eine Bleibe? Ich könnte Ihnen eventuell behilflich sein.«

Quercher schüttelte den Kopf. »Ich werde zunächst im Münsterland bei Reginas Verwandten in einem Wasserschloss unterkommen. Wir haben nicht vor, unser restliches Leben in dieser Gegend zu verbringen. Ich verstehe Sie so, dass dies ein zeitlich begrenzter Auftrag ist. Aufklären, analysieren und im Zweifel zerschlagen. Richtig?«

Schaffelheuber nickte.

»Was gibt es denn Neues von dem Mann?«

Schaffelheuber drehte seinen Laptop, den er mitgebracht hatte. »Das ist Andreas Atlas. Er ist halber Spanier. Hat jahrelang als verdeckter Ermittler in Mexiko in einem Drogenkartell gearbeitet und große Erfolge gehabt. Ist jetzt Leiter der Antidrogeneinheit in Nordwest-Niedersachsen mit Sitz in Osnabrück. Kommt von dort. Hat sehr gute Verbindungen da oben. Seltsame Menschen. Das ist im Grenzgebiet zu NRW. Eigentlich sind das Westfalen. Sture Menschen. Sie dürften damit ja klarkommen.«

»Und was genau ist sein Vergehen?«

»Noch gar keins. Aber ich halte ihn für zu erfolgreich für einen Ermittler. Ich möchte, dass Sie seine Arbeit kontrollieren, ihn und seine Verbindungen durchleuchten. Außerdem fehlen da noch Millionen von Euros, die er einst für das Kartell verwaltete. Ich könnte mir denken, dass er für sich etwas zur Seite geschafft hat. Ich habe Ihren Vertrag für die freie Mitarbeit übrigens dabei.« Er legte vier Seiten zusammen mit der Verschwiegenheitserklärung auf den Tisch.

Quercher betrachtete den Mann auf dem Bildschirm.

»Optisch das krasse Gegenteil von Ihnen, was?«, frotzelte Schaffelheuber.

Quercher nickte, ohne eine Miene zu verziehen. Andreas Atlas, du wirst keinen Spaß mehr haben, dachte er und klappte den Bildschirm zu, ehe er den Vertrag unterzeichnete. Aber auch Polizeirat Schaffelheuber wusste nicht, worauf er sich da eingelassen hatte. »Eine Frage würde mich noch brennend interessieren«, wandte sich Quercher wieder seinem Gegenüber zu. »Dieser Koffer, den Sie angeblich nicht gefunden haben: Wo kam der her?«

»Von uns. Wir haben ihn in dem Erddepot der RAF deponiert. Damit haben sie dann spielen dürfen.«

»Damit spielen?«

»Der Koffer tauchte vor Jahren im Irak auf. Ein Geschäftsmann bot ihn uns an. Man hatte ihn bei zwei toten Deutschen im Norden gefunden. Der Kontakt ging über die deutsche Botschaft. Wir haben den Koffer an uns genommen, weil wir uns schon dachten, dass wir ihn unter Umständen einsetzen könnten. Das war dann ja auch der Fall. Ihre Anwaltsfreundin nahm ihn an sich und gab ihn ihrem Stiefsohn. Und der machte genau das damit, was wir erwartet hatten.«

»Was war in dem Koffer?«

Schaffelheuber stand auf und ging hinaus in das Licht der Herbstsonne, um seinen Zigarillostummel in den Nachbargarten zu werfen. Als er zurückkam, sah er Quercher lange an. »Teile meiner Antwort würden Sie nur beunruhigen.« Damit erhob er sich. »Wir sehen uns also Montag im Norden. Ich hoffe, Sie kommen gut über den Abschied vom Tal hinweg.« Er nickte Quercher noch einmal zu, bevor er durch den Garten verschwand. Kurze Zeit später hörte Quercher, wie Schaffelheuber brausend davonfuhr.

Er wartete eine halbe Stunde. Noch einmal, wie in seiner Kindheit, stieg er die Holztreppe zum Obergeschoss hinauf, öffnete die Tür zum Dachboden, kletterte durch das schmale Fenster auf das Dach. Da unten lag der See, grün schimmernd. Dahinter reihten sich Baumgartenschneid und der Wallberg auf, der wie ein erloschener Vulkan in Guatemala wirkte. Paraglider flogen, Insekten gleich, von seinem Gipfel zum Boden. Das war das Paradies. Aber woanders ist es auch, dachte er.

Dann hatten die Jungs sämtliche Kisten und Möbel im Wagen verstaut und wollten mit einem *Tegernseer Spezial* anstoßen. Der Transporter war gerade einmal zur Hälfte gefüllt. Es war nicht viel Leben, was Quercher aus dem Tal mitnahm.

»Jungs, Bier steht in der Garage, bedient euch«, erklärte er. »Aber ich muss mit dem Hans und dem Peter erst noch schnell eine kleine Schleife fahren, nach Rottach.«

Allgemeines Gejohle. Die beiden Handwerker wurden verspottet, aber sie fügten sich. Quercher hatte sie eingeweiht. Kurz darauf fuhren sie zu dritt mit Lumpi neben dem Fahrer hinein nach Rottach.

Yvonne erwartete sie bereits an der Tür. Sie erklärte ihnen kurz, wie sie sich Zugang zu der Villa verschaffen konnten, wies Quercher noch einmal darauf hin, dass sie ihre Stiefkinder demnächst hier erwartete, und überließ die Männer daraufhin sich selbst. Sie konnten den Wagen auf der Rückseite des Anwesens so parken, dass niemand einsehen konnte, was sie in den Kofferraum einluden.

Über zwei Stunden verbrachten die drei dann damit, aus dem einstigen Panikraum des Dr. August Leitner Aktenordner in den Transporter zu schleppen. Schaffelheuber und sein Amt mochten mächtig sein und effizient. Aber Max Quercher würde das Tal nicht ohne Munition verlassen.

Dank

Der Quercher geht. Er lässt das Tegernseer Tal zurück. Einen Ort, der zu nahezu jeder Zeit berückend schön ist. Fünf Bücher schrieb ich über den BKA-Beamten. Ließ ihn lernen, seine Heimat wieder zu lieben und Steckäplattln, den Sport der Handwerker, zu spielen. Was ist wahr, was ist Fiktion, fragen Leser oft. Und: Was ist Ihre Heimat, Herr Calsow?

Wenn mir das Schreiben mal nicht so von der Hand gehen will, laufe ich hinunter zum echten Quercher Peter. Der tatsächlich eine Schreinerwerkstatt in Bad Wiessee hat. Der dort auch mit einem echten Hans Birmoser arbeitet. Der wiederum vernünftigerweise der Borussia aus Dortmund und der Krankenschwester Fanny aus Hausham sein Herz geschenkt hat. Da ist der Duschl Gerd, der vor vielen Jahren aus Niederbayern kam und den Roten die Stange hält. Da lag bis vor Kurzem auch die alte Hundedame Lumpi, grau ums Maul und froh über jeden Besucher, der sie streichelte und vielleicht mit hinaus hinters Haus nahm. Die jetzt am Fuß des Semmelbergs liegt, weil ich sie mit dem Quercher bis zum Schluss begleitet und dort begraben habe, eingehüllt in ihrem geliebten Schafsfell.

Hinter der Werkstatt, da wo sie *plattln*, also Eisenstücke auf dreizehn Meter entfernte Holzstücke werfen. Wo man frotzelt, schreit, lacht, flucht und Pflaumen vom Baum isst, der dort wächst. Wo der Richard, die Schwefelkröte, der laute Quitschi und der stille Beni, der Dirk vom Bauhof, der Campingplatz-Peter, der humpelnde Harry, der Maler Werner und der Glaser Sepp dazukommen. Wo ich dauerhaft als ›Preußen-Schriftsteller‹ verspottet werde und es genau so haben will. Dann gewinnt oder verliert man. Der Nachmittag vergeht, die Sonne verkriecht sich hinter den Bergen. Der Wind kommt den Breitenbach herunter. Ich gehe heim, trinke ein Bier, esse mit meiner Frau ein resches Brot mit Butter und Schnittlauch und weiß, was Heimat ist – ein Gefühl.

Mehr mit Max Quercher

Martin Calsow

Quercher und die Thomasnacht

ISBN 978-3-89425-423-0, auch als E-Book erhältlich

Eine jetzt erst entdeckte Kriegsleiche und ein Mann, der sich bei einem Arbeitsunfall selbst enthauptet haben soll: Max Quercher stochert in der Vergangenheit des Tegernseer Tals.

»Gegen Max Quercher ist Schimanski so spießig wie eine mit Wolle umhäkelte Klorolle, die einen hinter der Heckscheibe anlacht.«
Kerstin Halstenbach, Stadtspiegel Herten

Quercher und der Volkszorn

ISBN 978-3-89425-441-4, auch als E-Book erhältlich

Vier entführte Kinder und eine tote Erzieherin: Nimmt irgendjemand Rache wie einst der Rattenfänger von Hameln? Quercher sieht nur einen Weg, die Kinder zu retten – und der führt weit an den offiziellen Ermittlungen vorbei …

»Kräftig menschelnd, absolut spannend!«
Angelika Bohn, Ostthüringer Zeitung

Quercher und der Totwald

ISBN 978-3-89425-452-0, auch als E-Book erhältlich

Der Vermögensverwalter Jakob Duschl wird tot im Tegernsee gefunden. Er gehörte zu einem konservativ-katholischen Machtzirkel, dessen undurchsichtige Strukturen weit in die höchsten Zentren der bayerischen Elite hineinreichen. Für Quercher wird es brenzlig ...

»Wunderbar! ... Mit viel Witz und Hintersinn.«
Christian Beisenherz, www.beisenherz.de

Quercher und das Seelenrasen

ISBN 978-3-89425-470-4, auch als E-Book erhältlich

Die Pharmaerbin Nina Poschner wird massiv bedroht. Die Polizei vermutet, Ninas Plan, am Tegernsee ein Internat für Migrantenkinder zu etablieren, ist der Grund dafür. Doch der LKA-Beamte Max Quercher bekommt Zweifel an den edlen Motiven Ninas.

»Calsow setzt sich in den oberen Rängen der deutschen Krimiautoren fest.« Andreas Kurth, www.krimi-couch.de

grafit

Eine hochgefährliche Gemeinschaft

Marc-Oliver Bischoff

Die Sippe

ISBN 978-3-89425-478-0
Auch als E-Book erhältlich

Ökologie, Tradition, Gemeinschaft – eine perfekte Idylle?

Katharina Hoffmanns bisheriges Leben gerät aus der Bahn, als sie Opfer eines Überfalls wird. Fast zeitgleich erreicht sie ein Hilferuf ihrer Schwester Sara – die dann spurlos verschwindet. Katharina begibt sich auf die Suche. In Rostock, wo Sara als Gerichtsvollzieherin arbeitete, stößt sie auf einen Hinweis, der sie weiter nach Grantzow führt. Ein Dorf, in dem scheinbar die perfekte Idylle herrscht …

»Ein lohnender Roman. Denn er führt gut recherchiert in eine hochgefährliche Szene, von der die allermeisten gar nichts wissen. Mit den Augen der ahnungslosen Katharina blickt er tief hinter die Kulissen. Und da ist gehörig was im Busch – wobei im Buch der Verfassungsschutz eine ähnlich miese Rolle spielt wie im richtigen Leben bei den NSU-Terroristen. Ein brandaktueller Roman, der die Dinge zu Ende denkt.«
Udo Feist, WDR 2

Der bislang politischste Roman des Friedrich-Glauser-Preisträgers Marc-Oliver Bischoff. Mit einem Nachwort der Amadeu Antonio Stifung.

grafit

Möchten Sie regelmäßig über neue spannende Geschichten informiert werden?

Dann abonnieren Sie unseren Newsletter, wir halten Sie auf dem Laufenden!

www.grafit.de